ママ探偵の事件簿②

秘密だらけの小学校

カレン・マキナニー　上條ひろみ 訳

Mother Knows Best

by Karen MacInerney

コージーブックス

MOTHER KNOWS BEST
by
Karen MacInerney

挿画／石川のぞみ

道を示してくれたジェシカ・パークに。
あなたがいなかったら、この本は生まれていなかったわ！

秘密だらけの小学校

主な登場人物

マリゴールド（マージー）・ピーターソン……主婦。〈ピーチツリー探偵社〉の調査員
ブレイク・ピーターソン……マージーの夫
エルシー・ピーターソン……マージーの娘
ニック・ピーターソン……マージーの息子
ピーチズ・バーロウ……〈ピーチツリー探偵社〉の経営者
ベッキー・ヘイル……マージーの親友
コンスタンス……マージーの母
ミッツィ・クルンバッハ……依頼人。小学校の保護者
マーティ・クルンバッハ……ミッツィの夫
デボラ・ゴールデン……小学校の保護者
キャスリーン・ガードナー……小学校の保護者
ケヴィン・アーチャー……小学校の保護者
チェリー・ニコルズ……小学校の保護者
クレシダ・キャベンディッシュ……学園長の妻
デジレ……売春婦
ブンゼン……刑事
アン・ザップ……〈闘う妻たちの会〉のメンバー

1

日曜日の午後にストリップクラブで駐車スペースを見つけるのが、これほど大変だなんて驚きだ。

わたしとボスのピーチズ・バーロウは、不動産業者、マーティ・クルンバッハーの赤のBMWコンバーチブルを二時間尾行していた。ピーチズのビュイック・リーガルは修理中なので——その週のはじめに、依頼人の元夫にルイビル・スラッガーのバットとチェーンソーの両方で襲われたのだ——ちょっとへこんだわたしのミニバン、グランド・キャラバンで。髪とおそろいの鮮やかなオレンジ色で、胸元が危険なほど切れこんだライクラのワンピースを着たピーチズは、とくに急いでいなかったが、わたしはやきもきしはじめていた。マーティが三時までに悪事を終わらせてくれないと、ホーリー・オークス・カトリック・スクールの新入生保護者オリエンテーションに間に合わなくなるのだ。

午前中はダウンタウンにあるマーティのオフィスの外に車を停めて、ブラックコーヒーを飲み、ポークラインズ（豚の皮を油で揚げたスナック）を食べながら（ピーチズはまた低糖質ダイエット中だった）張りこみをした。マーティの車が一時四十五分に駐車場から飛び出したときは、また〈ミルク&ハニー・スパ〉にマニキュアをしに行くのかとうんざりしたが、赤のＢＭＷは北に曲がって〈スウィート・ショップ〉の駐車場にはいったので、楽天的な気分になってきた。

数日まえ、ルルレモン（ヨガウェアのブランド）のヨガパンツに身を包み、〈ノードストロム百貨店〉の化粧品カウンターで五百ドルかけたようなメイクを施したブロンド女性が、ユリの香りの香水をまとって〈ピーチツリー探偵社〉にさっそうとはいってきた。実のところ、それは好ましい変化だった。わたしたちの新しいオフィスには、溶けたパラフィンワックスと除光液のにおいがしみついていたから。

一年ほどまえにオフィスが火事で焼失したので、わたしたちは〈プリティ・キトゥン〉という東オースティンにあるブラジリアンワックス（ビキニラインとその周辺のデリケートゾーンの脱毛）のサロンの片隅をまた借りしていた。ほとんどひっきりなしに聞こえてくるマジックテープをはがすような音と、ときおりはさまれる悲鳴に、わたしはまだ慣れず、その日も例外ではなかった。ブロンド女性がドア口をはいるやいなや、廊下の先の部屋のひとつから、痛みをこらえるうめき声が聞こえた。

「ママ〜、あれなんの音？」労働者災害補償保険に関する報告書を書き終えようとしていると、娘のエルシーがフレンチフライ型の電話を開いたり閉じたりしながらきいてきた。フライフォンが娘の手のなかにあるのを見てほっとした。不運にも娘は、地球上でもっともレアなハッピーミール（ハンバーガー類と飲み物などにおもちゃがついた〈マクドナルド〉の子供向けセット。日本での名称はハッピーセット）のおまけのひとつを愛玩品として選んだ。十一カ月まえ、わたしは仕事中にこれをなくしたことがあるので、それ以来またなくなっていないかどうか一日に二回は確認していた。

学校はまだはじまっていないし、夫のブレイクは午後にクライアントとのミーティングがはいっているので、この日わたしはエルシーとその弟のニックをオフィスに連れてきていた。ありがたいことにニックはデュプロ（幼児向けのレゴブロック）でネス湖の怪物を作るのに夢中で、エルシーが『アナと雪の女王』の塗り絵をするあいだ、わたしはフレッド・ゴーツが足首の負傷を偽った案件に集中することができた。

「きれいになるための修業みたいなものよ」ピーチズが教えた。

「あたし、きれいになんてなりたくない」鼻にしわを寄せ、数カ月まえからつけるようになったラインストーンの犬用首輪に触れながら、エルシーが言った。

「あなたはもうきれいだものね、スウィートハート」ボスはエルシーに言った。娘がまたブルーのクレヨンを手にしたので、ピーチズはブロンドのほうを向いた。そして、「どんなご用件でしょ～う～」と、のんびりした南部訛(なま)りできいた。

女性は鼻にしわを寄せてあたりを見まわした。「夫が浮気をしているようなの」子供たちが同じ部屋にいないかのように、彼女は言った。

「あの、ちょっとお待ちいただけますか？」わたしは言った。「子供たちを移動させますので」

彼女は唇をきっと結んで鋭くうなずき、わたしはｉＰｈｏｎｅを起動して『アナと雪の女王』のサウンドトラックを見つけると、エルシーの耳にイヤホンをつっこみ、ファイルがしまってある奥のせまい部屋に娘と息子を追いたてた。

「ぼくのブロックは〜？」ニックが文句を言った。

「ママが持っていってあげる」両手でつかめるだけデュプロをつかみ、プラスティックの容器に放りこむ。「これでがまんして」と息子に言った。「すぐに終わるから」

物置代わりの部屋のドアが閉まるか閉まらないかのうちに、女性はつづけた。「証拠がいるのよ。でも、夫にはいっさい知られたくないの」汚染されているのではないかという目つきでプラスティックの来客用椅子を見て、端の部分にちょこんと座り、ブランドもののバッグを膝に置く。ことばは冷たくよそよそしかったが、目が赤くなっているのがわかった。

「では、慎重にということですね」ピーチズはそう言うと、ギシギシ音をたてる人工皮革（ノーガハイド）のオフィス用椅子に寄りかかった。「おまかせください。調査されていることに気づいたら、ご主人が何か策を講じるのではないかとご心配なんですね？」

「ええ、そのとおりよ。でなきゃなんでこんなところに来ると思うの？」マニキュアを施した手でさっと宙を払った。青い目に表れた苦悩は、コンクリートに穴をあけられそうなほどなのに、ボトックスを注入した顔はマネキンのようになめらかで硬直していた。彼女がまえに身を乗り出し、わたしは高価な香水の香りに包まれた。「もしわたしに素行調査されていると感づいたら、夫は夫婦名義のお金をすっかりスイスの銀行口座に移すわ。人生の貴重な八年間を彼にささげたのに、投資の見返りもなしに逃げられてたまるものですか」

「投資というと？」わたしはきいた。

「貴重な八年という時間よ」彼女は繰り返した。

「お金をご主人より先に別の口座に移すことは考えましたか？」ピーチズがきいた。

「もちろん」女性は洟をすすった。「でも、そんなことをしたら夫にバレるでしょ？」

ピーチズはホットピンクの唇を引き結んだ。「では、報酬の話を」

「今朝銀行に行ってきたわ。いくら払えばいいの？」と言うと、女性はバッグから革の財布を取り出し、百ドル札の束を引き出した。ピーチズは紫色のラインが引かれた目を見開いた。

ミッツィ・クルンバッハーがガラスドアを押し開けて、クリーム色のポルシェ・カイエンに向かうころには、手に入れた千ドルをしまいこんで、気まぐれな性格らしい女性の夫について早くも身元調査をはじめていた。

「旦那はお金持ちよ」ピーチズは言った。「この町に住む不動産界の大物。一、二カ月は家賃の心配をしなくてよさそう」

「どうしてあの女の人はあんなに怒ってたの？」物置代わりの部屋のドアを開けると、エルシーがきいた。

「長いこと結婚してると、ときどき困ったことになるのよ、ダーリン」わたしは娘に言った。

「ママとパパみたいに？」ときかれて、心がよじれた。

ピーチズが片方の眉を上げた。

「それとはちょっとちがうわ」わたしは言った。少なくとも、わたしはちがうと思う。でも、同じなのかもしれない。もしかしたら、マーティ・クルンバッハーはスパンコールを身につけたドラァグクイーンにご執心かもしれないのだから。わたしの夫のように。ブレイクとわたしはまだいっしょに住んでいたが、事態は義母のことばを借りれば〝緊迫して〟いた。わたしは娘に微笑みかけ、フライフォンに注意を戻させると、報告書の作成を再開した。子供たちはわたしと夫からどれだけ心的外傷を被っているのだろうか――そして、子供たちをブラジリアンワックスのサロンに連れてくることで、ダメージはさらに増すのだろうかと思いながら。

その日から、ピーチズとわたしはマーティ・クルンバッハーを町じゅう尾行して多くの時間をすごしたが、成果はあがらなかった。

それも今日までだ。車でステーキハウスに行く代わりに、彼は北に向かって〈スウィート・ショップ〉に車を停めた――おしゃれなベーカリーのような店名だが、どうやらポールダンスをする若い女性たちを目玉商品にしている店らしい。建物に掲げられているのは、みだらな笑みと、戦略的に配置され、それぞれ巨大なイチゴがのった二個のカップケーキ以外何も身につけていない、胸の大きな女性の看板だった。

「流行ってる店なのね。フリーフードだからかしら」カップケーキレディの下で明滅するネオンサインの〝ランチ無料〟を指して言った。

「まあね。ランチは悪くないわよ――金欠のとき寄るの――でも、ホイップクリームサンデーのせいで混んでるのよね」ピーチズは入口に掲げられたたれ幕を指さした。

「その意味をきくべきかしら？」わたしは言った。

「察しはつくでしょ。レディウィップ（缶入りのホイップクリーム）の無駄遣いよ、言わせてもらえば」駐車スペースをさがして駐車場を一周していると、彼女は言った。「まあ、わたしはこの店のターゲット層じゃないけどね。あっ、あそこからバックで出ていく人がいる」ピーチが指さすスバル・フォレスターのうしろの窓には、〝うちの子はイートン小学校の優等生〟というステッカーが貼ってあった。その車は〝小型車〟と書かれたスペースからゆっくりと出ていくところで、隣に停まっているカローラのバンパーをあやうくこすりそうになっていた。

「あそこに入れると、ミニバンのドアを開けられないと思うんだけど」わたしは言った。

「あの人はステーションワゴンを入れられたのよ？　それに」彼女は上を指して付け加えた。

「この車にはサンルーフがある」

ため息をついて、空いたスペースに車を入れて停めた。ミニバンのサイドミラーと両側の車の隙間はそれぞれ六ミリほどだ。「わたしはここで待ってるわ」

ピーチズはわたしを見て目をぱちくりさせた。「ここで待つって、どういう意味よ？」

「車のためにわたしが必要だったんじゃないの？」

「あなたはつねに援護してくれなくちゃ」彼女は言った。「それに、今日はあなた主導でやってもらうわよ。いいトレーニングになるから」

色あせたグリーン・メドウズ幼稚園のTシャツと、気分屋のシャム猫ルーファスに引っかかれて左脚に大きな穴があいているチノの短パンという、自分の服装を示した。「わたしははいれないわ。服装がくだけすぎてるもの」

「くだけすぎ？　マージー、これから行くのはストリップクラブなのよ」ピーチズがウィンクすると、マスカラがこってり塗られた上下のまつ毛がくっついた。「よけいなものはないほうがいいでしょ？」

母親がストリップクラブでうろうろしていたことを、子供たちに知られませんようにと短い祈りをささげたあと、ピーチズと店内にはいることを決意した。

2

だが、わたしはうめいた。「ほんとにはいらなきゃだめなの？　彼はストリップクラブにいるのよ。ほかに何を知る必要があるの？」

「あなたの旦那がホイップクリームを塗りたくった若い女の子とタマーリ（トウモロコシ粉やひき肉などをトウモロコシの皮にくるんで蒸したメキシコ料理）隠しをしてたら、くわしいことを知りたくない？」

悲しいかな、その質問の答えはわかっていた。わたし自身の夫がつけまつ毛とスパンコールを愛する若い男性と関係を持っていたことが、つい一年ほどまえに発覚したのだ。

「おっと。失言」ピーチズは失敗に気づいて言った。「ところで、その後はどんな調子？」

「あれはそういう時期だっただけだと言いつづけてる」

「時期？」ピーチズがきき返す。

「わかってるわよ」わたしは言った。「でもほかにどうすればいいの？」

「離婚を申し立てるってのはどう？」彼女は提案した。

「したくないって。わたしも今はその話題を出したくないの。母が一週間の予定でうちに来るだけでもかんべんしてほしいのに」母はかわいらしい人だが、自分をクレオパトラの生まれ変わりだと思いこんでおり、最近では加工されていない生の食材だけを食べ、酪農製品を避ける完全菜食主義ダイエットに傾倒していた。それを思えば、ストリップクラブで午後をすごすのもそう悪くないかもしれない。「お酒も無料なの？」わたしはきいた。

「お酒は有料。マルガリータが十ドル」

「残念」でも、あと二時間でホーリー・オークスの保護者オリエンテーションに行くのだから、おそらくそのほうがいいだろう。

入口のほうを示した。「ここの女の子たちはほんとに……その、あれをやるの？」わたしは話題を変えようとしてきいた。

「ときにはね」彼女は肩をすくめた。「わたしはいつもあんまり注意して見てないのよ——ここのステーキ以外は。でも、それを知る方法はひとつしかない」ポークラインズの袋をシートの間につっこむと、バンのドアを開け、カローラのドアにぶつけた。「しまった」サンルーフを見あげる。「プランBでいくしかないかも」

「スライドドアがあるわよ」わたしは思い出させた。わたしたちは這うように後部に移動し、体を斜めにしてバンから出ると、車の間にはさまれながらカニ歩きで進んだ。

「洗車したほうがいいんじゃないの」スパンデックスのミニワンピから汚れを払い落とし、わたしたちのせいで広範囲にわたってきれいになった、ミニバンのサイドを示してピーチズが言った。

わたしのTシャツはまんなかに大きな茶色の汚れがついてしまい、短パンのお尻を見るのが怖かった。「保護者オリエンテーションのまえに着替える時間があることを願うわ」わたしがぶつぶつ言うあいだ、ピーチズは谷間を調節すると、コルクの厚底ウェッジヒールでよちよちと入口に向かった。わたしは擦り減ったナイキのスニーカーと穿き古した短パンであとを追った。ピーチズと並ぶと、魔法使いが現れるまえのシンデレラになったような気がちょっとだけした。

八月の暑い日差しのなかに出たと思ったら、すぐにぴちぴちのジーンズを穿いて両腕に隙間なくさまざまなタトゥーを入れた、巨体でスキンヘッドの用心棒と対面することになった。

「やあ、ピーチズ」彼は言った。「ニューヨーク・ストリップステーキが目当てかい?」

「ご名答」ピーチズは言った。「今日はチョコレートムースの日?」

「いや。ストロベリーショートケーキだ」彼はたれ幕のほうにあごをしゃくって言った。「それが今日のテーマでね」彼は目をすがめてわたしを見た。「そっちは友だち?」

「ビジネスパートナーよ」とピーチズが言い、わたしは力なく手を振った。「チューイ、こちらマージー。マージー、チューイよ」

「よろしく」どうすれば礼儀にかなうのかわからなかったが、とにかくわたしは言った。

「ストリップクラブは初めて?」彼はにやにやしながらきいてきた。

「いいえ、ちがうわ」わたしは軽い感じで言った。「しょっちゅう来てる」

「ふうん」彼は言った。そして、手を振ってわたしたちを通した。「楽しんで! シーザーサラダがお勧めだよ」

ストリップクラブには一度も来たことがなかったので、どんな態度が求められているのかわからないまま、パーティションを迂回してメインルームにはいった。

目が慣れるまで少し時間がかかった。ステージを直接照らすスポットライト以外、照明は落とされていた。ステージは三カ所にあった――大きなステージが中央にひとつと、その両側に小さいステージがひとつずつ。中央のステージでは、緑と白のストライプのストッキングにごく小さなエプロンをつけた、ホットピンクのボブヘアの女性がパフォーマンス中だった。

「あれがストロベリーショートケーキちゃん（イチゴの帽子にピンクの髪、緑と白のしましま靴下の女の子のキャラクター）」その女性がキャンディストライプのポールに巻きついて、体操のオリンピック・アメリカ代表選手が嫉妬するほどのひねり技をひとしきり披露すると、ピーチズが言った。

「わあ」思わずわたしは言った。「ポールダンスがこんなに……運動量豊富だとは知らなかったわ」

「それにもうかるしね」ピーチズはそう言って、お札を振りながらステージに群がる男たちを指し示した。「でもいつか、外反母趾の手術のためのお金が必要になるわ。あのヒールを見て」ショートケーキ嬢の十五センチのスティレットヒールを指さして言う。

「いたたた」

ショートケーキ嬢とポールのすぐ前方には、空気でふくらますタイプの巨大なプールが用意されており、ピンクのホットパンツにカップが極小のカップケーキになっているブラをつけたウェイトレスたちが、列を作っている男たちに缶入りのホイップクリームを売っていた。

「彼が見える？」ピーチズがもごもごと言った。

「ううん」わたしは言った。本当のことを言えば、自分が見ていなくてはならないもののことなどほとんど忘れていたのだが。

「あそこにいるわ」ピーチズはメインステージのそばのテーブル群のほうにあごをしゃくって言った。クルンバッハーは白いシャツにジーンズという服装の男ふたりとともに座っていた。「いくつかうしろのテーブルに座りましょう」

彼女のあとから暗い店内を横切って、ペパーミントキャンディ風にペンキが塗られたテーブルに向かい、なんだかやけにべたべたする椅子に座った。ただのビールよ、と自分に言い聞かせ、必要以上にビニールのシートに肌が触れないようにしながら、何も気にしていないふりをした。

「教会にいるみたいに見えるわよ」メニューをめくりながらピーチズが言った。「少し力を抜いたら」

「わかった」わたしはそう言って、背中を少しまるめた。

「力を抜けと言ったのよ、気絶するんじゃなくて」彼女はわたしにメニューを差し出した。

「はい」

「女性はわたしたちしかいないのに、リラックスするのはむずかしいわ」わたしはつぶやいた。

「どういう意味？　どこもかしこも女性だらけじゃない」ピーチズはいちばん近いステージでポールのまわりを旋回している、ゴージャスなアフリカ系アメリカ人の女性を示して言った。彼女は先のとがったアルミホイルの帽子をかぶり、シルバーのサイハイブーツを履いて、官能的な笑みを浮かべていた。身につけているのはそれだけだった。

わたしはピーチズのほうを向いた。「まさかハーシーのキスチョコ？」

ピーチズはにやりとした。「もうこれまでのようにはあのお菓子を見られないでしょ？」

わたしが返事をするまえに、ウェイトレスがすべるようにやってきた。「ご注文は？」

「ストリップステーキをふたつお願い、ダーリン」ピーチズはわたしを見た。「ミディアムレアでいいわよね？」

わたしはうなずいた。

「それと、あちらのふたりの紳士が一杯ずつおごりたいそうです」隅のほうにいる八十代らしき老人ふたりのほうにあごをしゃくって、ウェイトレスが言い添えた。わたしが見ると、ふたりはぶんぶんとうなずいた。

「悪いけど、車で来てるから」わたしは言った。

「わたしは運転しないわ」ピーチズが陽気に言った。「クエルボのマルガリータを二杯ね。あの人たちにありがとうと言っておいて」

「仕事をしないつもり？」わたしは注意した。

「わたしは監督役だから」彼女は言った。「それに、たいへんな週だったのよ」

「何があったの？」

「男関係」彼女は言った。

「聞かせて」わたしは返した。「でも、あとでね」マーティと連れのふたりが立ちあがってクラブの奥に向かった。「彼、どこに行くつもりかしら？」

「探りにいったら？　ドリンクはわたしが受け持つから。写真を撮る必要があったら、忘れずにフラッシュをオフにするのよ！」

　何気ないふうを装いつつ、急いでマーティ・クルンバッハーのあとを追った。ブラとパンティだけになったほうがもっと目立たないだろうかと思いながら。スパンコールぐらいではまぎれこめないだろう。そうでなくても、マイリトルポニー（ポニーがキャラクターのアメリカの女児向け玩具シリーズ。アニメにもなった）でいっぱいの部屋のなかにいる、バドワイザー・クライズデール（バドワイザーのCMに出てくる馬車馬）のような気分なのだ。経産婦のお腹をちょっとばかり露出したからといって、ここの人間のようには見えないだろうし。

　クルンバッハーと友人のひとりは、ピスタチオグリーンの廊下を進んで、つきあたりの部屋にはいった。わたしは一瞬待ってから小走りであとを追い、閉まっていないことを願いながらドアににじり寄った。ドアはほんの三センチほど開いていた。

　背後を見て廊下にだれもいないことをたしかめたあと、隙間からのぞいてみた。

　何を見ることになるのだろう――ホットファッジとマラスキーノチェリーをちりばめた、プラムプディングとラズベリータルトがテーマの乱交パーティだろうか？

ストリップクラブにいるというのに、マーティ・クルンバッハーはふしだらな快楽にふけっているようには見えなかった。ふたりの男たちとテーブルを囲んで話しこんでいたのだ。

「さっきも言ったが、できることは何もない」男のひとりが言った。「今はブツが届くのを待っているところだ。原料がないんだから、わたしたちにできるのは待つことだけなんだよ」

「別の供給者を見つけろ」クルンバッハーが言った。その声は冷たく、きびしかった——奥さんそっくり、とわたしは思った。似た者夫婦だ。「期限があるんだ」

「でも、クルンバッハーさん——」

「つぎの出荷日は今度の水曜日だ。それまでになんとかしろ、でないとサムズを送りこむぞ」

顔が真っ白になるという表現を本で読んだことがあるが、そのことばの意味をいま初めて理解した。クルンバッハーと話している男たちは、突然ヴァンパイアに血をすべて吸われてしまったようになったのだ。

なんであれ、ここでおこなわれていることは不気味だったが、ミセス・クルンバッハーが興味を示しそうなことではなかった。夫が成人向けの『くるみ割り人形』のこんぺいとうの精のひとりとイケナイことをしていたわけではないと知って、彼女はよろこぶだろうか、それとも悲しむだろうか？

「もう行かないと」クルンバッハーは立ちあがって伸びをしながら言った。「ショートケーキを見逃したくない」

わたしは急いでテーブルに戻ろうときびすを返した。不運なことに、スカート代わりにカップケーキのカップをつけているだけの、色っぽい若い女性とぶつかってしまった。六カ月間アトキンスダイエット（糖質制限ダイエット）をしたあとの初めてのデザートであるかのように彼女を見ている、ジーンズ姿の男性がいっしょだった。

「どうかしました？」けげんそうにわたしを見ながら彼女がきいてきた。

「婦人用化粧室はこっちかしら？」わたしはきいた。そのとき、背後の部屋からクルンバッハーが出てきた。彼にちらりと目をやると、目が合ってしまった。わたしは彼に弱々しく微笑みかけたあと、カップケーキ嬢に向き直った。

「この廊下にはありません」彼女は言った。「ここにある部屋は……プライベートダンス用なので」それを聞いて、背後の男性が舌なめずりをした。

「ありがとう」わたしはそう言って彼女と別れ、急いでクルンバッハーから離れた。

「どうだった？」急ぎ足でテーブルに戻ると、ピーチズがきいてきた。

「それほどホットじゃなかった」わたしは言った。

「どういう意味？」

「男たちと会って、荷物やサムズって名前の人の話をしてた。そのあと振り向いたらカップケーキ嬢とぶつかって、彼に見られた」

「彼に見られた？」ピーチズはうめいた。「探偵活動のルールその一。対象者に姿を見られてはならない」彼女はわたしがいないあいだに届いていた金魚鉢サイズのマルガリータをひと口飲んで言った。「彼、あなたを見てるわよ」

「最高」わたしは言った。

「やあ、お嬢さんたち！」老人たちだった。「ごいっしょさせてもらうよ」背の高い方が、わたしの隣のべたべたする椅子に座りながら言った。小ぶりのティーポットのような彼の連れ——背が低く太っていて、ハッブル宇宙望遠鏡から借りてきたのかと思うほど分厚いレンズの眼鏡をかけている——は、ピーチズの隣の椅子に座った。

「それはちょっと——」

「ここは初めてだろう、シュガー」わたしの隣の老人が、骸骨のような手をわたしの太ももにすべらせながら、甘ったるい声で言った。「うーん」彼は太ももをぎゅっとつかんだ。「いいねえ、まるまるしとる。わしは肉づきのいい女が好きなんじゃ」

なんと言えばいいのかわからなかったので、何も言わなかった。太ももから骨ばった指を引きはがしながら、寝たいと思っている女性に〝まるまるしてる〟と言ってはいけないことも知らずに、いったいこの男はどうやって八十年以上も生きてきたのだろうと思った。だからこそ日曜日の午後にストリップクラブで女を引っ掛けようとしているのだろうが。

「いいねえ、そのドレス」ピーチズの隣の老人が、谷間をよく見ようと老眼鏡にかけ替えて満足そうに言った。「あんたの髪にぴったりなところが気に入った」

「ありがと、ハニー」ピーチズはおざなりに言うと、マルガリータをまたぐびりと飲んだ。

「なんだってそんなに着こんでるんだい？」わたしの隣の老人は、もう一度太ももにさわろうとしているらしく、自分の椅子をわたしに近づけながらきいた。彼の腕はメキシコのチワワ州サイズのしみで覆われていた。ちょっとびっくりするほどの代物だ。

「それ、お医者さんに診てもらった？」わたしはダース・ベイダーのヘルメットにちょっと似たしみを指して言った。「悪性黒色腫（メラノーマ）かもしれないわよ。境目にむらがあるし、表面の色が濃くなってるでしょ？」

「もしそうしたければ、全身を調べてくれてもいいぞ。ここにもうひとつあるから」彼はベルトのバックルに手を伸ばし、はずしはじめた。

そのとき、幸いにもアナウンスが響いた。「紳士のみなさん」女性の甘い声だ。「お楽しみの準備はいいですか？」

しみ老人はベルトのバックルを締め直し、わたしはほっとした。あたりにわきあがった口笛やはやし立てる声からすると、質問の答えはイエスのようだ。クルンバッハーでさえわたしのことを忘れたらしい。ホイップクリームの売り子に紙幣のかたまりをわたし、三缶を脇にはさんでいた。「それでは、プールまでお越しください、紳士のみなさん。ストロベリーショートケーキちゃんとバナナトワールちゃん（ストロベリーショートケーキちゃんの友だち設定のキャラクター）のホイップクリームサンデーがはじまります！」

わたしたちが見ていると——ホイップクリームのかかった柔肌の魅力に、しみ老人はわたしにほくろを見せようとしていたのを忘れたらしい——ショートケーキちゃんとバナナトワールちゃんが、つややかな唇を挑発的に突き出しながら気取ってランウェイを歩いてきた。ショートケーキがハイヒールを脱ぎ捨て、ストライプのストッキングを片方ずつ脱ぐと、身につけているのは十五センチほどのデンタルフロスのようなGストリングだけになった。

バナナトワールにはもう少し脱ぐものがあり、鮮やかな黄色のビキニトップと、バナナの葉っぱのつもりらしい緑色の布切れをゆっくりとはずすと、挑発的にポールのまわりをくるくると回転し、観客から歓声があがった。

「彼女の定番の動きよ」ピーチズが勝手知ったる様子で言い、しみ老人が満足げにうなった。

ふたりの女は手をつないでいっしょにプールに飛びこんだ。「クリーミング、スタート！」司会者が宣言した。ホイップクリームの缶をベルトのバックルのまえにはさんでステージのまわりに集まった男たちが、プールのなかで身をくねらせる女の子たちに向かって、ホイップクリームを噴射しはじめた。

「どうしてみんなあんな持ち方をするの？」わたしはきいた。

ピーチズはグラスの縁からわたしを見た。

「ああ」わたしは鼻にしわを寄せて言った。「その……あれをやってる気分になるために、ひと缶に十ドル払うわけ？」

「そうみたいね」ピーチズは言った。

股のあたりで缶を持っている男たちを見て——最前列にはわれらが友人のクルンバッハーもいた——身震いした。「最低。写真撮ったほうがいい？」

ありがたいことに、隣の老人たちはわたしたちの存在を忘れてしまったらしく、あんぐりと口を開けてステージのまえでおこなわれていることを見ていた。ふたりの女たちはプールのなかでのたうちまわっていた。ふたりがほとんど裸で、レディウィップにまみれていることをのぞけば、ちょっとツイスターゲームをしているように見えた。バナナトワールのGストリングが二度脱げかけた。

「離婚の理由にはならないけど、報告書に加えたら見栄えがいいかも」ピーチズが言った。

「ちゃんと仕事してるって証明になるし」

「あなたが行ってよ」わたしは言った。「わたしはもう彼に見られちゃったんだから」

「探偵活動のルールその一」彼女はきびしく繰り返したあと、不承不承「わたしが行くわ」と言った。「でも、ステーキが来たら、手を振って知らせてよ。冷めないうちに食べたいから」

わたしは同意し、満足げに背もたれに寄りかかると、しみ老人から椅子を離した。ピーチズはプールのほうに向かった。

彼女はオレンジ色のミニワンピを引っ張って太ももを隠しながら男たちのあいだを縫って進み、男たちの群れのなかに体をねじこんで、ステージサイドのクルンバッハーの向かいの席を確保した。そうすれば彼の写真が撮りやすいと思ったのだろう。カウボーイハットの男ふたりのあいだでスマートフォンを取り出したとき、レディウィップまみれの手脚のあいだから、突然バナナトワールの顔が現れた。あごからホイップクリームの大きなかたまりをぶら下げながら。

「ちょっと」彼女はクリームを拭った目を細めて言った。「あんたを知ってるわ」ピーチズをガン見している。「先月モンスタートラックラリーであたしの彼を追いかけまわして、写真を撮ったオバサンね」

「なんのことかしら」と言って、ピーチズはあとずさった。

だが、バナナトワールは彼女に近づいてきた。

「人ちがいよ」ピーチズが訴えると、バナナトワールはプールの縁を乗り越えて、ピンクのカーペットにクリームをたらした。

バナナトワールがもう微笑んでいないことにわたしは気づいた。「彼、あんたのせいで労災の一万ドルをもらいそこねたのよ！」

ピーチズはあとずさろうとしたが、カウボーイたちに退路をふさがれていた。別の出口を見つけるより先に、バナナトワールにクリームまみれの手で手首をつかまれ、プールのなかに引っ張りこまれた。

3

「探偵活動のルールその一はどうしたのよ？」約四十分後、ミニバンに乗りこんでドアを閉めると、わたしはピーチズにきいた。バナナトワールのかぎ爪からピーチズを引き離すのに十分かかり、レディウィップを洗い流してピーチズの目のあざの手当てをするために、化粧室で十五分すごした。チューイは裏口から急いでわたしたちを外に出し、ステーキは食べられずじまいだった。

「だれにでもついてない日はあるものよ」ピーチズが言った。

「なんでまたモンスタートラックラリーの会場で姿を見られたりするわけ？　ああいうところには何千人も人がいるんじゃないの？」

「話せば長くなるわ」彼女は言った。「いつかビールを飲みながら話してあげる」

わたしは時計を見た。三時四十五分だった。「今日という日は厄日になりつつあるわ」

「ちょっとホイップクリームがついただけじゃない」

「あと十五分でホーリー・オークスに行かなきゃならないのよ」わたしは彼女に思い出させ、ミニバンをバックさせて、カローラにこすりそうになった。「ほかの保護者に会うのは初めてなのに、『ゴーストバスターズ』に出てくるマシュマロマンとの戦いに負けたみたいな格好なのよ。おまけに写真は撮れなかったし、ふたりともクルンバッハーに見られた」

「あなたよりわたしのほうがよりたくさん見られたわ」ピーチズが指摘した。そのとおりだった。つかみ合いのあいだに少なくとも二度は、クルンバッハーをふくめたクラブじゅうの人にうっかりお尻をさらしたからだ。胸のほうは奇跡的に服のなかに収まっていたが、何度かきわどい場面はあった。「そのことなら心配しなくていいから。ちょっとしたつまずきよ、マージー」バイザーをおろして口紅を塗りながら、彼女は言った。「わたしたちに対処できないものはないわ」

ちょっとしたつまずきですって？　ピーチズったらどこまで楽天主義者なのよ。

鏡で自分の顔を見た。赤褐色の髪にはまだ白い筋がついており、頬はクリームが乾いて白く粉が吹いたようになっている。しかも、服からはヨーグルト臭がしはじめていた。「うちに戻って着替えなきゃ。こんな格好で学校に行くわけにいかないわ」

ピーチズは首を振った。「そんなことしてたら保護者会が終わっちゃうわよ。旦那にたのむわけにはいかないの？」

「ブレイクは今日の午後クライアントとミーティングなのよ」わたしは言った。

「週末なのに？」

「あの人は弁護士なのよ、忘れたの？」わたしは思い出させた。「姑（しゅうとめ）が子供たちを預かると言ってくれて、ようやく行けることになったんだから」いつもなら困ったときは親友のベッキー・ヘイルにたのむのだが、ホーリー・オークスに娘の入学を拒否されたベッキーは、そのことについて《オースティンハイツ・ピカユーン》に批判的な投書をし、わたしたちの関係はちょっとばかり冷えこんでいた。

ピーチズは目をすがめてわたしを見た。「あなたの格好、それほどひどくないわよ。会場のうしろのほうに座れば大丈夫なんじゃない？」

「ほんと？」もう一度ちらりと鏡を見て、わたしはきいた。

「赤ちゃん用のお尻拭きがあるじゃない？　あれで体を拭けば大丈夫よ。だれかにきかれたら、子供たちとアート作品作りをしていて時間がたつのを忘れた、と言えばいいわ」

「ホイップクリームのフィンガーペインティングをしていて？」

「いいと思うけど」彼女は言った。

ホーリー・オークス・カトリック・スクールの駐車場の最後の駐車スペースに車を入れたのは、四時十五分だった。ピーチズを送っていく時間はなかった。わたしがなかにいるあいだ彼女は外で待ち、いくつか電話をかけることになっていた。

さらに五分かけて、赤ちゃん用お尻拭きのハギーズ・ワイプで必死に髪と体を拭いた。すると今度はヨーグルトとおむつのようなにおいになった。

「どう見える？」わたしはピーチズにきいた。

「洗車機から出てきたばかりみたいに見える」わたしの汚れたTシャツを横目で見て、彼女は言った。

「ありがとう」

「大丈夫よ。少なくとも清潔には見えるから！」

もう一度髪をなでつけてから、バッグをつかんだ。「そんなに時間はかからないと思う」

わたしはピーチズに言った。

「そうであってほしいわ」彼女は言った。「あと二時間でホットなデートなんだから」

わたしもだ。残念ながら、白いものしか食べず、それをわたしに〝ドッグフード〟と呼ばせる六歳児と、〝やだ〟ということばがお気に入りの四歳児とのデートだが。子供たちのことは愛しているが、独身時代が恋しい日もあった。

ほんとうにそうだろうか？　ブルーのサテンドレスを身につけた男性に魅力を感じるのはたまたま〝そういう時期〟だっただけで、〝問題は解決できる〟とブレイクは主張しているけれど、わたしはまた独身に戻りそうだった。今回はふたりの幼い子供つきで。

不愉快な考えを頭から追い出し、よく手入れされたグラウンドを正面玄関へと急いだ。駐車場にミニバンがあまりないことにいやでも気づいた。当然ながら、うしろのバンパーがコートハンガーで支えられているミニバンも。ぴかぴかのポルシェ・カイエンとメルセデスのSUVが並んでいるのを見ていると、一瞬、高級車の販売特約店に偶然迷いこんでしまったのだろうかと思ってしまう。

正面玄関に着いて、食肉貯蔵庫なみの気温のロビーにはいるころには、四時二十五分になっていた。ブランドもののワンピースを着て、やたらとヒールの高い靴を履いた若い女性が、わたしの服をじろじろ見ながら、嫌悪感を隠しきれない様子で言った。「ご用件を承ります」

「新入生保護者オリエンテーションの場所はどこでしょうか」わたしは彼女に言った。

「そちらの図書室です」彼女はダブルドアに向かってフレンチネイルを施した手を振った。

わたしは彼女に礼を言うとそこに急ぎ、静かになかにはいって、本が並んだ広い部屋の、うしろのほうの空いている椅子に向かった。

ホイップクリームで汚れた短パンが椅子に触れるか触れないかのうちに、部屋の前方にいるきびきびした女性が言った。「あなたはどなた？」

部屋じゅうの人が振り向いてわたしを見るまで、自分が話しかけられていることに気づかなかった。

手を上げて小さく振った。「マージー・ピーターソンです」何気ないふうを装ってわたしは言った。「娘の名前はエルシーです。今度一年生になります」

「それはすばらしいこと」冷淡な笑みを浮かべたまま、きびきびした女性は叫んだ。「わが校の基本方針についてお話ししていたところです。ここにあなたのためのお知らせをまとめたものがあります」彼女は〝ピーターソン〟と流麗に書かれたフォルダーを差し出した。

「ありがとうございます。遅れてすみません」わたしは立ちあがり、全員の目が背中のホイップクリームのしみに向けられているのを意識しながら、図書室の前方に向かってとぼとぼと歩いていった。クリームまみれの短パンを穿いているのはわたしだけだということが、すぐに明らかになった。そもそも、短パンを穿いているのがわたしだけだった。女性たちはみんな上下おそろいのジョギングウェアかおしゃれなベルト付きワンピースで、男性はジーンズかチノパンツにボタンダウンシャツという姿だ。

赤のシースドレスにホーリー・オークスの青いロゴがプリントされたスカーフをつけた小学校長からフォルダーを受け取った。彼女の横には、やさしいおじさんのようなぼんやりした丸顔の学園長、ジョージ・キャベンディッシュが座っていた。禿げた頭頂部の縁を白髪が囲んでおり、ブルーのスラックスからお腹がせり出し、ホーリー・オークスのロゴがあしらわれたネクタイをしている。購買部ではホーリー・オークスのロゴがついたあらゆる衣類が売られているのだろうか？

急いで自分の席に戻ろうと向きを変えると、見覚えのある顔が目にはいった。ミッツィ・クルンバッハーだ。テレキネシスで灰にしようとしているかのように、穴があくほどわたしを見つめていた。

そして、その隣でにやにやしているのは、彼女の夫のマーティだった。

そのあとの一時間は何日にも感じられた——それはヨーグルトくさい短パンを穿いているからというだけではなかった。小学校長の女性——たしか名前はクレア・シンプソンだった——は、教育方針や、新校舎建設のための資金集め運動や、ホット・ランチ・プログラムや、資金が集まったら設置する予定の設備や、保護者会の重要性について話し、新校舎建設のための資金集め運動についてはさらにくわしく話した。

だんだんと主旨がわかってきた。

小学校長は最後に、クイズ番組の『ザ・プライス・イズ・ライト』で第一のドアを示すように、〝スカイ・ハイ〟と書かれた資金集めを呼びかけるポスターを指し示した。「ホーリー・オークスへようこそ」彼女はわたしたちに言った。「明日の朝、みなさまのお子さま方のぴかぴかのお顔を拝見するのを楽しみにしています。そして、もちろん、みなさまが援助してくだされば、ホーリー・オークスの根は深くなり、つるは天高く（スカイ・ハイ）伸びるでしょう！」

礼儀正しい拍手が起こり、全員が立ちあがった。受付にいた若い女性がやって来て、ロビーに通じるダブルドアを開けた。

そのとき、ピーチズのテキサス訛りの声が、マイクを通しているかのように聞こえてきた。「だから言ったでしょ、こういう仕事に売春婦は使いたくないって！」彼女は電話の相手にどなっていた。「彼女たちの時給はバカ高いのよ」玄関ロビーのベンチに座っているピーチズは、スマートフォンを充電中で、オレンジ色の髪は頭に張りつき、白い筋がついたオレンジ色のミニワンピはむっちりした太ももの上のほうまでずりあがっていた。ちょっとクリームシクル（クリーム入りのアイスキャンディ）に似ていた。

ミッツィをちらりと見た。彼女はぽかんと口を開けており、正直それはボトックス療法を施した顔にできるとは思えないほど大きな動きで、日焼けの下の肌は青ざめているように見えた。

「ピーチズ」わたしは言った。

ボスは顔を上げた。茶色の目がかんかんに怒っているのがわかった。「あら。どうも、マージー」

4

「売春婦って何よ？」ホーリー・オークスの駐車場から車を出し、お知らせの束をシートとコンソールのあいだにつっこんで、ピーチズに言った。「外で電話することはできなかったの？」

「タイミングが悪かったのは認めるわ。大事な話をしてるときにバッテリーがなくなりかけたから、なかにはいってコンセントを拝借しなくちゃならなかったのよ」彼女はおどおどとわたしを見た。「ごめん」

「つぎは小さいマルガリータを注文したほうがいいかもね」わたしは言った。

ピーチズは小さいげっぷをした。「きっと空きっ腹だったからよ。食べないとテキーラは頭にくるのよね」

「今さらどうしようもないわ。たぶん何もかもうまくいくわよ」そうであってほしいと思いながら言った。エルシーはまだ初登校してもいないのに、すでに保護者の半数をあきれさせてしまったのだから。

「ミッツィがいたわ」わたしは言った。「彼女の夫も」

「そうね、まあ、上流階級向けの学校だし、オースティンは小さな町だから。彼、バナナトワールのことは何か言ってた？」

「しゃべる機会はなかった」わたしは言った。説明している場合ではないと判断し、ピーチズを引き連れてその場から逃げ出したのだ。すべて忘れてもらえるといいのだが。「でも、ふたりともわたしに気づいたわ」

ピーチズはため息をついた。「おそらくわたしたちは安全よ。缶入りのレディウィップを介した知り合いだなんて、旦那はミッツィに言いたくないだろうし」

「でも、彼を尾行するのがむずかしくなるわ」と指摘して、ビー・ケイヴズ・ロードからモパック高速道路にはいった。

「そのために変装があるのよ、マージー」

「今回はヘアダイはなしよ」わたしは言った。「髪から黒の染料がとれるまで何カ月もかかったんだから」

「大丈夫よ」彼女は言った。「ブロンドのウィッグがあるから。きっと似合うわよ」

わたしはこの日五度目となるうめき声をあげて——またしても——思った。どうして親友のベッキーのように化粧品のセールスをはじめなかったのかと。

約二十分遅れで義母の家のまえに車を乗り入れた。まずまずといったところだろう。ピーチズを事務所に送るのに思ったより時間がかかってしまったのだ。オースティンの交通渋滞は毎月深刻になっている。

「マージー、ダーリン」義母は玄関を開けて言った。いつものように申し分のない装いで、タルボットのスラックスと淡い花柄のシルクブラウスは、子供たちとの四時間をなんとか生き延びていた。わたしの汚れたTシャツと短パンを見て、彼女の笑みが消えた。着替える機会がなかったのだ。「何があったの？」

「長い話なんです」わたしは言った。「子供たちを見てくださってありがとうございました。オリエンテーションは無事終わりました」

「その格好でオリエンテーションに出たわけじゃないわよね？」

わたしはため息をついた。「着替える時間がなくて」〈スウィート・ショップ〉のプールでの短い救出劇を――もっとひどいのはホーリー・オークスのロビーでのピーチズの電話の会話を――もしプルーが知ったら、心臓発作を起こすかもしれないので、話題を変えることにした。どっちにしろ、すぐに女子青年連盟（ジュニアリーグ）（上流階級の女性による地方組織で、社会奉仕活動をおこなう）を通じて耳にはいる確率は高かったが。「子供たちはどんな様子でしたか？」わたしはきいた。

「ああ、問題ない、と思うわ」

「と思う？」

「ええ」彼女は下唇を噛んで言った。「今日はエルシーに新しいフォークを使わせようとしたの――あの子のイニシャルが彫られた銀のスプーンを買っておいたのよ――でも、どうしてもお皿からじかに食べるってきかなくて」

「せめてテーブルで食べました?」

「それが……だめだったの」

わたしは顔をしかめた。以前は聞き分けがよかったのに、この六カ月というもの娘はお皿を床に置かないと食事をしない。今では水用のボウルもあり、それにはラメ入りのマニキュアでペキニーズとしての彼女の名前が書かれている。娘の犬的傾向が心配だった。ホーリー・オークスのほかの一年生たちにうまくなじめるかについては、ちょっとどころではなく心配だった。わたしは地元の公立小学校に入れたかったのだが、ブレイクもプルーデンスも私立小学校のほうがいいと言ってきかず、プルーが学費を払うと言ってきたので、わたしも折れたのだった。

「まだ自分をフィフィと呼べと言ってます?」わたしは義母にきいた。

プルーデンスはうなずいた。「きっとそのうち卒業するわ」彼女は言った。「ブレイクは六カ月ぐらい自分をハムスターだと思っていたのよ。いつもほっぺたにシリアルのチェリオスをつめこんでたわ、のどを詰まらせて九一一に電話しなくちゃならなくなるまで」彼女は明るい笑顔を見せた。「きっとそのうち何かをのどに詰まらせれば目が覚めるわよ!」

その意見に答えずにすんだのは、ニックが脚にぶつかってきたからだった。「ママ!」息子の頬が触れた脚にねばねばしたものを感じた。見ると、太ももにチョコレートプディングのようなものがついていた。ニックは鼻にしわを寄せてあとずさった。「変なにおいがする」

「短パンに何かこぼしちゃったのよ」わたしはそう言うと、かがんで息子の頭にキスをし、ベビーシャンプーと幼い男児のにおいを吸いこんだ。「おばあちゃんのおうちで楽しかった?」

「うん」ニックは言った。「おばあちゃんがお姉ちゃんにごはんを食べさせるのがおもしろかった。ずっと変な顔してたの、うんちをがまんしてるみたいな顔」

プルーはかすかに赤くなった。「お姉ちゃんといえば」彼女はニックに言った。「どこにいるの?」

「裏庭でフェンスに向かって吠えてるよ」ニックは言った。「ぼく、連れてくる」

「ありがとう」とわたしが言うと、彼は家の奥に向かって廊下を走っていった。

「エルシーのことが心配だわ」孫がいなくなるとすぐに義母は言った。

「わたしもです」わたしは白状した。妖精の家を作り、すきっ歯でにっこり笑ってみせてくれた好奇心旺盛な少女はいなくなってしまったらしく、どうすれば戻ってきてくれるのかわからなかった。

「原因はわたしの知らないことだと思うの」アイスブルーの目でじっとわたしを見ながら彼女は言った。「あなたとブレイクのあいだはどうなってるの?」

「うまくいってます」わたしはうそをついた。「でも、夫婦仲とエルシーがボウルから水を飲むことになんの関係があるっていうんです?」

「ストレスが原因でいろいろなことが起こるのよ。最近みんなでいっしょにいるときに気づいたの、あなたとブレイクのあいだには距離があるみたいだってことに」彼女は両手を上げた。「ええ、わかってる。干渉するつもりはないけど、こういうことは当事者以外のほうがよくわかるものなのよ」そう言って、夫婦仲がどうなっているのかわたしがすっかり打ち明けたくなるような、同情的な笑みを浮かべた。「あなたの仕事のせいで亀裂が生まれているんじゃない？」

わたしの仕事が亀裂を生んでいる？　何を言うべきかわからないまま口を開けた。幸い、義母の話にはまだつづきがあったので、わたしは返答という重荷から解放された。

「夫婦間のトラブルは子供にとってつらいものよ。あなたはほんとうに夫が必要としている支えを提供しているの？」

後悔するようなことを言ってしまうまえに口を閉じ、歯をくいしばってうなずいた。「心配してくださるのはありがたいんですけど」わたしは義母に言った。「エルシーが犬として扱われたいと思うのは、わたしたち夫婦の問題とは無関係だと思います」深呼吸をして顔に笑みを貼りつける。「さてと、お名残惜しいんですけど、うちに帰って夕食の支度をしないと。手を貸してくださって、ほんとうにありがとうございました」

「いつでもどうぞ」プルーは言った。「今週はあなたのお母さまがこっちに来られるんじゃなかった？」

うわ、最低。ごたごたつづきですっかり忘れていた。「明日来る予定です」わたしは言った。うちに帰ったら家のなかを片づけて洗濯をしなければならないということだ。さらに悪いことに、ブレイクとの関係についての疑問を文字通りぶつけられるだろう。

ブレイクと（今は）亡き服装倒錯者との浮気が発覚して以来、夫とは家庭内別居状態だが、夫は夫婦間で何が起こっているか――あるいは起こっていないか――についてだれにも言いたがらなかった。驚くようなことではない。ゲイであることは尼僧を誘拐することとわが子をインターネットで売ることとのあいだぐらいの罪深さだと、子供のころから教えこまれてきたのだ。当然ながら、フットボール、サッカーといっただれが見ても〝男らしい〟活動を子供時代に経験してきたブレイクは、自分が男性に惹かれることを認めようとせず、〝努力している〟と言いつづけてきた。わたしはいまだにそれを理解できずにいる。だって、どう〝努力〟すれば男性に惹かれなくなるっていうの？　リッキー・マーティンを思い浮かべるたびに、牛追い棒で自分をつついて電気ショックを加えるとか？

それより差し迫った問題は、母が滞在することになる一週間、現在の仮面の夫婦関係をどうやって隠しつづけるかということだ。

「マージー？」プルーは心配そうに眉をひそめてわたしを見ていた。

「すみません」わたしは言った。「母が来るまえにやらなきゃいけないことについて考えていたもので」

「もしよかったら、グラシエラに手伝いに行ってもらうこともできるわよ」義母は言った。グラシエラはプルーデンスの家の家政婦だ。すばらしく有能で、その証拠に義母の家のなかは博物館級にしみひとつないが、わが家は現在ひどく散らかっているので、グラシエラが掃除をするスペースを見つけるのはむずかしいだろう。それに、報酬を払えるかどうかわからない。

「ありがとうございます。でも、ひとりでやれますから。それに」と言ったとき、ニックが廊下を走ってきた。エルシーが四つん這いになって走りながら追いかけてくる。「子供たちも手伝ってくれますし。そうよね？」

エルシーがハート形の顔を上に向けて言った。「ウーッ！」

5

エルシーをなだめすかしてシートベルトを締めさせるのに数分かかった。義父母の住む上品な界隈を走り抜けながら、ミニバンの後部に操作可能な窓がなくてよかったと思った。娘が窓から頭を突き出し、舌を風になびかせている状態で、プルーデンスのご近所を走りたくなかったからだ。

「今日はあなたの学校に行ってきたのよ、エルシー」わたしは明るく言った。「ホーリー・オークスの一年生になるのが楽しみ？」

後部座席から不気味なうなり声がした。娘に同感しないでもなかった。ブレイクの両親が学費を払うと言い出さなかったら、家と同じ通りにある公立小学校に行くことになっていただろうから。そうしたからといって娘が幸せになれないとは思えなかった。

「どうしてエルシーは新しい学校に行くの？」ニックがきいた。「グリーン・メドウズが好きじゃないの？」

「お姉ちゃんはグリーン・メドウズが好きだったわよ」わたしは事実を少し誇張して言った――エルシーと幼稚園の園長はいくつかのことにおいて意見が合わなかった。「でも、お姉ちゃんは一年生になるのよ、スウィートハート。グリーン・メドウズには幼稚園までしかないでしょ」

うなり声が大きくなった。

「ママ、エルシーがぼくに歯をむき出してるよ」

「エルシー」わたしはきびしく言った。「弟に咬みついたら、今夜ごはんボウルにブラウニーを入れてあげないわよ」

「ブラウニーなし？」娘は注射を打ってもらいに獣医に行くと言われたような声を出した。いい面を見れば、少なくともことばをしゃべったわ、とわたしは自分に言い聞かせた。やがて娘は消音器を落としてしまった車のような音を発した。

「こうしましょう。午後の残りを咬みついたりうなったりしないでいられたら、お夕食のあとでブラウニーと……アイスクリームも食べていいわ」

うなり声がやみ、バックミラーを見ると、エルシーは歯をむき出すのをやめていた。「ありがとう」わたしは言った。

「ぼくは？」ニックがきいた。

「あなたもよ」わたしは言った。これで今年の最優秀ママ賞はもらえないわ、と思った。ストリップクラブで午後をすごしたばかりか、子供たちと再会して五分しかたっていないのに、もう食べ物で買収しようとしているのだから。今夜はひとりに三つずつお話を読んでやることと、と自分に命じた。そして、野菜を使った健康的な夕食を作る。どんな育児本にも書いてあるではないか。子供たちが食べなくても野菜を与えつづけなければならないと。

「でもそんなのずるい」エルシーが抗議した。「ニックは何もしなくていいなんて」

「ニックもあなたを咬んだりうなったりしちゃいけないのよ。これで文句はないでしょ。咬んだりうなったりしなければ、ブラウニーとアイスクリームがたくさんもらえるの。わかった？」

「わかった」ふたりは声をそろえて言い、わたしはどこでブラウニーを調達しようかと考えながら右折した。


ドライブウェイにはいって車を停めたとき、ブレイクの車、いつも点検したばかりのように見える（たいていはそのとおりだからなのだが）ＢＭＷは、もうそこに停められていた。彼の車はすばらしいが、わが家はとても小ぎれいとはいえなかった。わたしは夫婦のどちらも刈ろうとしない伸びすぎた芝を無視しようとした。当然ながら、縁に小さな歯形がついているにもかかわらず、木材が腐っているだけだと自分に言い聞かせつづけている、羽目板にあいた大きな穴も。

〈ピーチツリー探偵社〉で働きはじめてから、仕事と洗濯と時間どおりに夕食を出すのに忙しくて、家の外観にまで気をまわすことができず、その放置ぶりが見た目に現れてきていた。前庭は芝生というより牧草地のようで、草は膝のあたりまで伸び、バラの茂みは歩道にはみ出していた。わたしは玄関まで歩きながら、剪定ばさみを出してきたほうがいいだろうと思った。好き勝手にさせずにもとに戻さないと、近いうちに茂みが通行人をのみこんでしまいそうに見えたからだ。居住者組合からのお知らせはまだ郵便受けに入れられていないが、その日はいずれ来るだろう。

玄関を開けて子供たちをなかに入れると、トイレのしつけができていないシャム猫のルーファスが、玄関ホールの枯れたシダの陰から悲しげに鳴いた。えさのボウルが空っぽなのだろう――またしても。

「ブレイク？」と呼びかけた。ニックはうちにはいるなり靴を蹴って脱ぎ、片方がルーファスに当たりそうになった。猫をつかまえて洗濯室に戻そうとしたが、そのまえに逃げられてしまった。つぎはどこに落し物を見つけることになるのやら。先週はわたしのクローゼットだった。今度はわたしの枕の上でないといいのだが。エルシーはテレビをつけて公共放送サービス（PBS）に合わせると、犬用ベッドのつもりのクッションの上で丸くなり、ニックはデュプロで車を作りはじめた。

「キッチンだよ」夫が大声で言った。わたしは深呼吸をした。ニンニクとローズマリーのなんともいいにおいがしていた。

「あなた……料理してるの？」キッチンに行ったわたしは、夫がエプロンをしているのを見て驚いた。砂色の髪とくっきりした頬骨の彼はいつものようにハンサムだったが、わたしの心はわずかに収縮するだけでもうときめかなかった。

「いいだろう？　今日は結婚記念日だし」彼はそう言って、冷えた白ワインのグラスをわたしに差し出した。

「ああ。そうね」今日がなんの日か忘れていたきまり悪さが押し寄せ、顔に笑みを貼りつけた。プルーデンスに念を押されなかったのは驚きだった。「ありがとう」と言って、ワインをごくりとひと口――今日のような日をすごしたあとには必要なものだ――飲み、コンロにかけた鍋をのぞくと、テンダーロインのかたまりがふたつ、じゅうじゅういっていた。

「その服、どうしたの？」

「ああ、これね」わたしは言った。「何かこぼしちゃったのよ。着替えてくるわね」キッチンから逃げだして夫婦の寝室だった部屋に行き、清潔な短パンとTシャツに着替えた。結婚記念日のディナーのための最高にロマンティックな服装とはいえないが、ロマンティックなことを求めているわけではない。鏡を見た。夏のあいだに何キロか太ってしまった。ヘアカットも必要だ。母が来たら、数時間は抜け出せるだろう。たまりつつある洗濯ものの山に汚れた衣類を放り、ほがらかな表情に見えるよう顔を整えて、キッチンに戻った。「何を作ってるの？」わたしはきいた。

「ポーク・テンダーロインのイタリア風マリネだよ」ブレイクは言った。「材料は〈セントラル・マーケット〉で買ってきた」彼はいつもの息が止まりそうな笑みを投げかけてきた。まっすぐな歯を見せて、目をキラキラさせて。「そうすれば、きみがキッチンでひと休みできるんじゃないかと思って」

「ありがとう」と言って、もうひと口ワインを飲み、彼がロマンティックな夜を演出しようとしているのでないことを願った。

「そうだ、ベッキーから電話があったよ。折り返し電話すると言っておいた」

ベッキーが？　希望がわいてきた。事態は上向きってこと？　もしそうなら、わずかにしろ希望が持てるただひとつの関係ということになる。

フォークでテンダーロインをつつくブレイクを見つめた。結婚一年目はすばらしくて、気分の赴くままに行くビーチへの旅、キャンドルをともしたディナー、情熱的な夜に満ちていたが、さまざまなことが急速に冷め、二度とふたたび温まることはなかった。おもしろくてさっそうとしていた夫は、口うるさくて狭量で、ご近所に——とくにわたしが——どう思われるかばかり気にする人物に変身してしまった。

わたしはそれを子供のいる生活におけるストレスのせいだと思っていた。ソックスをたたんで、色だけでなく色あせ具合によって分類する人にとって、生まれつき無秩序を好む彼らはつねに脅威となるからだ。だが十一カ月ほどまえ、隠されていたブレイクの欲求不満が表面化し、わたしは美しい女装家を膝にのせた彼の写真を見つけた。

ブレイクは知りえたことをだれにも言わないでくれと懇願し、一週間ホテルに滞在した。やがて、あれは一時的なもので、すべてもう忘れたから戻ってきてもいいかときいてきた

（何を忘れたのか尋ねたい衝動にかられた）。

わたしはしぶしぶ承諾し、夫婦間の問題が解決するまで、書斎に寝泊まりしてもらうことにした。なんといっても、結婚というのは生涯の約束だと信じてきたし、両親が同じ家に住

んでいるほうが子供たちにとっていいのだと自分に言い聞かせた。そして今は、かわいい娘のことが心配でならない。最近ますます父親からも母親からも遠ざかり、犬になりきっている娘のことが。今は彼女をできるかぎり支えてやらなければならない。このままでは犬のしつけ教室に連れていかなければならなくなってしまう。あるいは精神科医のところに。

　少なくともブレイクはここ数カ月それほど口うるさくなくなった。それはいいことだし、ときどき洗濯ものをたたむことさえしてくれるのはうれしい変化だった。だが、ラブラブというわけにはいかなかった。最初は、結婚してからのすべての時間に疑問を抱いた。銀の結婚指輪をわたしの指にはめてくれたとき、ブレイクはわたしを愛しているのだと心から信じていた。どうしてこんなにまちがってしまったのだろう？　ほかにも判断を誤ったことがあるのでは？　今日の〈スウィート・ショップ〉のプールでの出来事を思い起こし、私立探偵というものは、ときには不名誉な状況に陥ることもあるのだと自分に言い聞かせた。それに、もしワクワクするような仕事をさがしていなかったら、ベッキーの勧めを受けて〈メアリー・ケイ化粧品〉の販売員になっていただろうし。

　実のところ、今のブレイクとわたしは夫と妻というよりルームメイトのようだった。カウンセリングには行っていない――ブレイクがいやがった――ので、琥珀のなかに閉じこめられているような状況だった。ときどきブレイクは誘いをかけてくる。だが、わたしが断ると、ふたりとも安堵するのだった。

　わたしは思い描いていた結婚生活と人生が破壊されたことにまだ腹を立てていた。もしブレイクがそもそものはじめから正直でいてくれていたら、幼子ふたりを道連れに不幸な結婚の罠にはまることにはならなかっただろう。こんな調子でこの先十五年やっていけるだろうか？

ブレイクとわたしはこの十一カ月、ほとんど触れ合うことなく同じ家で暮らしてきた。子供たちを傷つけるのがつらいのはやまやまだが、そろそろ離婚のことを考えるべきかもしれない。家での生活は悪夢だった。緊張を強いられるし、子供たちへの影響も懸念された――とくにエルシー。だめになった夫婦関係をがまんしてつづけていくのは、エルシーとニックにとっていいことなのだろうか？　それとも、別れたほうが子供たちのためになるのだろうか？　そう考えると胃がむかむかした。シングルマザーとしてどうやって子供たちを養っていこう？　私立探偵は控えめに言っても儲かる仕事ではない。ああでもないこうでもないと考えながら、いくつもの眠れない夜をすごしてきた。こんな生活をつづける価値はあるのだろうか？　そろそろ終わりにするべきではないかと、ますます思えてきた。

だから、ブレイクがグラスを上げて「ともにすごした八年に、そして、さらに長いこれからに」と言ったときは、ひどく当惑した。

「えっと……」わたしはグラスを上げずに言った。

彼は深刻な顔つきになった。「マージー、この十一カ月たいへんだったのはわかる。でも、解決法を見つけたんだ」

同性愛の解決法？　わたしにオーバーオールとワークブーツでベッドにはいれっていう

の？　それともストラップで張り型を装着して？

「どういう意味？」わたしはきいた。

彼はわたしの手にパンフレットを押しつけた。「〈男らしさへの旅〉だよ」彼は希望に燃えるまなざしで言い、わたしはパンフレットの表紙を見つめた。すてきな森のなかで、上半身裸のたくましい若者が、同じようにたくましい男性たちに囲まれて立っている表紙だった。

わけがわからずにブレイクを見あげた。「なんなの、これ？」

「男が自分の男らしさを発見するためのプログラムだよ。ぼくはあさって、車でドリッピング・スプリングス（オースティンの西三十七キロのところにある町）に向かう。四日間の修養会(リトリート)だ」

「それって……例のゲイを治すためのプログラム？」

彼はたじろいだ。「ぼくはゲイじゃない」ひそひそ声で言い、子供たちに聞かれていないことをたしかめた。『きかんしゃトーマス』の音楽が聞こえていた。この会話には奇妙なサウンドトラックだ。「ただときどき……そういう気分になるだけだ。このプログラムに参加すれば、それがなくなる」ハンサムな顔が赤くなった。「それに」彼はトングを振りまわしながらつづけた。「きみのお母さんが来るんだから、子供たちの世話は手伝ってもらえるだろ」

パンフレットをめくると、そこでは修養会を〝男性が同性嗜好(しこう)の解決に専念できる環境〟と説明しており、三日間の〝心の癒しと自己分析とカタルシス〟のくわしい内容が書かれていた。〝父と息子の抱擁〟と〝心の解放作業〟について説明しているページにさしかかると、この明らかに過剰と思われる肉体的接触が、ほんとうに〝カタルシス体験〟になるのだろうかと思わずにはいられなかった。抑圧されたゲイの男性たちに深い愛情をこめた抱擁をさせても、そのやっかいな〝気分〟を悪化させるだけではないかと思った。

「ブレイク――」わたしは口を開いた。

「妻たちのための会もあるんだ」わたしにそれ以上言わせず、夫は急いで言った。「参加してくれるとうれしい」

わたしはため息をついた。結婚生活をつづけたいという気持ちはありがたいが、ほかの抑圧されたゲイの夫たちと何日かすごしただけで、ドレスを着た男性に惹かれる気持ちが変わるとは思えなかった。週末に女子合宿をしたところで、『高慢と偏見』でコリン・ファースが湖からあがってくるシーンを見るときのわたしの気分が変わらないのと同じことだ。いま思えば、そのシーンになると、ブレイクはいつもわたしがテレビを見ている部屋にはいってきたものだった。コリン・ファースは今も夫婦で楽しめるもののひとつかもしれない。

八年間連れ添った夫を見た。あまりにも希望をもっている様子なので、ノーと言うのは酷な気がした。「参加できると思う」協力的に聞こえるように、わたしは言った。

「きっと何もかも変わるよ。そんな気がするんだ」彼はトングを置いて、わたしの頬にぎこちなくキスをした。

わたしはワインを飲み干し、なみなみとお代わりを注いだ。

ポークは硬めで、エルシーは肉にもブレイクが作ったサラダにも手をつけず、ヌードルをボウルで、バニラミルクをお皿で要求した――かたくなに白いものしか食べようとしないのだ。それでも状況を考えれば、夕食はかなりなごやかに進んだ。わたしは子供たちを寝かしつけるために席を立ち、うちにあるなかでいちばん長い本を選んで子供たちに読んでやった。そのあいだブレイクはキッチンに残って食器洗浄機にお皿を入れていた。

「夕食をごちそうさま」三十分後、キッチンに戻ってわたしは言った。「おいしかった」

「どういたしまして」彼は言った。「結婚記念日おめでとう、マージー」手にしていたフォークを銀器のかごに入れると、彼はわたしのほうに身を寄せた。

わたしは思わずあとずさって片手を上げた。「修養会が終わってから話しましょう」と言うと、彼も目に安堵のようなものを浮かべてわたしから離れた。わたしは不自然な笑みを彼に向けた。「出かけるときは知らせてね」

「だれかにきかれたら、出張だと言ってくれ」彼は急いで言った。「研修のための」

「わかった」

「ところで、保護者会はどうだった?」

「えーと……興味深かった」ピーチズの売春婦に関する会話とわたしの服がホイップクリームまみれになった話は省くことにして、わたしは言った。「新校舎建設のための資金集め運動の話ばっかりだったけど、制服とランチについてはわかったわ」

「アクセサリーについての規則は?」彼がきいた。

「小さい十字架とスタッズ・イヤリングだけ。ラインストーンつきの犬用首輪はだめみたい」

「エルシーにはどう話す？」

わたしはため息をついた。「わからない。正直、エルシーのことが心配だわ、ブレイク。バン先生の言ったとおりよ——カウンセリングを受けるべきかもしれない」エルシーを精神科医に診せてはとグリーン・メドウズ幼稚園の園長に言われたときは、大げさに言っているだけだと思ったが、娘の行動がますます……常軌を逸したものになってきているのは認めないわけにはいかなかった。内気だけれど好奇心旺盛な女の子に戻ってほしいのに、エルシーは妄想の犬の世界にどんどん引きこもっていった。娘のことが心配だった。そういう時期なだけかもしれないが、そうではないのかもしれない。

「カウンセリングの必要はないよ」ブレイクはわたしの提案を退けて言った。「そういう時期だというだけだろう。いずれ卒業するさ」

ブレイクがつややかなドレスを着た男性への嗜好を卒業するようにね、とわたしは思った。そうよね。

「このまま様子をみましょう」わたしは確信が持てないまま言った。制服姿の少女たちのなかにいれば、犬の時期を卒業するのに役立つかもしれない。つねに希望は持たないと。

わたしはあくびをした。長い一日だったし、このことについていま話し合ってもしかたがない。「もう寝るわ」わたしは言った。ベッキーに電話するには遅すぎる。明日電話して近況報告しよう。「また明日ね」

アルミホイルをまとった大女が、ミニチュアのダース・ベイダーにチョコレートシロップを注いでいる夢を見ていたら、携帯電話が鳴った。起きあがり、目を細めて番号を見た。ピーチズからだった。

電話をつかんだ。「もしもし?」

「マージー。起きててくれてよかった」

「寝てたわよ」わたしは目をこすって言った。「あなたが電話してくるまでは」

「助けてほしいのよ」

わたしは時計を見た。「夜中の三時よ」

「わかってる。申し訳ないと思うけど、ちょっと困ったことになっちゃって」

「どうしたの?」バーに迎えにきてほしいのだろうかと思いながら、わたしはきいた。この一、二週間、ピーチズはかなり酒浸りなのだ。ビュイックが修理中で、かえってよかったのかもしれない。

「あなたは気に入らないと思うけど、全部説明するから」

「留置場にいるの?」わたしはきいた。

「ちがうわよ」ピーチズは言った。「ばかなこと言わないで。死体を動かすのに手を貸してもらいたいだけよ」

6

電話をつかんだまますっかり起きあがった。「なんですって?」

「ちゃんと聞こえたでしょ。二度も言わせないでよ」ピーチズはすらすらと住所を言った。

「どれくらいで来られる?」

「ふざけてるのよね。そうでしょ?」

「いいえ」

「でも——」

「いま出れば十五分で着くわ——遅くても二十分ね。早ければ早いほどいいのよ、固まると動かしづらくなるから」

「固まると動かしづらい?」わたしは目をこすった。こんな会話をしているのが信じられない。

「来たら説明するわよ。子供たちを学校に送る時間までに帰れるって約束する」

「でも——」

「ありがと、ハニー。じゃあ、あとでね」電話は切れた。

数分間ベッドの上に座って、今の会話を理解しようとした。死体を動かす？　だれの死体よ？

そして、なぜ？

短パンを穿きながら、ピーチズがだれかを殺してしまったのだろうかと考えた。もしそうなら、わたしが死体を移動させるのに関わった場合、殺人の共犯になってしまうのでは？

でも、ピーチズは人を殺したとは言わなかった。死体があるとしか。自然死だとしたら、どうして死体を移動させたいのだろう？

まえの日に着ていたTシャツをまた着て――死体を運ぶことになるなら、清潔なものを着ても意味がない――ピーチズに電話したが、出なかった。小声で悪態をつきながら、携帯電話の地図アプリに住所を入力し、足音をしのばせてベッドルームを出ると、ブレイク宛てのメモを残し、裏口からそっと蒸し暑いオースティンの夜のなかに出た。

GPSの案内に従ってダウンタウンの高層ビル群を通りすぎた。通りはほとんど人けがなく、ときおりホームレスや深夜の散歩者――六番ストリートが近いところでは、よろけながら歩く人――がいるだけだった。州間高速道路三五号線を越えると、建物はずっと低層になり、再開発で高級住宅化された平屋住宅のなかに、板が打ちつけられた古い家や、バーベキューやタコスのレストラン、〝メキシコに送金しよう！〟と勧めるネオン看板が交じるようになった。

住所は州間高速道路三五号線の東で、町のもっとも危険な界隈からそう遠くない、高級住宅地化された地域だった。このあたりは通りにまだ人が多く、若者たちの一団とすれちがいながら、ミニバンのロックを確認した。後部のバンパーをじろじろ見られているような気がしたからだ。バンパーが今にも落ちそうだから見ているのだろうか、それとも引っぺがして盗難車解体修理工場に売ろうと思っているからだろうか?

ピーチズのビュイックのうしろに車を停めると、バンパーについての不安は消えた。わたしが送ったあとで、車を引き取りにいったにちがいない。ビュイックの新しい塗装が街灯に照らされて輝いていた。修理をした人はなかなかいい仕事をしていた。野球のバットサイズのへこみはきれいに消えており、大量に失われた塗装とガラスも元どおりになっている。GPSで住所を確認し、車から降りてロックした。

アパートの部屋は一階だったのでほっとした。少なくとも死体を引きずって階段をおりなくていいのだ。深呼吸をして、のぞき窓のない玄関ドアの向こうに横たわっているかもしれないものを想像しようとした。

だれも出ないことを半分期待して、軽くドアをノックした。だが、今日は幸運な日ではないようだ。手をおろしたとたんにドアが開き、レザーのビスチェと、うちの娘なら死ぬほどほしがりそうなスタッズつきの犬用首輪をつけた、若い女性と向き合うことになった。

「あなたいったいだれ?」彼女はレザーのビスチェと犬用首輪をしているのがわたしであるかのようにじろじろ見ながらきいた。わたしは彼女の目を見つづけた。それ以外の場所は気恥ずかしすぎて見られなかった。

彼女の背後のどこかからピーチズの声がした。「マージーなの？」

レザーの女性がわたしに向かって片方の眉を上げていたので、うなずいた。

「そうみたい」相変わらず思わせぶりにわたしを見ながら、どなり返す。「てっきり力自慢の人に電話したのかと思った」

「この人、見た目よりも力があるのよ」ビスチェの女性の背後からピーチズがやってきて言った。「たくましいんだから」

「たくましいって何よ？」わたしは言った。そりゃたしかにチョコレート中毒気味ではあるけど、……たくましいですって？「自分だってほっそりしてるわけじゃないくせに」

「ズボンは穿いたままでいいからなかにはいって」彼女はわたしに手を振って合図しながら言った。思い切って一瞬下を見た。わたしはズボンを穿いているが、ドアを開けた女性は穿いていなかった。なかにはいり、女性がドアを閉めた。わたしがこの十二時間に目にした半裸の女性は、この一年に見たよりも多いと思った。

しかもこれから死体まで目にすることになるのだ。なんてこと。

「ところで」死体の話題をどう切り出せばいいのかわからずに、わたしは言った。「あなたのビュイック、新車みたいになったわね」

「トニーってなかなか腕がいいと思わない？」ワンピースを引っ張りおろしながらピーチズが言った。「今夜車が戻ってきてよかったわ――タクシーを呼べるような仕事じゃないから。ミニバンで来てくれた？」

「もちろん」

「よかった。わたしの車のトランクにはいらないと思うから」

「ミニバンに死んだ人を乗せるつもりはないわよ」わたしは右手を上げて言った。「子供たちの送り迎えに使ってるんだから！」

ピーチズはため息をついた。「とりあえず、これからやることを説明するわ」

「いったい何をやるの？」電話に出なければよかったと思いながら。わたしはきいた。

「殺したのはわたしたちじゃない」ピーチズは言った。「ほんとうよ。デジレーに迷惑がからないところに彼を移動させるだけ」

わたしは顔をしかめた。ここに来ることにしたのはまちがいなく最悪の判断だったと思ったが、とにかくボスのあとからリビングルームにはいった。趣味のいい装飾が施され、ライトブルーのソファと、どんな汚れも目立たなそうな緑と青の渦巻き模様のラグがあった。

「このラグ、どこで買ったの？」うちのリビングに敷いたらよさそうだと思って、わたしはきいた。

「かわいいでしょ？」デジレーがビスチェのストラップを直しながら言った。「先週〈ポッタリーバーン〉で見つけたの。夏の終わりのバーゲンで、三十パーセント引きよ」

「ＨＧＴＶ（インテリアやガーデニングの専門チャンネル）の目玉商品情報はすんだかしら、おふたりさん。彼はここよ」廊下の先にいるピーチズが会話に割込んだ。

「ああ、そうだったわ。ごめんなさい」わたしはそう言うと、廊下を歩いて彼女が立っている開いたドアの横まで進んだ。

リビングルームがライフスタイルのカタログから出てきたように見えたとしたら、ベッドルームは——もしそう呼んでよければ——〝スペイン宗教裁判〟とでも呼びたいスタイルで装飾されていた。壁にはさまざまな鞭(むち)やから竿が並び、天井の梁(はり)からは複雑な作りのレザーのハーネスがさがっている。唯一場ちがいなのは、床のまんなかに置かれているピンクの人魚の絵がついた子供用プールだった。そしてそのなかに男性の死体があった。

「この人どうして緑色のタイツにベルト姿なの？」わたしはきいた。青白い太鼓腹の男性は、うつ伏せに倒れて半分プールから出ていた。背中のまんなかに大きな赤い銃創があり、ピンクのビニールの上に血がたまっている。死体を見るのは初めてではないし、今回はあらかじめわかっていたが、それでもショックだった。

「それにゴーグルも」ピーチズが付け加えた。

「水が大好きだったのよ」デジレーが言った。「アクアマンって呼ばれたがってた」

ピーチズが鼻をくんくんさせ、わたしは鼻にしわを寄せた。ニックがトイレトレーニングをしていたときの子供たちのバスルームのようなにおいがした。

「水ねえ。ゴールデンシャワープレイとか？」ピーチズがきいた。

「ええ」デジレーはちょっと恥ずかしそうに言った。「おしっこをかけてあげると余分に払ってくれたの。いつも彼が来るまえに、〈セブン‐イレブン〉のビッグガルプ（特大のドリンク）を二本飲まなきゃならなかったけど」

「冗談だって言って」わたしは言った。

「こっちにおしっこをかけたがる人よりはましよ」彼女は言った。

それについては考えたくなかったので、もっと大事な問題に意識を向けた。「だれに撃たれたの？」

「それが、わからないの」デジレーが言った。「彼に手錠をして、何分か放っておいたのよ。いつもしばらくマリネされるのが好きだから」

「彼が……マリネされているあいだ、あなたは何をしていたの？」ピーチズがきいた。

「ネットでカーテンを買ってたの。バーゲンが明日までなのよ。それで、パソコンで注文を入れてたら、銃声が聞こえたの。それでここに来たら、彼は……死んでた」

「ほかに銃声に気づいた人は？」わたしはきいた。

彼女は肩をすくめた。「このあたりは治安が悪いでしょ。慣れちゃうのよ」

銃声に慣れるなど想像できなかったが、しょっちゅう起きていればどんなことでもあたりまえになってしまうのだろう。「殺人者はどうやってはいってきたの？」わたしはきいた。

「パティオから」赤いベルベットのカーテンを引き開けて、ピーチズが言った。カーテンの奥のガラスの引き戸が開いていた。「押し入ったの」

わたしはデジレーを見た。閨房（けいぼう）のモーティシア・アダムス（『アダムス・ファミリー』の母親）のような身なりにもかかわらず、彼女はとても若く見えた。「ごめんなさい。殺人事件の現場に手を加えることはできない」わたしはピーチズを見た。「わたしたちもここにいるべきじゃないわ」

若い娘の目に涙がわきあがり、彼女は自分を抱きしめた。どこかちょっとエルシーを思わせるところがあった。たぶん犬用の首輪をつけているからだろう。「ここで彼を発見されるわけにはいかないのよ。両親に勘当されちゃうし、警察は……わたしの話を信じてくれるとは思えない。わたしは大学を卒業できずに、死ぬまでこんなことをしなきゃならなくなるわ」鞭のラックのほうに手を振った。

「ごめんなさい」わたしは繰り返した。

「お願い、助けて」彼女はわたしの手を取って言った。「わたしがどうやって学費を払ってるか、両親は知らないの。もし知ったらひっくり返っちゃう。母は……」彼女は身震いした。「わたしと縁を切るでしょうね」

わたしはため息をついた。「でも、現場を荒らすことになるのよ。それに、殺人事件に関わる危険を冒すわけにはいかないわ。そうでなくてもうちの子たちの人生は混乱に満ちてるんだから」わたしはピーチズを見た。「あなたたち、どういう知り合いなの？」

「デジレーには浮気調査を手伝ってもらったことがあるのよ」ボスは説明した。「だから借りがあるの。それに、やってほしいのは彼をアパートから運び出すことだけよ」

「でも……ここは犯罪現場なのよ！」わたしは抗議した。「彼を動かしたら、彼を殺した犯人がわからなくなるかもしれないでしょ！」

「被害者がだれなのかもわからないのよ」ピーチズが言った。

「自分ではジョンと名乗ってた」とデジレー。

ピーチズは鼻を鳴らした。

「財布はないの？」わたしはきいた。彼のタイツを見る。財布を持っていたとしても、タイツにははさまっていなかった。ぴったりしたスパンデックスに体の線がくっきり出ている。

「彼の衣類はあそこよ」若い娘は部屋の隅の椅子を示して言った。「よかったら手袋があるけど」鞭のラックの下のキャビネットから、ラテックスの手袋の箱を取り出した。

「何に使うもの？」わたしはきいた。

「きかないで」ピーチズはそう言って、手袋をひと組引き出してはめ、わたしにもひと組放った。プールのなかの死んだ男性に目が引き寄せられた。後頭部に大きなピンク色の禿（はげ）があり、青白い肩にはそばかすが散っていた。家族はいるのだろうか？　残された妻や子供たちは？　夫が子供用プールのなかで、緑色のタイツとゴーグルしか身につけずに死んでいるのが発見されたと知ったら、妻はどんな反応をするのだろう？

「わかったわよ」男性の運転免許証を掲げてピーチズが言った。「ジョージ・キャベンディッシュだって」彼女は言った。

「ジョージ・キャベンディッシュ」わたしは繰り返した。「なんか聞いたことある」最近その名前を聞いたはずだが、どこで聞いたのかわからなかった。

「住所はプレイトー・コート」ピーチズは免許証を見て言った。そして、財布から百ドル札を出すと、デジレーに差し出した。「支払いはまだだったんでしょ。カーテン代にしたら」

「ありがたいけど」デジレーは手を振って辞退した。「とにかくここからいなくなってほしいだけなの」

「こんなものもはいってたわ」ピーチズはズボンのうしろのポケットから新聞記事の切り抜きを見つけ出して広げた。「例の合成マリファナで死んだ子供たちの記事のひとつよ」

「アフターバーンね」デジレーがそう言って身震いした。「恐ろしい代物よ。わたしの友だちもあれをやってひとり病院送りになったわ。まだ具合が悪いの」

ピーチズは財布といっしょに新聞記事を男性の服のポケットにつっこむと、深い胸の谷間のまえで腕を組んでわたしを見た。「で、やる?」

わたしはため息をついた。巻きこまれたいとはこれっぽっちも思わなかった。でも、ここに来てしまったし、デジレーはなんともみじめな様子だ。彼を中庭に引きずり出すぐらいなら問題ないのでは、と思った。「プールも持っていくの?」わたしはきいた。

「そうしなきゃならないでしょうね」ピーチズは言った。「血やら……何やらを……そこらじゅうにまき散らしたくなければ」

「そのまえに……ちょっと位置を調節するべきじゃないかしら」わたしは言った。彼はひどくぶざまな体勢だった。「死後硬直がはじまるまえに」

「脚を持って」ピーチズが言った。「わたしは腕を持つから」わたしはラテックスの手袋をはめ、スパンデックスに包まれた彼の足首をつかんだ。まだ温かかった。「一、二の、三でいくわよ」ピーチズがカウントし、わたしたちは彼をひっくり返した。銃弾は胸まで貫通していなかった。もし頭がだらりと横にたれていなかったら——そして、血がついていなかったら――プールでうたた寝をしているように見えただろう。

「ゴーグルに気をつけて」ピーチズが言った。ゴーグルは頭の上で傾き、カーペットの上に落ちそうになっていた。

デジレーが直そうと手を伸ばすと、つるつるの頭からすべり落ちた。

わたしは足首を取り落としてあとずさった。「なんてこと」

ピーチズがわたしを見た。「何が？」

「わたし、この人知ってる」丸顔と禿を縁取る銀髪を見てぎょっとしながら、わたしは言った。

「ご近所さんか何か？」

「いいえ」わたしはごくりとつばをのみこんだ。「ホーリー・オークス・カトリック・スクールの学園長よ」

7

「うそでしょ（ユー・アー・シッティング）」ピーチズは驚いて彼を見ながら言った。

「彼、少なくとも大きいほう（シッティング）は好きじゃなかった」デジレーが鼻にしわを寄せた。「わたしにも限界があるし」

「この人、ここで何をしていたの？」わたしはきいた。ホーリー・オークスのネクタイとブルーのスーツ姿の学園長と、ゴーグルをつけておしっこでぬれたアクアマンのタイツ姿の男のイメージを一致させようとしながら。

「それは言わずもがなだと思うけど」ピーチズが言った。「ほんとに問題なのは、どうやってここから運び出すかでしょ？」

「パティオに出られる引き戸からはどうかしら」デジレーが言った。「それと、もっと動きやすい服に着替えてきていい？」

「それがいいわ」ピーチズが言った。「そのスティレットヒールじゃ絶対転ぶから」

デジレーが別室に消えると、わたしはキャベンディッシュをまじまじと見た。「学園長が売春婦のアパートで撃たれるなんて信じられない」

「学園長っぽく見えないけどね」ピーチズは赤いパンプスで彼の脚をつつきながら死体を見つめた。

「でも、だれに殺されたの？」わたしは考えた。「デジレーがもうビッグガルプを飲みたくないと思ったとか？」

「まさか。この人はただの客よ。それに、どっちみち自分のアパートで殺したりはしないでしょ」

「そうよね」わたしは言った。

「きっとお受験ママのひとりよ」ピーチズが言った。「マディソンちゃんをホーリー・オークスに入れてもらえなかった両親が怒ったのかもしれない。ほら、チアリーダーママが別のチアリーダーママの殺しを請け負ったのを覚えてる？」

「そういう人たちは榴弾砲（りゅうだんほう）（大砲の一種）を持って東オースティンの通りを流してたりしないわよ」わたしは指摘した。

「これは榴弾砲じゃないわよ」ジョージ・キャベンディッシュの銃創をじっくり見ながら、ピーチズが言った。「それだとアパートじゅうが吹き飛ばされちゃう。どうも小さい口径の銃みたいね」

どうしてこんな状況になったのだろうと思いながら学園長を見おろした。どうやら彼には見かけ以上のものがあったらしい。タイツのなかのふにゃふにゃのソーセージの話ではなくて。

「学校で探りを入れてみることはできると思う」わたしは言った。

「なんで?」ピーチズがきいた。「わたしたちの案件じゃないのよ。警察が調べてくれるでしょ」

「そうだけど、気になるのよ。娘がホーリー・オークスに通うことになるんだもの」わたしは言った。「新学期の最初の週も終わらないうちに、死人が出た話なんてしたくなかったのに」

「タイツとおしっこのことは言わないほうがいいかもね」ピーチズが言った。「でも、子供は立ち直るのが早いわ。あの子ならきっと大丈夫よ。それに、長いつきあいの人ってわけじゃないんでしょ。まだ登校してもいないんだから」

わたしたちはしばらく無言で立ちながら、デジレーが戻ってくるのを待った。拷問道具が並んだ部屋で死んだ男性のそばに立っていると、ちょっと落ちつかなかった。沈黙を破るための話題を考えようとした――鞭ともゴールデンシャワーとも無関係な話題を。「ところで」玉口枷(ボールギャグ)のように見えるものから目をそらしながらわたしは言った。「新しい名刺を作ったの」

「見せて!」

手袋をはずしてポケットにつっこみ、バッグから名刺を取り出した。〝ピーチツリー探偵社〟という社名と、なんとなく卑猥に見える桃のマークの下に、〝マージー・ピーターソン、探偵助手〟と黒い文字で印刷されている。もう少し露骨でないマークを考えてくれるグラフイックデザイナーを雇うよう、提案するいい機会がなかったのだ。

「いいじゃない」ピーチズは笑みを浮かべて名刺をわたしに返しながら言った。「これであなたも本物のプロね」

それを名刺の束に戻し、バッグにしまおうとしたとき、何かがわたしの足首を咬んだ。

「痛っ！」わたしは跳びあがり、名刺の束が手から離れて部屋じゅうに舞った。黒い毛玉が開いたパティオの戸口に向かってすっ飛んでいき、外に飛び出した。

「んもう」足首を見おろしてわたしは言った。「咬まれたわ！」

「あなた、猫と何か因縁でもあるの？」ピーチズがきいた。

「知らないわよ」わたしは言った。四カ所の小さな歯型から血がにじみ出ていた。まるで妖精に襲われたように。バッグのなかをあさってマクドナルドのナプキンを見つけだし、傷に押し当てた。「猫を飼ってるのはお客に使うためかしら？」わが家の短気なシャム猫のことを考えた。「もしかしたら、ルーファスも飼ってもらえるかも」

「それはないわね。猫にセーフ・ワード（SMプレイ用語で、これが出たらかならずプレイを中断するという約束のことば）を覚えさせるのはむずかしいの」

わたしは彼女を見あげた。「セーフ・ワードって？」

「『フィフティ・シェイズ・オブ・グレイ』を読んでないの？」

「これから読む予定の本のなかにあるわ」わたしはうそをついた。家に小さな子供がふたりいて、夫はわたしをベッドに誘いたくてうずうずしているわけではないので、わたしが読むもののなかできわどい話といえばせいぜい『ミスター・パターとタビー、犬の散歩をする』ぐらいだった。「プールのなかに落ちた名刺はどうしよう？」

「トイレに流しなさいよ」彼女は言った。

この調子だと、トイレを詰まらせてしまうに決まっている——当然アクアマンは助けに来てくれないだろう。何度か足首の血を押さえてからナプキンをたたみ、バッグにつっこんだ。証拠のDNAを残していくわけにはいかない。「手袋まだある？」

ピーチズがひと組の手袋を差し出し、わたしはそれをはめて名刺を拾い集めた。一枚はキャベンディッシュのスパンデックスに包まれた下腹部のまんなかに着地しており、あとの何枚かはプールに浸かっていた。まるで酸がかかっているかのように慎重に名刺を拾い、カーペットにしずくがたれないように気をつけた。

「バスルームはどこ？」

「廊下の向かい側」ピーチズが教えてくれた。

手袋をした手で名刺を持ったまま、地下牢のような部屋を出て小さなバスルームに向かった。リビングルーム同様、趣味のいいしつらえで、ブルーのプリントのシャワーカーテンと、おそろいのスローラグがあった。もしタイツ姿の男を支配するのが性に合わないと思うなら、デジレーはインテリアデザインの道を考えるべきだ。わたしは名刺をトイレに流し、あとで処分しようとふた組目の手袋をポケットに入れ、鏡で自分の顔をまじまじと見て、明日友だちのベッキー・ヘイルから、目の下に塗るチューブ入りのコンシーラーを買おうと決めた。

こうなったら彼女と〈メアリー・ケイ化粧品〉の巧みな技に身をゆだねるしかない。赤褐色の髪をふんわり整えて緑色の目を見開いたが、やっぱり深刻なチートス中毒を抱えた、一カ月寝ていないちょっと太めの三十代の女にしか見えなかった。

見た目を整えるのはあきらめて——なんといっても、ここに来たのは死体を移動させるためで、美人コンテストに出るためではない——地下牢に戻った。ピーチズは、さっきまで気づかなかったビニール椅子のような装置の肘掛に座って、子供用プールを見ていた。

「なんの上に座ってるの？」

「知らないほうがいいわ」そう言って彼女はプールのほうにあごをしゃくった。「引き戸を通れると思う？」

「そう願うわ」わたしは言った。「曲げれば大丈夫じゃない？　かなり柔軟性がありそうだし。でも、どこに運ぶの？」

「どうしてもミニバンには乗せたくないのよね？」ピーチズがきいた。

「当たり前でしょ！」体内を浄化するために深く息を吸いこんだあと、そうしたことを後悔した。「やっぱり心配だわ、ピーチズ。死体を運んでいるのを見つかったらどうするの？」

「夜中の三時よ」ピーチズが言った。「人なんてほとんどいないわよ」

わたしの車のバンパーを見つめていた若者たちのことを思い起こした。たしかに彼らならわたしたちのことを警察に通報しないだろう。「あなたが正しいことを願うわ」わたしは言った。

デジレーが戻ってきた。チノの短パンに、ぶかぶかのテキサス大学女子学生社交クラブのTシャツ姿だ。こってりマスカラを別にすれば、おしっこかけ女王様のデジレーからお隣のおとなしい女子学生デジレーに変身していた。

「マージーがミニバンを使いたくないって」ピーチズが言った。「彼をどこに運ぶ?」

デジレーは顔をしかめた。「パティオがいちばん簡単だけど、近すぎるわよね」彼女は言った。

「彼がここにはいるのをだれかに見られた?」ピーチズがきいた。

デジレーは首を振った。「見られてないと思う」

「縁石のところはどう?」とピーチズ。

「そこに出してゴミ収集車に回収してもらうの?」とわたし。

ピーチズはピンセットで整えた眉を片方上げてわたしを見た。「ほかに何か考えが?」

「彼の車は?」デジレーがきいた。「車に押しこんだら?」

「それもいいわね」ピーチズが言った。「でもプールはどうする?」

「ここに置いておくわけにはいかないわ」デジレーが〝デルタ・デルタ・デルタ、春のダンス〟のTシャツの上で細い腕を組んで言った。

「プールは車の横に置いておけば?」ピーチズが言った。「完璧じゃないけど、少なくともあなたのアパートのなかじゃないでしょ。ところで、彼とはどうやって連絡をとってたの?」

「Gメールのアカウントを持ってるの」

「電話で連絡は？」

デジレーは首を振った。

「それでもつきとめられる可能性はある」とピーチズ。「車でどこかに運べないというのは痛いわね」

「車のキーは彼のズボンのポケットのなかよ」とデジレー。「いつでも彼をトランクに入れられる」

わたしは両手を上げた。「ピーチズ、わたしだって力になりたいのよ。あなたにはほんとによくしてもらってる。でも、わたしに手伝えるのはアパートの外に運ぶことだけなの。それだってほんとはやるべきじゃないんだから」わたしは大きく息をついた。「この手のことに関わるわけにはいかないのよ」

「そりゃそうよね」ピーチズが言った。「ドアから外に出すのだけ手伝ってくれたら、もう帰っていいわ」箱から手袋をもうひと組引っ張り出してわたしに放った。「これをつけて、さっさとやっちゃうわよ」

「わかった」わたしは手袋をはめると、なるべく口呼吸をしながらプールの片側をつかんだ。デジレーはその横あたりをつかみ、ピーチズは反対側をつかんだ。

「いい？」とピーチズが声をかけ、一、二の三でビニール製のアクアマン・タコスのようにプールごとキャベンディッシュを折りたたみ、夜のなかに引きずり出した。

8

　家に着いたのは五時になろうとするころだったが、体じゅうが体液で汚れているのはまちがいなかった。洗濯室で服を脱いで洗濯機に放りこむと——洗濯コースは熱いお湯、ひどい汚れ、念入りすすぎでセット——シャワーを浴びて肌がひりひりするまで四十分はごしごし洗った。手探りで家のなかを進みながら主寝室に向かい、猫に咬まれたところに抗菌軟膏のネオスポリンを塗り、ベッドにもぐりこんでようやく寝ついたと思ったら、アラームが鳴って起きる時間になった。

　もうろうとした状態でポットにコーヒーを淹れ、エルシーとニックを起こしに行った。家のなかのどこかでルーファスが夜のあいだにまた落し物をしたにおいがしたが、今は場所をつきとめる時間がない。子供たちを学校と幼稚園に送ってからになるだろう。エルシーの部屋に行くために書斎のまえをとおると、ブレイクのいびきが聞こえた。

「起きなさい、お寝坊さん！」死体泥棒ではなくメアリー・ポピンズ風を意識して、陽気なママの声で呼びかけ、娘のやわらかな黒い髪をくしゃくしゃにした。エルシーはうなった。

「今日から新しい学校に行くのよ」わたしはやさしく語りかけた。「わくわくしない？」

エルシーは上掛けを引っ張りあげた。「あっち行って」

少なくともことばをしゃべったわ、と自分をなぐさめた。

「大丈夫？」娘の横に座り、背中をさすりながらきいた。

すぐに緊張が解けるのが感じられ、上掛けの縁から顔がのぞいた。「新しい学校には行きたくない」エルシーは言った。「知ってる子がいないんだもん。好きになってもらえなかったらどうするの？」

「怖いわよね」わたしは正直に言った。「でも、あなたらしくしていればいいの」

「犬の首輪をしててもいいってこと？」

「それは……うちで預かっておくわ、スウィートハート」

彼女はまた頭まで上掛けをかぶってしまった。わたしはため息をついた。

「もう少し寝てていいわよ。紅茶を淹れてシリアルを持ってきてあげる。ドッグフードの代わりにね」胃のなかに蝶がいるのを感じながら、わたしは娘の頭にキスした。まるでわたし自身が初めて学校へ行った日のようだ。今でこそエルシーは問題ないように見えるが、学校では手助けしてやれない。床でランチを食べたらどうしよう？　吠えたりうなったりする以外何もしなかったらどうしよう？　そして、またほかの子に咬みついたらどうしよう？

不安をこらえてニックの部屋にはいった。息子は上掛けの下でダンゴムシのようになって眠っていた。「起きる時間よ、ねぼすけちゃん」わたしはかがんで息子の頰にキスしながら言った。「よく眠れた？」

返事はない。わたしはため息をついてニックを抱きあげ、リビングルームのソファまで運びながら、髪のにおいを――体温で温まった寝起きの子供のにおいを吸いこんだ。できることなら瓶詰めにして永遠にとっておきたいにおいだ。エルシーはもう大きいので抱っこできないが、ニックはまだ抱っこできた。少なくとも今のところは。

「シリアルとワッフル、どっちがいい？」ソファにニックを置いて、毛布をかけてやりながらきいた。

「ワッフル」彼はもごもごと言った。

「グリーン・メドウズのお友だちに会うのが待ちきれないでしょう」わたしは言った。

「別に」彼は文句を言って、またダンゴムシのようにまるくなった。

ため息をついてキッチンに戻り、リビングのラグの隅にあった猫のうんちをあやうく踏みそうになった。タイルと硬木の床がいくらでもあるのに、どういうわけかルーファスはいつもカーペットやカバー類の上にうんちをする。少なくとも踏むまえに見つけることはできるが。

ペーパータオルのロールとペット用洗剤のネイチャーズ・ミラクルのボトルをつかんだとき、玄関ベルが鳴った。心臓がばくばくして、不意にはっきりと目が覚めた。死体に関わったことを警察に気づかれたのだろうか？　プールにうっかり指紋をつけたり、そのほかの証拠を残してしまったのだろうか？　刑事たちは事情聴取に来たのだろうか――それとも、さらに悪いことに、わたしを牢屋に入れるため？

体じゅうにアドレナリンをめぐらせながら、ドアノブに手を伸ばした。ネイチャーズ・ミラクルを胸に押しつけ、ジョージ・キャベンディッシュとアクアマンのタイツとわたしのつながりについて、それらしい説明を考えながら。

短い祈りを唱えてからドアを開けた。パチョリの波が襲いかかってきただけだった。

「マリゴールド！」母が両腕を広げ、わたしはそのなかに倒れこみそうになった。

「このシリアルは原材料が遺伝子組み替え食品だらけよ。着色料も、精製小麦粉や砂糖もね」わたしがエルシーのボウルにラッキーチャームを入れるのを見ながら母は言った。

「この子が食べられる数少ないもののひとつなのよ、お母さん」わたしは言った。

「それだけじゃすまないわ」彼女はキャビネットを開けて言った。「クラフト・イージー・マック（即席マカロニチーズ）？　このあいだこれについての記事を読んだばかりなのよ。ヨーロッパでは警告ラベルをつけないと売ることができないって知ってた？　毒のかたまりだから」

「理想的じゃないのはわかってるけど」わたしは言った。「何もないよりはましでしょ」

「そうかしら」母は言った。「わたしが来てよかったわ。子供たちの世話を手伝えるでしょう。あなたはずいぶん忙しいみたいだから」フルーツロールアップ（グミキャンディを薄く伸ばして巻いた駄菓子）の箱を手にして舌打ちした。わたしはまたお説教がはじまるのかと身がまえたが、母はこう言っただけだった。「仕事はどうなの？　まだ楽しく私立探偵をしてるの？」

「ええ、おもしろいわよ」〈スウィート・ショップ〉でピーチズが子供用プールに乗りこんでいったのを思い出して、わたしは言った。アクアマンのことはまだ考える余裕がなかった。

「人間をさまざまな角度から見ることができて」

「そうでしょうね。それで、ブレイクとは？」

「うまくいってる」わたしは急いで言った。「でも、彼は仕事がすごく忙しいの。家でも遅くまで仕事してるわ」

母はため息をついた。「仕事ばかりしてるってわけね。ときどきあなたたちのことが心配になるわ」彼女がフルーツロールアップの箱を棚に戻しているとき、わたしはカウンターのまんなかで看板のように主張している〈男らしさへの旅〉のパンフレットに気づいた。

パンフレットをつかんだが、母の鋭い目に見つかった。「それは何？」

「ただのダイレクトメールよ。いろんなパンフレットが送られてくるの」わたしはパンフレットをリサイクル用の缶につっこんだ。

「ふうん」と母は言い、わたしはパンフレットを期限切れのボックストップ（日本のベルマークのようなもの）の下にさらに押しこんだ。

「エルシーを起こしにいってくれない？　今日は初めて新しい学校に行く日で、ちょっと神経質になってるみたいなの。あの子が変化を嫌うの、知ってるでしょ？」

「まだ自分をペキニーズだと思ってるの？」母が尋ねる。

「実は……そうなの」わたしは言った。

「カウンセリングを受けることは考えた？」

「まだ話し合ってるところ。料金も高いし、一時的なことなのかもしれないし」

「わたしがここにいるあいだに、あの子のチャクラを整えることができるかもしれないわ」母はそう言って、廊下を歩いてエルシーの部屋に向かった。わたしは怒りの吠え声が響くのを覚悟したが、聞こえてきたのはうれしそうな金切り声だった。ひと月ぶりに聞く娘の明るい声にわたしは微笑んだ。

エルシーと母は手をつないで廊下を歩いてきた。そのすぐあとに、青いバスローブのベルトを細い腰で結びながらブレイクがつづいた。

「わたしの女の子を見つけたわ」母はにっこり笑った。実年齢より二十歳は若く見える。「毛布の下に隠れてるのはだれかしら？」ニックがまるくなっているソファを見て言った。

ニックは起きあがって両手を伸ばした。「おばあちゃん！」

母が両脚に孫たちをしがみつかせていると、ブレイクがリビングにはいってきた。「おはようございます、コンスタンス」彼は礼儀正しく姑をハグして、クライアントを魅了する笑みを浮かべた。「早く着いたんですね！」

「疲れてなかったから、休憩なしで運転してきたの」両手を子供たちの頭に置いて、母は言った。「早く着きすぎたから、〈カーベイ・レーン・カフェ〉に寄ってヴィーガン・オムレツを食べてきたわ。孫たちに会うのが待ちきれなくて」

祖母の脚に抱きついているエルシーの顔は明るく微笑み、ラインストーンつきの犬用首輪が朝日にきらめいた。娘の笑顔をまた見られて、わたしの心は軽くなった。新しい学校での初日が予想よりましなことを願うばかりだ。母ならスプーンで食べるようエルシーを説得できるかもしれない。

だが、わたしと目が合うと、娘の笑みは消えた。そして「あたし、学校行きたくない」と告げた。

「まずは朝ごはんにしましょう、考えるのはそれからよ」わたしはシリアルのボウルをテーブルに置き、使ってもらえることを期待してスプーンをボウルにつっこんだ。

エルシーは目を細めてわたしを見た。テーブルまで来ると、スプーンを引き抜き、ボウルを部屋の隅の床に置く。そして、挑戦的にわたしをひとにらみしたあと、ボウルに顔をつっこんだ。しばらくのあいだ、聞こえるのはシリアルを吸いこむ音だけだった。

「さてさて」生え際あたりまで眉を上げながらも、母が明るく言った。ワッフルのエッゴーがトースターからポンと飛び出し、わたしはそれをお皿にのせてダークチョコチップをふりかけてから、ニックのためにテーブルに置いた。「それが朝ごはん?」母がきいた。

「これ、全粒粉なのよ」わたしは弁解するように言った。「ダークチョコレートは体にいいし」

「うーん」母は言った。「あのね、グルテンと砂糖を同時に取ると――」

「それについてはあとで聞くわ」母の話をさえぎって言った。「子供たちに出かける準備をさせなくちゃならないから。ブレイク、ふたりにビタミン剤を飲ませてくれる?」

それから三十分は大騒ぎだったが、最後には子供たちはふたりとも髪をとかして歯をみがき、わたしはひそかに書斎の簡易ベッドのシーツをはがし、全員の身支度が整った（大手ペットショップチェーンの〈ペットスマート〉に連れていくと約束すると、エルシーはようやく学校指定のチェックのジャンパースカートを着てくれた）。母は犬用首輪をはずさせることにも成功した。「あなたが学校に行ってるあいだに、そのラインストーンをぴかぴかにできるかどうか、やってみるわ」と言うと、エルシーはしぶしぶ首輪を引きわたしたのだ。わたしは口の動きで母にありがとうと伝え、子供たちを玄関に追い立てた。エルシーはフライフォンをにぎりしめ、『101匹わんちゃん』に出てくる悪女クルエラ・ド・ヴィルであるかのようにわたしを見た。「お掃除をしておくわね。帰ってきたらいっしょに紅茶を飲めるように」母は言った。子供たちは玄関から外に出た。

「保護者のコーヒーの会があるし、そのあと別の仕事もはいってるのよ」わたしは言った。「今日は忙しいの」

「それなら、みんなで〈カサ・デ・ルス〉でディナーはどう?」母は言った。「すごく評判がいいのよ。プルーデンスとフィルも誘えばいいわ。午前中にプルーに電話してみる。それならあなたは料理しなくてすむでしょ!」

「ふたりはベジタリアンの食事はあまり好きじゃないのよ」わたしは外に出ながら言った。

「大丈夫、すごくおいしいから、お肉が恋しくなることはないわ!」母はほがらかに言った。

子供たちをチャイルドシートに座らせてシートベルトのバックルを締めたあとで、ようやくお弁当を忘れたことに気づいた。

9

五分遅刻しただけでホーリー・オークスに着いた。急いで家に戻り、母がキッチンテーブルのまんなかに遺伝子組み換え食品の山を作っている横で、ふたりぶんのお弁当を作ったことを考えれば悪くない。それでも、〝スカイ・ハイ〟と書かれた資金集めのためのたれ幕の横を通って、イエスと花と新しいはじまりについてふざけてミュージカル調に歌っているように聞こえる最初の賛美歌が流れるなか、式場にはいっていくのは気まずかった。

「フライフォンを持ってたらほんとにだめなの？」エルシーがきいた。

「なくしたら困るでしょ」わたしは自分のポケットをたたいて言った。「ここに入れておくわね。ママが持ってれば安心でしょ」

エルシーは信用できないという顔でわたしを見た。実をいえば、娘がそうするのも無理はないのだ。フライフォンのこととなると、わたしの実績ははかばかしいものではなかったから。

「絶対なくさないから。それとね、スウィートハート、フィフィと呼ばれたいのはわかるけど、それはおうちにいるときだけにしたほうがいいと思うわ」式場にはいってドアを閉め、わたしは娘に言い聞かせた。

「行きたくない」エルシーはあとずさりしてわたしの脚にしがみつきながら言った。

「あそこにあなたの先生がいるわよ」茶色の髪をふくらませたスタイルが一九五九年の雑誌《レッドブック》から抜け出てきたように見える、お母さんぽい女性を示して言った。「見える？　あなたの席が取ってあるわ」なん組かの視線を意識しながら、一年生の列の最後尾の、空席のプラスティック椅子まで娘を連れていった。視線を集めているのは遅刻してきたからで、ピーチズの下品な電話の会話が水疱瘡（みずぼうそう）のように広まっているからではないことを願った。それでも、昨夜学園長がたどった顚末（てんまつ）とは比べ物にならない。もう彼の身元は明らかになったのだろうか？

エルシーの肩をぎゅっとつかんだ。オースティン・アニマルセンターに自分を引きわたそうとしている飼い主を見るように、娘はわたしを見あげた。バックパックとランチボックス――残りもののマカロニチーズとモッツァレラチーズスティックとブドウがはいっている――を娘にわたし、無理やり離れた。エルシーがブドウに手をつけないのはわかっていたが――白い食べ物じゃないし、合成着色料もはいっていないから――ランチを詰めていると、いつも希望が経験に打ち勝つのだ。わたしが離れると、娘は泣きべそをかき、胸が締めつけられた。ランポール先生がエルシーに微笑みかけ、部屋の前方にあるビデオスクリーンに映し出された賛美歌の歌詞を見るよう促したが、ほかの人たちが虹や日の出について歌っているのに、娘は頭をたれてランチボックスのにおいをかぎはじめた。四つん這いになって吠えはじめませんようにとわたしは祈った。

賛美歌を歌っているほぼブロンドばかりの子供たちのなかに黒髪の娘を残し、不安をつのらせながら部屋の後方に移動した。エルシーを抱きかかえ、ミニバンに押しこんで連れ帰りたい思いにかられたが、その衝動を無視しようとした。娘を永遠にうちから出さないわけにはいかない。友だちを作ったり、自分でいろいろなことを考える方法を学ばなければならないのだから。

賛美歌が終わり、保護者オリエンテーションを仕切っていた女性――小学校の校長だったといま思い出した――が、テラゾー（セメントに大理石片をモザイク風にちりばめた床材）の床をコツコツ鳴らしながら前方に進み出て、スポットライトのような明るさでわたしたちに微笑みかけた。やせた胸で大きなゴールドの十字架が光っている。「本来ならキャベンディッシュ学園長がごあいさつするところですが、今朝彼は、その、体があかなくて」冒頭、彼女はそう言った。なるほど、そういう言い方もあるわね。〝冷蔵されている〟という言い方もあるけど。一瞬、彼女の笑みがゆらぎ、どうして自分は、調子はずれにイエスについての歌を歌うチェックの制服を着た子供たちのまえに立っているのだろう、という顔になった。もしかして彼女は、学園長が今朝自宅の書斎でデスクについているのではなく、モルグの検死台の上にいると知っているのではないか、と思わせるのに充分だった。少なくとも、彼はそこにいるはずだ。もうチコン・ストリートの縁石に置かれた子供用プールのなかで〝マリネされて〟いない確率は高い。ピーチズとデジレーは彼の財布もいっしょに置いただろうか？　もしそうしていたとしても、だろう。

警察が呼ばれるまえに盗まれてしまったかしら？　それだと身元がわかるまで時間がかかる

「今朝ここにいるみなさんの明るく輝く顔を見て、わたしたちはとてもうれしく思っています。今日が初めての日というみなさんもいるでしょうから、まずは言わせてください、ホーリー・オークス・カトリック・スクールにようこそ！」

礼儀正しい拍手が起こり、そのあと彼女は教師陣の優秀さと、建設予定の新しい施設のすばらしさについての説明をはじめた。「大学レベルの実験室やスカッシュコートが四面もあるのがどんなにすごいことか、考えてみてください！」スカッシュコートってなんだろうと思いながら、知っている顔をさがして部屋のなかを見わたした。だれもいなかった。

だが、新聞で見たことのある顔はいくつかあった。女性に高価なシャンプーを売ることで富を築いたレナード・グレイヴズが、ここは自分の領地だと主張するライオンのようにふんぞり返って、うしろのほうの椅子に座っていた。彼がヘアケア製品で富を築くことになったのはなんとも皮肉だった。彼の頭は磨いたボウリングのボールのようにぴかぴかだったからだ。モデルを扱った地元のリアリティ番組の紙面広告で見たことがある彼の妻は、身なりのいいナナフシのように、その隣にとりすまして座っていた。日焼けした筋っぽい腕はビーフジャーキーを思わせ、体じゅうの脂肪がすべて唇に移植されたように見えた。

視線をめぐらすうちに、デボラ・ゴールデンに目が留まった。プルーデンスによると、オースティンにある百万ドル以上の湖畔の物件専門の不動産エージェントで、わたしなら二年かかっても稼げないお金を一日で稼ぐらしい。義母の住む界隈の〝売家〟の看板に貼られた写真よりもいくらか年をとって見えたが、それでも高い頬骨とダークブラウンの髪の彼女はきれいだった。どの子が彼女の子供なのだろう。

うなじの毛がぞくりとし、視線を向けると、ミッツィ・クルンバッハーがわたしをにらみつけていた。非の打ちどころがないハイライトを入れ、申し分なく整えられた髪の下で、巨大な緑色のイヤリングが威嚇(いかく)するように揺れている。昨日の午後、ピーチズから耳寄りな情報を聞いていた。ミッツィはわたしたちとの契約を解消し、払い戻しを要求しているらしい。わたしは元依頼人に薄い笑みを見せると、Ｔシャツの縁を引っ張って目をそらした。エルシーのためにチェックやチノの制服一式を購入しなければならなかったが、大人にもドレスコードがあるなんてだれも教えてくれなかった。

だらだらとつづく金の十字架の女性の話を聞くふりをしながら立っていると、ミッツィが葬儀屋のフラワーアレンジメントのようなにおいをさせながら、じわじわと近づいてきた。

「こんにちは」わたしは礼儀正しく笑みを浮かべて言った。

「ここで何してるのよ?」彼女は食いしばった歯のあいだからひそひそ声で言った。「クビにしたはずよ」

「ここにいるのは親としてよ」わたしは彼女に言った。「娘が今日、この学校に入学したの」

「どうせつづかないわよ」ミッツィは悪意のある声で言った。「絶対にね。ここにふさわしくないもの」

「励ましのことばをありがとう」胃がよじれながらも、わたしは大股で去っていく彼女に言った。認めたくはなかったが、ミッツィの言うとおりかもしれないという気がした。犬用首輪を家に置いていくよう、母が説得してくれてよかったと思った――フライフォンを取りあげておいたのも正解だった。プラスティックのおもちゃを入れたポケットをたたき、まだそこにあることを確認した。

礼拝は延々とつづき、わたしはじりじりとドアに近づいた。鉢植えのヤシの木とミッツィのあいだにはいりこみ、うしろの壁にもたれていると、司祭が主の祈りを唱えましょうと告げた。〝われらの罪を許したまえ〟のところまで来たとき、ガラスドアが開いた。

ひと組の男女がはいってきた。どちらもブレザーを着ている。一瞬、児童の両親かと思ったが、男性がだれなのか気づくと、胃がひっくり返った。

ブンゼン刑事だった。しかも、まっすぐわたしを見ていた。

10

　最後に会ったとき、ブンゼン刑事はわたしを殺人罪で逮捕できなくてがっかりしているようだった。そのときからわたしに対する彼の意見は変わっていないのだ、とわかった。テラゾーの床に目を戻し、信心深く見えるよう、主の祈りをもごもごと最後まで唱えながら、つい最近学園長がおもらしをするアクアマン志願者のような姿で子供用プールで死んだことなど、まったく知らないふりをした。

　だが、ブンゼンは〝アーメン〟のあとでわたしににじり寄ってきて、こうつぶやいた。

「ミズ・ピーターソン。ここでお会いできてうれしいですよ」

　わたしは精一杯びっくりした表情を作りながら、二度と死体を移動させる手伝いはしまいと心のなかで誓った。「刑事さん……ブンゼン刑事さんだったかしら？」無邪気を装って目をぱちくりさせた。「ここにお子さんが通われてるとは知らなかったわ。何年生ですか？」

「子供がここに通っているわけではありません」彼は言った。音楽教師――グレーの髪をふくらませ、薄い唇を不満そうにゆがめた女性――がゴスペルの『クンバヤ』の熱狂バージョンへとみんなを誘（いざな）った。「でもここであなたに会えてよかった」

「どうしてですか？」

「今朝、東オースティンで男性の死体が発見されました」

わたしはごくりとつばをのみこんだ。「それはたいへんでしたね。でも、わたしとどういう関係が？」

「あなたの友人のベッキー・ヘイルさんのことで話をききたいんです」

口のなかが乾いた。「どうして？」

「あなたの友人と死んだ男性にはつながりがあるようなので」

またつばをのみこんだ。「何カ月かまえ、彼についてベッキーが書いた投書が新聞に載ったけど、それ以外は……」死んだ男性がだれなのか知らないはずだったと気づいたが、遅すぎた。睡眠不足だと頭がうまく作動しないのだ。

「興味深いですね」ブンゼン刑事は言った。「あなたと友人とで計画したんですか？」

「計画ってなんのこと？」わたしはきいた。世にもばかなことなど口にしなかったかのように。

「話をする必要があるようですね」彼がにやりとして言うと、わたしの背筋にさむけが走った。

「ホーリー・オークスの学園長が死んだわ」数分後、あやうくポルシェ・カイエンをこすりそうになりながら駐車スペースからバックで出たわたしは、電話でベッキーに言った。ブンゼンをやりすごせたのならよかったのだが、そうはいかなかった。バックミラーを見ると、すぐうしろに彼がいた。残念ながら、事情聴取のために、わたしたちはこれから〈スターバックス〉に向かおうとしているのだ。

「ワオ。ほんと?」わが友はきき返した。

「昨日の夜に」

「普通なら〝お気の毒に〟と言うところだけど、今回にかぎってはいい気味だと思うわ」ベッキーは言った。「奥さんは気の毒だと思うけどね。奥さんはいるんでしょ?」

「ええ」わたしは言った。

「どうしてあなたがエルシーをあの学校に入れることにしたのか、まだわからない」

ため息をこらえながら駐車場から車を出した。「それはもう聞いた」それこそ何時間も、何カ月もね、と付け加えたかったが、やめておいた。

「すべてはお金を集めるためだったのよ」ベッキーは言った。「だから理事会はあの男を雇ったんだって、教師のひとりが言ってた。それで、死因は? 心臓発作? 自分のおこないを恥じて死んだとか?」

「それが、自然死じゃなかったのよ」

「えっ、ついに怒った親に殺されたの?」ベッキーは電話越しに鼻を鳴らし、わたしはどうしてこんなに彼女が恋しかったかを思い出した。「彼のことは気の毒だと思うわよ、信じようと信じまいとね、でも驚きはしないわ。だってあいつ、ゾーイのための席をヘアケア男に譲ったのよ、カリフォルニアから引っ越してきて、校舎ひとつぶんのお金を出そうと言われたから。モラルもへったくれもないと思わない？」

「ベッキー、わたし、ブンゼン刑事と話したの。理由はわからないけど、警察は彼の死にあなたが関係してるかもしれないと思ってるみたい」

一瞬、沈黙が流れた。「関係してる？」彼女はわけが分からない様子で言った。「関係してるって、どういう意味？」

「まず、あなたは《ピカユーン》に例の記事を書いたでしょ。だから警察はあなたが彼を好きじゃなかったことを知ってる」

「ホーリー・オークスの生徒募集方針のことで編集者に手紙を書いて、あそこの学園長は高いお金を出した人に入学資格を与えていると教えただけよ。背中をナイフで刺すのとはわけがちがうわ。だいたい最後に彼に会ったのは五カ月まえよ。ところで、どんなふうに死んだの？」

「わからない」わたしはうそをついた。銃弾で穴があき、おしっこに浸されたジョージ・キャベンディッシュの死体のイメージを、またもや消そうとしながら。「昨日の夜はどこにいたの？」

「子供たちとうちにいたわよ。翌日は学校だもの」

「リックもいっしょ？」夫が彼女のアリバイを証明できればいいのだが。

「いいえ、出張でヒューストンに行ってる。どうして？」

くそっ。「ほかにはだれかいた?」

「もちろんいないわよ。どうしていると思うの?」

長くゆっくりと息を吐いた。「警察は今日あなたに連絡してくると思う。理由はわからないけど、あなたは犯罪に関わっているかもしれないと思われてるの。気をつけて」

「接触した証拠なんて見つかりっこないわよ。さっきも言ったけど、彼と話したのは何カ月もまえなんだから」

「その調子でね」わたしは〈スターバックス〉の駐車場の、ブンゼンから少し離れたところに車を停めた。「これからブンゼン刑事と話をしなきゃならないの。あとで電話する」

「それって、このあいだの事件――セレーナ・サスのときの刑事じゃない? どうしてあなたと話をしなきゃならないの?」

わたしが口を閉じておけないおバカだからよ、と言いたかったがやめておいた。「それは……込み入ってるの。あとで電話するから、ね?」

ベッキーが返事をするまえに電話を切り、車から降りてブンゼンと合流した。パートナーはホーリー・オークスに残してきたようだ。ニュースを伝え、職員たちの話をきくためだろう。

ブンゼンとわたしはぎこちなく列に並んだ。わたしたちが初めて会ったのは、オースティンのバーの〝プリンセス・ルーム〟で死んでいた女装家の事件がらみで、その関係はとても友好的とはいえなかった。今、〈スターバックス〉で彼と列に並びながら、コーヒー代はわたしがもつべきだろうかと考えたが、わいろのように見えてしまうと思ってやめた。それに、彼はお金のかかる相手だった。六ドルもするエスプレッソ四倍のベンティサイズのモカラテを注文していたのだから。わたしはスモールサイズのドリップコーヒーを注文し、連れ立って店の奥にあるテーブルに向かった。

「お子さんはいるんですか？」わたしは沈黙を破ってきいた。

「いません」彼はそっけなく言い、彼のラテができるのを待つあいだ、わたしは砂糖数袋とたっぷりのクリームを加えた安いコーヒーをひと口飲んだ。「でもあなたにはホーリー・オークスに通うお子さんがいる。お仕事はうまくいっているようですね」

「ええ、そこそこ」事実をかなり拡大解釈しながらわたしは言った。今週は一件しか仕事がなかったからってなんだというの？　探偵稼業は夏は下火なのだ。少なくとも、わたしの理論では。それに、ピーチズは昨日の夜、わたしに新しい仕事がひとつあると言っていた。

「事務所の新しい場所はどこです？　それとも、火事で焼けた同じ場所にまた建てたんですか？」

「ええと、町の東側に移りました」ブラジリアンワックス脱毛サロンに間借りしていることまで話すつもりはなかった。「あなたのほうは？」わたしは礼儀正しく尋ねた。「お忙しいんですか？」

「いや、捜査中の事件について情報を持っている人を見つけたので、ずいぶん楽になるでしょう」彼はゆっくりと笑みを浮かべて言うと、ブリーフケースからｉＰａｄを取り出した。

わたしは目をぱちくりさせた。「なんですって？」

彼はiPadのスクリーンの上でスタイラス（タッチパネル式の端末を操作するポインティングデバイス）をかまえてわたしを見た。「今朝わたしがジョージ・キャベンディッシュのことを話しているとどうしてわかったんですか？」

「それは……うわさを聞いたので」コーヒーをごくりと飲み、口のなかをやけどした。

「そうですか」彼はわたしを信用していない冷淡な調子で言った。「だれに聞いたんですか？」

「覚えてません。まだコーヒーを飲んでなかったもので」長い沈黙。「ときどき霊感が働くこともあるし」

「霊感が」

「母親ゆずりなんです」

彼はため息をついてiPadにメモを取った。「お友だちのベッキー・ヘイルさんのことを話してください。彼女はミスター・キャベンディッシュにあまりいい感情を持っていなかった。そうですね？」

「ホーリー・オークスに関わることはすべて気に入らないんです。自分の娘の代わりに、新校舎建設資金を提供するヘアケア界の大物の子が入学したので」

「それなのにあなたは娘さんをあの学校に入れたんですか。友人関係にひびがはいりませんか？」

「それで、キャベンディッシュに何があったんです？」ただの好奇心だというふりをしながらわたしはきいた。

「あなたが教えてくださいよ」彼はにやにや笑った。「霊感が働くんでしょう」

わたしはコーヒーをもうひと口飲んで、罪のないふりをした。「きっと殺人だったんですね、あなたが捜査しているということは。でも、どうしてそんなにベッキーに興味があるのかしら？　編集者に手紙を書いたからって、警察に尋問されるいわれはないでしょう」

「死体の発見現場であるものを見つけましてね」ブンゼンは言った。ブリーフケースのなかから袋に入った一枚の紙片を取り出し、テーブルの上にすべらせた。

心臓が止まりそうになった。

それはベッキーの〈メアリー・ケイ化粧品〉販売員の名刺だった。

11

「どうしてベッキーの名刺が？」答えは知っていたが、声に出してきいた。ピーチズに見せるために自分の新しい名刺を取り出したとき、ベッキーの名刺を落としてしまったにちがいない——彼女の顧客を増やすために協力しようと、いつも何枚か持っているのだ。どうして忘れていたのだろう？

「わたしも同じことを考えました」ブンゼンは言った。

「彼女はいつも名刺をばらまいています」わたしはとっさに言った。「彼はきっとこういう名刺を山ほど持っているのよ」

「いいえ」ブンゼンはおだやかに言った。「これだけでした」

「学校に欠員ができて彼女に電話するつもりだったのかも」わたしは言った。「彼を殺して名刺を残していくなんてありえません。彼女だってバカじゃありませんから」

「発見されたとき、被害者は電話をしようとしているようには見えませんでした」ブンゼンは言った。「もう一度ききます。学園長が亡くなったことをどうして知っていたんですか？」

「だれかに聞いたんです」わたしは言った。「普通ならなんとも思わないんですけど、今朝は学園長の姿がなくて、代理の先生の様子がおかしかった。そのうえあなたがたが現れたので……」

「それであなたは、そうした状況から学園長が死んだと察知した。なるほど。昨夜お友だちから電話はありましたか？」

ピーチズのことを考えてひるんだが、ベッキーのことをきかれているのだと気づいた（てへ）。「いいえ」と言ってから、ちがった、と思った。ベッキーは電話してきていた。「じゃなくて、ありました。夫が受けたんですけど、わたしは折り返す時間がなくて」

「それは何時でしたか？」

「六時ごろだと思います」

彼はまた何やらｉＰａｄに書きこんだ。「電話の記録を調べます」

まずい。もし調べられたら、ピーチズが夜中の三時に電話してきたことをどう思われるだろう？　わたった橋を焼いてしまうしかない、とわたしは決意した。

ブンゼンは大容量のラテをごくりと飲んで、真実をあぶり出そうとしているようにわたしを見た。わたしは彼に感じよく微笑みかけた。「今はこれぐらいにしておきましょう」彼はしぶしぶ言った。「でもまだ終わりではありませんよ。彼が死んだことをあなたがどうして知ったのか、つきとめるつもりです。そして、ご友人のベッキー・ヘイルがどう関係してくるのかも」

彼は名刺をはじいて見せ、わたしの胃のなかでコーヒーが固まった。「きっとまた連絡することになると思います」

三十分後、ショッピングセンターに車を停めたとき、〈プリティ・キトゥン〉は盛況だった。入口のドアを押し開けると、三人の若い女性と眉を毛抜きで整えた男性ひとりが、待合室でファッション雑誌を読んでいた。残念ながら〈ピーチツリー探偵社〉のほうはそうはいかなかった。今週はいった仕事は迷子のペットに関するものだけで、クルンバッハーの案件は解約されていた。すぐにも事態が上向きにならないことには、ピーチズとわたしは股間にワックスを塗るアルバイトをしなければならないかもしれない。

「問題発生」わたしはオフィスにはいっていくと、ピーチズに言った。

「昨日の夜のことなら、悪かったわ」彼女は言った。「日ごろからあのP90Xのエクササイズビデオで背中を鍛えていたら、自分でなんとかできたんだけど」

「今朝ホーリー・オークスに警察が来たの」わたしは声を落として言った。

ピーチズはゼブラ柄のスパンデックスを引き伸ばしながら身を乗り出した。「じゃあ、身元がわかったのね」

「死体発見現場にわたしの友だちの名刺があったらしいの。わたしが落としたみたい」

ピーチズの眉間にしわが寄った。「友だちは彼を知ってたの?」

「何カ月かまえ、彼について批判する手紙を書いて《ピカユーン》の編集者に送って、それが新聞に載ったの。しかもわたし、死んだのはキャベンディッシュだって警察に言っちゃったのよね。知ってるはずないのに」

　彼女は目をまるくした。「口をすべらしたわけね」

「そういうこと」

　ピーチズはブラのストラップを探って電子タバコを取り出すと、深々と吸って、蒸気の雲を吐き出した。メンソールだ。「警察に話をきかれたの？」

「ええ」プラスティックの客用椅子に座りこんで、わたしは言った。

「どうだった？」

　わたしは肩をすくめた。「ベッキーと話すつもりみたい。わたしったらなんてバカなの」椅子の上でうなだれた。もとのオフィスから救出してきた椅子で、シートが一部溶け、少し焦げてもいた。「全部わたしのせいだわ」

「名刺だけで殺人罪に問われることはないわよ」ピーチズは言った。「彼女、アリバイはあるの？」

「ない。彼女の夫は出張中で、昨夜は町にいなかったの」

　ピーチズは顔をしかめた。「まずいわね」

「それに彼女、昨夜わたしに電話してるのよ。夫が出て、わたしは折り返さなかったんだけど、彼女がわたしと話さなかったと証明することはできない。キャベンディッシュが死んだことをわたしが知ってたのは、ベッキーから聞いたからだと警察は思ってるの」

「でも、そのとき彼はまだ死んでいなかった。やっかいね」ピーチズは電子タバコをもてあそんだ。「ところで、あなたの旦那のほうはどうなってるの？」

「〈男らしさへの旅〉っていうプログラムに参加するみたい。だれにも言うなって言われた。ゲイを治すためのものらしいわ」

彼女は爆笑した。「何それ、お互い目が合うたびにあそこを殴り合うとか？」

「ええと……おもにグループ作業をするんだと思う。あと、ハグとか」

「それは効果がありそうね」彼女は皮肉がしたたる声で言った。「大勢の男とハグすれば、奇跡的に異性愛者になるの？」

「そういう理論らしいわ。妻のためのサポートグループもあるの」

彼女はまじまじとわたしを見た。「サポートグループ？　それって何するの？　レズビアンの男役っぽく見える方法を提案するとか？」

「やめてよ。少なくともあの人はなんとかしようとしてるんだから」

「寝室を別にしてからどれくらいになるの？」彼女はきいた。

わたしは肩をすくめた。「十一カ月ぐらい」

「あなたは年々若くなるわけじゃないのよ、シュガープラム。新しい相手のことを考えはじめたほうがいいんじゃない？」

「あと一カ月待つわ」わたしは言った。そのことを考えるだけで胃がよじれた。もしわたしが母親でなければ、ブレイクと別れるのは簡単だろう。だが、わたしには子供たちがいる。どういう決断をくだしても、子供たちは影響を受けるだろう。わたしは自分が得られなかった完璧な家庭を、なんとしても子供たちに与えてやりたかった。それがかなわなくなるかもしれないのは身を切られるようにつらかった。

ピーチズは値踏みするようにわたしを見た。「彼がゲイかもしれないことはまだだれも知らないの？」

「ええ、わたし以外はね」わたしは言った。「彼の両親は息子を勘当するんじゃないかしら。それに、うちの母が来てるから、寝室を別にするわけにもいかないし。今夜みんなでディナーの予定なの、完全菜食のマクロビオティックの店で」家に帰るまえにポテトチップと耳栓を仕入れること、とわたしは頭のなかにメモした。お酒も必要かも。

「男女の関係なんて」ピーチズがけだるくまた電子タバコを吸いながら言った。「ろくでもないわね、言わせてもらえば」

「あらあら。ジェスとはうまくいってないの？」

「別れたわ」彼女は電子タバコをしげしげと見ながら言った。「こんなことを言うとは思わなかったけど、わたし、メンソールが好きみたい」

「ちょっと、どういう意味よ、別れたって？」ピーチズとジェスは十一カ月ほどまえに出会った。彼がわたしをなんとも不快な早すぎる死から救ってくれたあとで。たしかにわたしは彼に温かい気持ちを覚えたが、火花が散ったのは彼とピーチズのあいだで、それ以来毎週土曜日の夜になるとふたりはツーステップをするようになった。最後に聞いたときは、いっしょに住む話をしていたはずだ。「いつからそんなことになってるの？」わたしはきいた。

彼女はぽっちゃりした手を振った。「三週間まえ」

「それなのにいま話してるわけ？　何があったのよ？」

彼女は肩をすくめた。「口論になったの。そこからどんどん悪化していって、ってやつ」

「口論？　なんのことで？」

「それはあまり問題じゃないのよ」彼女は言った。

「話してよ」わたしは言った。「わたしは夫がセレーナ・サスという名の服装倒錯者と寝ていたことを話したのよ。それなのになんのせいでジェスと口論になったのか話せないっていうの？」

「わかったわよ」ピーチズはまた電子タバコを吸いこんで、ゆっくりと煙を吐き出してから言った。「アイスクリームのことで口論になったの」

「アイスクリーム」彼女は繰り返した。

わたしは目をぱちくりさせた。「もう一度言ってくれる？」

「アイスクリームね」

彼女はタバコをもみ消そうとして電子タバコだったと気づき、ストレッチ素材のトップスからプラスティックのケースを取り出した。「彼はエイミーのメキシカンバニラのほうが、ブルーベルのホームメイドバニラよりおいしいって言うの。あれは仕事でさんざんなめにあった日だった。フィッシャーの案件がだめになった日よ」わたしは覚えていた。ピーチズは尾行していた男の車に追突し、約三千ドルの損害を被ったうえ、正体がばれてしまったのだ。

この二、三ヵ月、わが社にはいい話がなかった。「彼は引かなかった」ピーチズはつづけた。

「だからわたしは電話を切った」

「でも、かけ直したんでしょ？」

「まさか」彼女はプラスティックのケースを開けて電子タバコをしまうと、ぱちんと閉じた。

「もう三週間話してない」

「ピーチズ」わたしは言った。「ブルーベルのホームメイドバニラのおいしさについてはわたしもまったく同じ意見だけど、いい男との関係を終わらせる理由にはならないわ」

「ほんとにそう思う？」彼女は言った。「わたしたち、共通点が多いと思ってたのに、彼ったらホームメイドバニラの悪口を言いはじめるんだから。そのうちシャルドネを飲んでフォアグラを食べだすんじゃない？」彼女は顔をしかめた。「ほかに何を隠してるやら」電子タバコのケースをバッグにつっこむ。「それに、もしその気があるなら、どうしてかけ直してこないのよ？」

この何週間か、いつもより多めにマルガリータが消費されている理由がわかってきた。

「あのね……電話を切ったのはあなたで、彼じゃないでしょ」

「だから何？　騎士道精神は死んだの？」彼女は立ちあがった。「とにかく、今はもっと大きい魚を料理しなくちゃ。あなたの友だちのピンチを救うとか」彼女は新しいファイルフォルダーを取り、表紙に〝ホーリー・オークス〟と書いて開いた。「われらが友人アクアマンについて知っていることをすべて話して。わたしが経歴を調べるから、あなたは学校でボランティアをしているあいだにうわさ話を仕入れつつ、彼のオフィスにはいれるかどうかやってみて」彼女はペンの先を吸った。「彼の家を調べるのも悪くないかもしれないわね。結婚はしてるの？」

「たぶんね」

「それなら彼の奥さんと仲よくなるといいわ」彼女は提案した。「夫がアクアマンのタイツとゴーグルをつけて死んだと知ったらショックでしょうから。秘密の生活やら何やらで」そこで間をおいた。「考えてみると、あなたたち、ずいぶん共通点があるわね。すごく仲よくなれるんじゃない？」

「ふん。ありがと」わたしは言った。

「どういたしまして」と彼女は返し、パソコンで経歴を調べるサイトを呼び出した。

たまに手間取ることもあるが、ピーチズは人の経歴を調べる名人だった。三十分もしないうちに、ジョージ・キャベンディッシュについて想像以上に知ることになった。家（ロブロイのおしゃれな界隈にある）、車（赤のBMW）、結婚年数（三十年）、職歴（マサチューセッツとコネチカットのお金のかかる私立学校の校長）、子供（なし）。

「アクアマンへの執着についてはなしね」わたしは指摘した。

「きっと子供のころに何かあったのよ。ケープコッドでしょ。あそこは水が豊富よ」

「おしっこかけの説明にはならないけど」

「サマーキャンプの仲間が新入生への儀式として彼におしっこをかけたのかも」ピーチズが

推測した。「そして、彼はそれを気に入っちゃったとか。なんでもありうるわ。人間が何に性的関心を持つかは謎に包まれているんだから」

「やめてよ」わたしは夫と、タイツならぬストッキングを穿いた男性に対する彼の嗜好を思い出して言った。

ピーチズはパソコンから顔を上げ、目を細めてわたしを見た。「それで、その〈男らしさへの旅〉ってやつに旦那はいくら払うの？」どうやら彼女はわたしと同じことを連想したらしい。

「きかなかった」わたしは言った。

「とにかく、これから何日か旦那はいなくなるのね。お母さんが子供たちの世話を手伝いにきてくれてよかったじゃない」

「それはそうだけど」わたしは言った。「子供たちに海藻シェイクを飲ませようとするに決まってる」

「郊外の生活は気楽だと言う人は、あなたに会ったことがないのね」ピーチズはぐるりと目をまわしながら言った。「あなたの家族ほど変わった人たちがいるなんて、今まで聞いたこともないわ――これってたいしたことよね」

それには同意しかねた。

彼女は口を閉じてわたしを見た。「キャベンディッシュの件についてずっと考えてるんだけど、もう一度デジレーと話をしたほうがいいかもね。彼女が何か覚えてるかもしれないから」

「彼女と連絡をとれる？」

「明日会う約束をしましょう。そのまえに、できるだけのことを調べてみるわ。見たところ前科はないけど、警察にいる知り合いに電話して、何か聞いてないか探ってみる」

「警察はほんとうにキャベンディッシュの死をベッキーのせいにするかしら？」

「そうならないことを願うわ」ピーチズは言った。「彼女を逮捕させないために必要とあれば、デジレーに助けてくれとたのまれて、あなたを引きこんだと警察に話す。そうすればどうしてあなたが彼の死を知ったかの説明も、どうしてあなたの友だちの名刺がピンクのプールのなかにあったのかの説明もつくでしょ」

「わたしのためにそうしてくれるの？」

「最悪の場合はね」彼女は言った。「でも、まずは自分たちで解明できるかどうかやってみるべきよ。もう長いことウェイトレスの経験はないし、もし探偵のライセンスを失ったら、〈コヨーテ・アグリー〉でお酒を飲めなくなる。ここだけの話、ウェイトレスをやるにはちょっと歳がいっちゃってるしね」彼女はダイエットコークをすすった。「それに、刑務所は論外よ。わたし、オレンジ色は似合わないの」

「昨日はオレンジ色を着てたじゃない」わたしは指摘した。

「まあね。でも、あれはタンジェリンオレンジで、囚人服（ジャンプスーツ）のオレンジじゃないでしょ。第一、ああいうだぼっとした服はお尻が大きく見えるのよ」

「どうして知ってるの？」

「ただ知ってるのよ」彼女は言った。長く低いうめき声がお隣から聞こえてきて、べりべりとはがす音がそれにつづくと、わたしたちはたじろいだ。「デジレーから電話はない。わたしに言わせれば、便りがないのはいい便りってこと」ピーチズは引き出しに手を入れて、薄いファイルフォルダーを取り出した。「あなたの気をまぎらわせてくれるものがあるわよ」

「迷子のペット？」

「飼い主によれば、ちっちゃな豚ちゃん。仔豚を妊娠中」わたしがその情報を消化するあいだに、ピーチズはデスクに置いたファイルをわたしのほうにすべらせた。「飼い主の女性によると、元夫が豚ちゃんを盗み、仔豚を売って大儲けしようとしてるらしいの。できるなら自分で彼女を取り返したいところだけど、接近禁止命令が出ているのよ」

「接近禁止命令？」

「そう。彼から、または彼の家から十五メートル以内には近づけないの」

「どうして？」

彼女は肩をすくめた。「きかなかった」

わたしはファイルを開いた。そこには元夫の住所と、豚の特徴が書かれていた。消えた豚は〝ティーカップサイズ（それが何を意味するのであれ）〟に分類され、体毛はココア色で鼻に白い斑点があり、左耳におしゃれなタトゥーを入れているらしい。ほかにもココア色のティーカップピッグがいたときのための判断材料だ。いったいオースティンに何匹豚がいるというのだろう？　しかも住所はサウス・ラマールの近くだった、とある。わたしは顔を上げてピーチズを見た。「ブッバ・スーと呼ぶと返事をするですって？」

「わたしが名前をつけたんじゃないわよ。仕事を受けただけ」

わたしはため息をついた。「ホーリー・オークスの一年生の保護者たちとコーヒーを飲む会があるの」と言ってファイルを閉じ、ブリーフケースとして使っている古いおむつバッグにつっこんだ。「でも、午後に調べてみる」

「コーヒーを飲む会はキャベンディッシュのことをきいてまわるのに好都合ね」ピーチズがわたしに思い出させた。「何か役に立つことを耳にするかもしれないわよ」

出ていくとき、背後からまた悲鳴が聞こえてきた。どこかに新しいオフィスを見つけないと。

12

　コーヒーを飲む会がおこなわれるのは、オースティン中心部のすぐ西、上品な界隈であるタリータウンの不規則に広がった邸宅で、かつてその敷地を占めていた質素な三軒の家の上に、『オズの魔法使い』スタイルの家をトスカーナから移築したように見えた。コーヒーの会に向かう途中、まだ警察に連行されていないことを願って、ベッキーにメールを二通送った。また彼女と話す機会はあるだろうか？　あるとしても、アクリルガラスの仕切り越しに話さなければならないのだろうか？　ベッキーの子供たち、ゾーイとジョッシュのことを思った。わたしの愚かさのせいで、母親が州刑務所で車のナンバープレートを作っているあいだに、あの子たちが成長してしまうなんて耐えられない。

　ベッキーにもう一通メールを送り、メルセデスのステーションワゴンとポルシェ・カイエンのあいだにねじこむようにして、せまい並木道の路肩にミニバンを停めた。遅くなってしまったが――そろそろ十一時だ――みんなはまだいるようだった。コーヒーを飲みながら知らない人たちと礼儀正しく会話するのはあまり気が進まなかったが、だれかひとりぐらいは、キャベンディッシュのアクアマンへの執着について何か知っているかもしれないし、さらに運がよければ、なぜ彼が撃たれたのか知っているかもしれないのだと自分に言い聞かせた。背筋を伸ばして石の長い歩道を歩き、上部がアーチ形になった巨大な玄関ドアに向かった。植えこみからしましまの靴下を穿いた東の悪い魔女の脚が突き出ているのではないかと、半ば期待しながら。

教会の鐘のような玄関チャイムを鳴らして、しばらくすると、今朝見かけた不動産エージェントが玄関口に現れた。ダークブラウンの長い髪をうしろで束ねており、頬骨があまりにも鋭いので、リンゴをスライスするのに使えそうだ。わたしが微笑むと、彼女はさまざまな洗剤についてセールストークがはじまると思っているかのように顔をしかめた。

「何かご用ですか？」彼女のあいさつは冷ややかだった。

「保護者コーヒー会に来た者です」

わたしのことばを疑うかのように、彼女は茶色の目でわたしを上から下までさっと見たが、結局うしろにさがってドアを開けた。「そうだったわね。さあ、はいって」

「おじゃまします！」わたしは彼女のあとから巨大なドアを通り抜け、ひんやりしたタイル張りの玄関に足を踏み入れた。左にあるアンティークのテーブルには、苔玉(こけだま)のアレンジメントが芸術的に飾られていた。その上には、死んだウサギと果物の鉢を描いた静物画の油絵が掛かっている。「デボラ・ゴールデンよ」と言われ、命のない小さなふわふわの生き物を見つめていたわたしはぎょっとした。

ホステスに視線を戻す。「マージー・ピーターソンです。とてもすてきなお宅ですね」

「ありがとう」遠くから聞こえてくる声のほうにわたしを案内しながら、デボラは言った。デニムのカプリパンツに、手刺繡(てししゅう)が施されているらしい透けるほど薄い白のブラウス姿。ひじょうに小柄で、コルクのウェッジヒールの靴を履いていても、サンダル履きのわたしよりまだ五センチ低かった。「夫とわたしはイタリアを旅行するのが好きで、オースティンに自分たちのトスカーナを作ることにしたの」

「すてきね」ほかに何を言えばいいかわからずに、わたしは言った。

「みなさんキッチンでコーヒーとペストリーを楽しんでいるのよ。どなたがホーリー・オークスにはいったの？」

「娘のエルシーです」彼女といっしょに広々としたリビングルームを通り抜けながらわたしは言った。そこには巨人を念頭に置いて作られたにちがいないソファと、セコイアの断面ではないかと思われるコーヒーテーブルが置かれていた。デボラは座ったら家具にのみこまれてしまう危険がありそうだった。それとも、絶対に座らないのかしら、と彼女の骨ばった体つきを見ながら思った。「あなたもホーリー・オークスは一年目？」

彼女は笑った。「あら、まさか。うちはホーリー・オークス創立以来ずっとお世話になってるわ」と話しながら、わたしたちはダイニングルーム——二十人は座れるテーブルと、枢機卿が集うローマ教皇選挙秘密会議(コンクラーベ)のためにデザインされたように見えるハイバックチェアがあった——を通り抜け、わが家の裏庭ほどの広さのキッチンにはいった。

部屋には、小麦色の肌と真っ白な歯をしたスレンダーな大勢の女性たちと、どこか場ちがいな様子で隅のほうに立っているひとりの男性がいた。生まれつきブロンズ色の肌なのは、エプロン姿のヒスパニックらしい若い女性だけで、彼女はちょこまかと動きまわっては、使ったお皿をさげて、別の部屋に引っこんでいた。ホーリー・オークスは少し多様性を取り入れるようにしたほうがいいのでは、とつい考えてしまう。

天板が御影石の巨大なアイランドテーブルの上のラックには、そのキラキラ具合からするとコンロにかけられたことがなさそうな銅製の鍋類が並んでいた。そして、その鍋類の下には、マフィンやクロワッサンやフルーツサラダ入りのクリスタルのボウルがのったトレーがいくつか置かれていた。カウンターはランウェイほどの長さがあり、そのひとつに銀のコーヒーポットが鎮座している。特注のマホガニー製キャビネットのドアの奥に、即席マカロニチーズがはいっているとは思えなかった。「ちょっと、みなさん」デボラが呼びかけた。「こちらはマージー・ピーターソンさんよ。ホーリー・オークスの新入生ママなの」

「ハーイ！」ほとんどコーラスのようにみんなが返した。いくつかの眉が上がったということは、すぐにピーチズと彼女の携帯電話での会話のことが話題になるだろう。いや、もう話題になっていたのかもしれない。

「好きに取ってちょうだい」ほとんど手がつけられていないように見える食べ物のほうを示してデボラは言った。「お皿はあそこよ」

「ありがとう」わたしは縁にポピーが描かれたお上品な皿を手にした。チョコチップマフィンとクロワッサンを選び、スイカを何切れか取って向きを変えると、どこまでもつづく広大な硬木の床を歩いてコーヒーポットのある場所に向かった。手描きの装飾が施されたカップにコーヒーを注ぎ、カウンターのそばにたたずむ。

やっとひと口コーヒーを飲んだと思ったら、ストロベリーブロンドのボブに色落ちしたマジーンズの熱心そうな女性が声をかけてきた。「こんにちは」彼女は言った。「キャスリーン・ガードナーよ。娘の名前はカトリーナ、ランポール先生のクラスなの。あなたのお子さんは？」

「エルシーです」わたしは言った。「同じクラスの」

「うちの娘の名前はカトリーナよ」キャスリーンはもう一度言って、ブラックコーヒーをひと口飲み、パイナップルのスライスを小さくかじった。「ホーリー・オークスに入学できてとても興奮しているわ。カトリーナは夏のあいだ一日に一冊本を読んできたから、お勉強の準備は万端なの。ダンスのお稽古の合間に組み込むのはたいへんだけど。算数の家庭教師もつけるようになったし」

「そうでしょうね」わたしは言った。ほかに話し相手はいないかと、彼女の肩越しにさがしながら。できれば射撃場の的のまえに立っているような気分にさせられずにすむ人がいいのだが。気のせいかもしれないが、隅にひとりだけいる男性が同情するようにこちらを見たような気がした。

「ところで」彼女はつづけた。「わたしはランポール先生のクラスの保護者代表で、ボランティアをとりまとめてるの。子供たちの生活に保護者が参加するのはとても重要だと思わない？　何よりも大事に思っていることを子供たちに示せるし」彼女はピンクのブラウスのピーターパンカラーを直した。「おたくはどんなお稽古ごとをさせてるの？」

「ええと……楽器を習わせようかと」エルシーはブレイザー・タグの誕生日パーティでもらったおもちゃの笛のカズーに短期間執着したことがあった。

キャスリーンはかすかに黄色い歯を見せて、わたしににっこりと笑いかけた。「楽器を習うのは学習の向上のためにとても重要よ。とくに算数の学習に。うちはもう二年生のワークブックをやってるわ、せっかくの能力を腐らせないためにね。カトリーナは二歳のときからヴァイオリンを習ってるの――スズキ・メソード（音楽を通じて心豊かな人間を育成する教育法）よ。とても才能があって、ニューヨークのコンサートマスターのもとで勉強させてはどうかと先生に言われてるの。でも、選択肢を増やすために、今はヴァイオリンのお稽古を週四回に減らして、上級タップダンスのお稽古を入れてるけど」

「まあ」わたしは何も考えずに言った。「それはきっと忙しいでしょうね」

「まあね」彼女は言った。「すべては多才な子供にするための一環よ」彼女はもうひと口コーヒーを飲んだ。「おたくの娘さん――エルシーだったかしら？――にはぜひガールスカウトに入会してほしいわ。わたしが隊のリーダーになるとカトリーナに約束したの。とても魅力的な活動計画を立てたのよ」

「どうやって時間を作ってるの？」

「あら、大切なわが子のためならいつでも時間は作れるわよ」彼女は言った。

「時間といえば」礼儀正しい退却方法をさがしながらわたしは言った。「今朝は朝食をとる時間がなかったし、あのスイカはおいしかったわ。失礼してもう少し取りにいきたいんだけど」

「じゃあ、ガールスカウトのこと、あてにしていいわね？」彼女はきいた。

「エルシーにきいてみるわ」わたしはキャスリーンの活動範囲から抜け出そうとしながら言った。「教えてくれてありがとう」

お皿にお代わりを盛るころには、キャスリーンは別のだれかに目をつけていた。わたしはジェニファー・アニストン風のヘアスタイルにウェッジヒールの靴を履いたふたりの女性のほうに近づいた。そのうちのひとり、ピーチズを思わせる胸元の大きくあいたワンピース――いくつか小さいサイズで、色はライムグリーン――を着た巨乳の女性は、カプリパンツ姿の大きな目をしたもうひとりの女性に、自分の離婚話を披露していた。「判事は彼に有利な判決をくだしたのよ、信じられる？　少なくとも双子の親権は勝ち取ったけどね」

「それはよかったわね」あまり胸の大きくない相方は、半歩あとずさりながら力なく言った。「でも、あの子たちに必要な教育を受けさせるには頭を使わないとね。もちろん上訴するつもりだけど、そのまえに……」

わたしはあとずさりはじめたが、タイトワンピの女性に見つかってしまった。「あなた、覚えてるわよ」彼女は言った。

「どこかで会ったかしら？」

「正式にというわけじゃないけど」彼女は言った。「あなたと……お友だちを見かけたから」口もとにわずかな笑みが浮かぶ。「昨日の新入生保護者オリエンテーションで」

「ああ……彼女は同僚なの、実をいうと」

カプリパンツのやせた女性がわたしをじっと見た。「どんな業種のお仕事を？」

「私立探偵よ」

「おもしろそう」そっけない笑みを浮かべてやせた女性が返した。「あなたの同僚は……あのとき仕事中だったの？」

「おそらくね。それで、あなたたちはホーリー・オークスの新入生ママ？」わたしは話題を変えたくてきいた。

「ええ」巨乳の赤毛が答えた。「うちの子たちは今日が初日よ。ふたりともここにはいれてほんとにラッキーだったわ。最近の私立学校はすごい競争率でしょ？」

「そうよね。それに、多様性を推進してるし」やせた女性が言い、わたしに目を向けた。

「ご主人は何をなさってるの、マージー？」

「弁護士よ」わたしは言った。

「あら」疑わしげな表情がわずかにゆらいだ。「どこの法律事務所？」

「〈ジョーンズ・マキューアン〉だけど」

「うちの主人も弁護士なの」さっきより打ち解けた様子で、やせた女性が言った。「わたしはメリッサ・トゥルーラック」

「マージー・ピーターソンです」わたしは言った。

「わたしはチェリー・ニコルズよ」巨乳の赤毛が言った。「ふたりと知り合えてすごくうれしいわ。ホーリー・オークスにはいれてすごくラッキーだったと思わない？」

わたしはコーヒーをすすり、興味のある話題に会話を誘導することにした。「今朝は学園長がいなかったからちょっとびっくりしたわ」

「わたしも」赤毛が言った。「きっと新しい施設のための資金集めをしてたのよ。理事会が学園長に求めてるのはおもにそのことらしいから」

彼女がそれ以上言うまえに、背後でだれかが言った。「新しい人？」

振り向くと、さっき気づいた男性がいた——そして、わたし以外で短パンを穿いているのは彼だけだった。彼の短パンはチノで、裾（すそ）のあたりに小さく漂白剤の星座が散ったポロシャツを着ていた。わたしは勇気づけられた。

「ええ」わたしは言った。「あなたは？」

「今度一年生になる子もいるけど、三年生の娘もいる」彼は手を差し出した。「ケヴィン・アーチャーだ」彼は言った。

「マージー・ピーターソンよ」わたしたちは握手をした。「ホーリー・オークスは気に入ってる？」

彼はわざとらしい笑みを浮かべた。「おもしろい場所だよ」

13

わたしは興味を惹かれてケヴィンを見た。「おもしろい？」

「こう言ったほうがいいかな、クリスチャンの学校なのに、ホーリー・オークスでは、柔和な人びとは——あまり裕福でない人たちはもちろんのこと——地を受け継がないんだ（マタイによる福音、五章五節〝柔和な人々は地を受け継ぐ〟をもじっている）。この意味わかるよね」

ケヴィンとわたしは数分間意見を交換し合った。どちらも公立学校出身で、どちらも専門職の人と結婚していた——わたしは弁護士と、彼は皮膚科医と。だが、子供のいない時間にわたしがミニバンに乗って浮気調査をしてまわっているのに対し、彼は国際的なリーグでシャフルボード（細長いコートの上でディスクを押し出し、得点盤上に到達させて点数を競うスポーツ）をしてすごしていた。どちらの活動のほうがより普通でないのか、わたしにはわからなかった。

「ホーリー・オークスのことをもっと知りたいわ」しばらくしてわたしは言った。「学校全体についてどう思う？」

彼は肩越しに目をやってから、声を落として言った。「実は、この二年ほどごたごたしてた。キャベンディッシュはこの三年でふたり目の学園長なんだけど、彼は教育より施設建設のほうに重点を置いているらしい」どうやらケヴィンは三人目の学園長が来ることを知らないようだ。

「それならあなたはなぜまだここに子供を通わせているの？」

「ヴィクトリアが先生たちを気に入ってるんだ。仲のいい友だちもいるし」彼は言った。

「エルシーもそうなるといいね。親たちはみんなちょっとクレイジーだけど」

「クレイジーって、どんなふうに？」

「うーん……じゃあ、例をあげよう。一年生の女子児童のひとりが誕生パーティをした」彼はもう一度あたりを見まわして、だれも聞いていないことを確認した。「親は女の子たちをリムジンで迎えにいって、全員をスパに連れていき、マニキュアとペディキュアとヘアメイクをさせた」

「一年生で？」

彼はうなずいた。

「ワオ」わたしは言った。そして、ほんとうのところアクアマンに何があったのかを探るという、本来の目的を思い出した。「親たちはちょっと度を越してるってわけね。学園長についてはどう思う？」

「ジョージかい？　学園長になって二年になる。理事会は彼に満足しているよ――学校のために大金を集めてるからね」ケヴィンは身を寄せて声を落とした。「これは言うべきじゃないのかもしれないけど、自分が何に足を踏み入れることになるのか知っておいたほうがいいと思う。大口の資金を提供している家に気に入られなかったら、きみの娘は学校から放り出されるよ」

　ベッキーの娘に起こったことを考えれば、驚くことではなかったが、わたしの胃はひっくり返った。どうしてプルーはわたしをこんなことに巻きこんだの？「お金がものを言うってわけね」

「世の中、金次第さ」彼は陰気に言った。

「だれに気をつければいいの？」わたしはきいた。

「クルンバッハー家とゴールデン家」彼はひそひそ声で言った。「それと――」

「ケヴィン！　夏じゅう見かけなかったわね！」ミッツィ・クルンバッハーだった。わたしたちのあいだに割りこんで、意地悪くわたしをにらんだあと、わざとらしい笑みを浮かべてケヴィンのほうを向いた。

　新しい知り合いは一歩あとずさった。興味を向けられて驚いているらしく、少しやましさも感じているようだ。「ミッツィ。元気かい？」

「南フランス旅行から帰ってきたばかりなの」手を振って高価な香水の雲を振りまきながら、彼女は言った。「あなたは？」誘惑しているかのような笑みを浮かべたが、顔の筋肉が麻痺しているせいで判断はむずかしかった。「国際タイトルは家に持ち帰れた？」

「今年の夏はだめだったよ。つぎのトーナメントは十月なんだ」ケヴィンは言った。「ミッツィ、マージーにはもう会った？」

わたしは手を差し出して礼儀正しい笑みを浮かべた。「もう会ったわよね。おたくのお子さんも一年生なの？」

「ヴァイオレットがね」彼女は嚙みつくように言った。「ところでケヴィン、会わせたい人がいるのよ。ちょっと失礼してもいいかしら……」答えを待たず、ケヴィンの腕をとらえて連れ去った。

ミッツィはケヴィンを広いキッチンの別の隅に引っ張っていった。わたしはコーヒーを飲み干し、立ったまま眠ってしまわないようにお代わりを注いだ。コーヒーをすすりながら、学園長に関することが耳にはいらないかと周囲の会話に気をつけていたが、おもな話題は湖畔の不動産物件や外国ですごす夏休み、ペディキュア、放課後のお稽古ごとだった。

もうひとつマフィンをもらいにいこうとしたとき、二メートルほど離れたところでデボラ・ゴールデンの携帯電話が鳴った。彼女はじゃまされたことにいらだっている様子で、急いで電話に出た。すると、目がまんまるになり、まわりに断ってキッチンから出た。わたしはペストリーをあきらめてあとを追った。

広い廊下からデボラの声が聞こえてきて、わたしはフィレンツェの教会から略奪してきたような柱のうしろに隠れた。「彼が死んだって、どういうこと？」

ようやく知らされたってわけね。電話の相手はだれだろう？　少なくともデボラ・ゴールデンは容疑者リストから消すことができる。

「くそっ」彼女は言った。ちょっと驚きだ。「いろいろと面倒なことになるわ。でも、代行を立てるまでしばらくかかるだろうから、時間はある。彼のオフィスはもう調べたの？」少し間があった。「あなたはできることをして。ここには一年生の親たちの半数がいるのよ。終わったら電話する」

うわ。逃げる時間はない。デボラのウェッジヒールがこつこつと近づいてきて、わたしは柱のまわりをじりじりと移動したが、柱がもっと太くなるか、わたしがもっと細くなる必要があったらしい。

「どうかした？」

デボラの声は冷たく、その顔にあいさつのときに見せた偽の笑みはなかった。

「ええ、ちょっと」わたしは言った。「すてきな柱だなあと思って」救いようのないまぬけになった気分で、アンティークの大理石をなでながら付け加える。「ところで、バスルームはどこかしら？」

「玄関の左側よ」相変わらずとびきりよそよそしい声で、彼女は教えてくれた。「秘密のボタンか、通路でもさがしてたのかしら？」柱のほうに視線を向けて尋ねた。

軽い笑い声をあげたつもりだったが、のどを詰まらせたような声になってしまった。「もちろんちがうわよ。あなたの美しい家に感心してただけ」わたしはそう言うと、シカの枝角が飾られたリビングルームのほうにふらふらと向かった。

小トスカーナからなんとか脱出し、みすぼらしいミニバンにありがたくも戻れたのは正午近かった。興味深い朝だった。デボラ・ゴールデンは警察がキャベンディッシュのオフィスで何か見つけるのではと心配していたのだろうか？　ミニバンのエンジンをかけながら考えた。彼の死でどんな〝面倒なこと〟になるというのだろう？

猫用のキャリーとサンドイッチを取りに家に寄ったとき、母は絶好調だった。まず、すべての窓が開いていたことで、何かに没頭しているのだとわかった。テキサスで八月の正午に窓を開けるのはあまり推奨できない。

「おかえりなさい、ダーリン！」玄関を開けて、サウナと化した家のなかに慎重に足を踏み入れると、母の声がした。キッチンからチャイムのような音楽が聞こえていて、ルーファスは壁際の定位置ではなく、テレビの上に避難していた。なでようと手を伸ばすと、猫はうなった。

「お母さん？　何してるの？」

「在庫品整理よ」母は言った。声をたどってキッチンにはいると、戸棚とパントリーにはいっていたものがすべてテーブルの上に出されていた。母はあぶなっかしくスツールの上に立って、アップルソースの瓶を取ろうとしていた。タイダイのゆったりしたロングスカートにタンクトップを合わせ、髪はゆるいおだんごにまとめられている。タンクトップの汗じみに気づかずにはいられなかった。

「パントリーの掃除ってことね」わたしは言った。

「まあ、それもあるわ」母は言った。「精製された食品だらけで驚いちゃったわよ。エルシーに問題があるのも納得ね」

「エルシーに問題があるってだれが言ったのよ？」

「だって、あの子はちょっと……ストレスを抱えてるみたいだから」母は言った。「除去ダイエットをすれば、効果があるかもしれないと思ったのよ」

「何を除去するの？」

「もちろん、白い食品よ。白パン、パスタ、砂糖……精製されたジャンクフード」彼女はクラフト・イージー・マックの箱を手にした――エルシーが唯一食べられるオレンジ色の食品だ。ステレオが音楽を奏で、母はそれに合わせてハミングしながら、ゴミ袋の開いた口に箱を放りこんだ。

「絶食ダイエットってことね」わたしは言った。

「絶食ダイエット？」彼女は笑った。「まさか！　子供の味覚はとても順応性があるの。最初はつらいかもしれないけど、何日かすれば、きっとあなたも驚くわよ。ケールは少量のオリーブオイルでローストして塩をかけるとほんとうにおいしいんだから。エルシーもよろこんで食べるようになるわ」

「へーえ」わたしは言った。急にたまらなくおいしいグラス一杯のシャルドネが飲みたくなった。でも、それはできない。これからティーカップピッグを誘拐して猫用キャリーにつめこみ、子供たちを迎えにいかなければならないのだから。それに、なんとかしてターキーのサンドイッチを手に入れなくては。「すべてを捨てるより、まずいくつかのものを控えるこでしょ？」

とにしたらどうかしら？　今週学校がはじまったばかりなのよ。それだけで充分なストレス

「ばかなこと言わないで、マリゴールド。大事なのは栄養よ、ビタミンこそあの子のために

なるのよ。それを」母はにっこり笑って言った。「今夜〈カサ・デ・ルス〉ではじめるの。

もちろん、プルーデンスとフィルにもつきあってもらうわ。ブレイクも来ると今朝言ってく

れたし。ところで、だれか書斎で寝ているの？」

「お母さんの寝る場所を準備していたのよ」わたしはあわてて言った。

「でも、ブレイクのものが置いてあるわよ」

「うちのクローゼットがせまいのは知ってるでしょ」わたしは言った。「それに、彼はとき

どきあそこで寝てるの――いびきをかくから」

「きっとグルテンのとりすぎね」母はフルーツロールアップの箱をゴミ袋のなかに放ってた

め息をついた。「わたしが来てよかったわ」

わたしの携帯電話が鳴った。ベッキーからだ。

「もう行くわ、お母さん」わたしはガレージに向かいながら言った。話を聞かれないところ

に行くまでは電話に出たくなかった。

「午後にまた会いましょう！」と母は言い、わたしは玄関から外に出てドアを閉めた。通話

ボタンを押して電話を耳に当てた。

「マージー、警察はわたしが殺したと思ってる」

14

「どういう意味？」体じゅうがしぼむのを感じながらきき返した。壁にもたれてベッキーの返事を待った。

「いま警察が帰ったところなの。理由はわからないけど、わたしがジョージ・キャベンディッシュの死に関係してると思ってるみたい」

「ベッキー――」

「もう最悪よ、マージー。逮捕されたらどうしよう？　あんなばかげた手紙なんて書かなきゃよかった。そもそもあんなばかげた学校に願書を出さなければ――」

「ベッキー。あなたに話さなくちゃならないことがあるの」

かちっと音がした。「もう。別の電話がかかってきちゃった。きっとリックだわ。あとで電話する」

彼女が電話を切ってしまったので、名刺を落としたのは自分だと打ち明けることはできなかった。

ピーチズの番号を押した。彼女は二度目の呼び出し音で出た。

「警察はベッキーがキャベンディッシュを殺したと思ってる」わたしは報告した。「全部あのいまいましい名刺を落としたせいよ。わたしたちがしたことをブンゼン刑事に話さないと」

「ちょっと待ってよ、バターカップ」ピーチズは言った。「そんなことをしたら、わたしたちみんなが困ったことになるのよ。あなた、わたし、デジレー……全員逮捕されるわよ」

「でも、自分たちを守るためにベッキーを刑務所送りにするわけにはいかないわ！　わたし、警察にほんとうのことを話す」

「そして、刑務所に入れられて、犯人を自由に歩きまわらせておくの？　ちょっと冷静になってよ」彼女は言った。「アクアマンがあんなことになったのは、だれかのしわざなのよ。そして、わたしたちはそれがだれなのかを探るのに絶好の立場にいる」

「警察よりも？」

「わたしたちは探偵よ、忘れたの？　お金をもらってこの仕事をしているプロなの。それに、警察よりも犯行現場のことをよく知ってる」

「違法に死体を移動させたからでしょ」わたしは指摘した。

「だからなんなの？　あなたはちょっとまえに、殺人者を刑務所送りにしたんじゃないの？　そして、メキシコから来た人たちを救出した。ちがう？」

「そうだけど……」

「あれに比べたら、今度のなんてたいしたことないわよ」ピーチズは言った。

「でも、道義的じゃないわ」わたしは言った。ものであふれたガレージの棚に寄りかかったせいで、プラスティックの砂遊び用のバケツが動いた。バケツはやかましい音をたてて床に落下し、砂用シャベル二本が飛び出して、かなりの量のガルヴェストン海岸の砂がガレージの床に散らばった。「ピーチズ、警察に言わなきゃだめよ」

「正しいことをしようとしてるのはわかるわ、キッド、でもそうしたら、わたしは探偵のライセンスを失い、ふたりとも刑務所にはいることになるのよ」ピーチズは言った。「何年も子供たちに会えなくなるのよ」

「でもそうしなかったら、ベッキーが刑務所に入れられるのよ」わたしは言った。「そんなことはさせられない」

「ええ、そうでしょうね」

「だから電話するわ」

「そうしたければしなさい。でもそのまえに一週間時間をくれない？」ピーチズは言った。「学校や先生たちに探りを入れるのよ……わたしたちなら事件を解明できるわ」

わたしはつま先でシャベルをつついた。「ほんとに？」

「できるのはわかってるの」彼女は言った。「デジレーに会って、知ってることをすべて話してもらいましょう。きっとあなたはもういくつか手がかりをつかんでるわよね」

コーヒーの会でのデボラ・ゴールデンの妙な会話のことを考えた。充分ではないが、手掛かりにはなる。

「もし解明できなかったら」ピーチズはつづけた。「わたしがブンゼン刑事に電話して、わたしがむりやりあなたを引き入れただけで、あなたとあなたの友だちはなんの関係もないと話すわ」

「約束する？」

「約束する」

深呼吸をし、自分はどうかしているのだろうかと考えた。「わかったわ」わたしは言った。「わたしはネットで情報をさがす。午後ホーリー・オークスに行く時間はある？　ボランティアにもぐりこむことはできそう？」

わたしは腕時計を見た。「これからブッバ・スーを取り返しに行かなきゃならないけど、それほど時間はかからないと思う」

「豚をつかまえて、洗濯室に押しこんだら、学園長のオフィスにはいれるかどうかやってみて」

わたしは深呼吸をした。「そのあいだベッキーにはどう言えばいい？」

「なんでも言いたいことを言いなさいよ」ピーチズは言った。「でも、彼女が逮捕されないかぎり、昨夜起こったことについては何も言わないで」

「わかった」わたしは言った。

「あなたがホーリー・オークスに行ってるあいだに、わたしはデジレーに電話して、話を聞く時間を決めておくわ」

「ほんとに警察に電話しなくていいのかしら――」

「一週間よ」ピーチズは繰り返した。「さあ、悩むのはやめて、豚をつかまえに行きなさい」

ブッバ・スーの住所は町の南側で、サウス・ラマールからそう遠くないところだった。開発業者はこの地域を画一的なコンクリートのモニュメントに変えることに熱心なようだが、個性的な家はまだ多く見受けられ、リストにあった住所も例外ではなかった。

頭の奥でまだベッキーのことを考えながら、ターゲットの家を車で通りすぎた。色あせた緑色のバンガローで、縁取りはスイカ色だった。芝刈りをしていない前庭のまんなかには、ホイールキャップで作ったらしい巨大な恐竜と、捨てられたラウンジチェアが置かれ、フロントポーチには一九八〇年代のものらしきたわんだピンクのソファがあった。ドライブウェイに車はなく、ガレージのくもった窓にいくつかの箱が見えていた。家にはだれもいないようだ。伸びすぎたヒメフヨウの茂みが裏庭に通じるゲートらしきものを覆い隠しており、これは思わぬ特典だった――ご近所さんに見られる危険性は少ない。

通りの先にミニバンを停め、しょっちゅう空の猫用キャリーを持って散歩しているふりをしながら、木の根っこのせいででこぼこしている歩道を歩いた。老朽化したバンガローのあいだに、現代的な新しい家がキノコのようにいくつか顔を出しており、草深い前庭はおしゃれな小石敷きや、きれいに刈られた芝生に変わっていたが、通り全体はまだ昔ながらのファンクなオースティンという感じだった。

あと数軒でブッバ・スーの仮住所というところまで来たとき――ありがたいことに歩道にはだれもいなかった――ブーブーという低いうなり声が聞こえた。あたりを見まわしてだれもいないことを確認してから、垣根のゲートを隠している伸びすぎた藪のなかに押し入った。錆びた掛け金をがちゃがちゃさせているあいだに、ブーブーという声はどんどん大きくなった。ティーカップピッグにしてはやけに太い声だ。とはいえ、ティーカップピッグなど一度も見たことはなかったが。

だが、これから見ることになるのだ。

二度ほどバシッとたたくと掛け金ははずれたが、押してもゲートはわずかしか開かなかった。蝶番が半分取れてななめになったゲートが、地面に刺さっていたのだ。ゲートに沿って掘りたての土が山になっており、開けるのはたいへんそうだったが、わずかな隙間に体を押しこんでむりやり通過した。

ブーブーという声はまだ聞こえており、ときおりブヒッという声もしたが、ティーカップピッグの姿は見えなかった。だが、豚が――あるいは酔っ払ってスプリンクラーシステムを設置した人がいた痕跡はあった。脇庭全体が掘り返され、雑草が生えたいくつかの島と、まちがえようのない家畜臭だけが残されていたのだ。

ゲートを占め、猫用キャリーのドアを開けた。「ブッバ・スー！」とやさしく呼びかけ、数回舌を鳴らした。「ここよ、ガール！」チーズスティックの包装を開けて、猫用キャリーに放りこみ、豚の落し物を踏みませんようにと念じながらあとずさった。「おいで、ブッバ・スー!」

大きなブヒッという声とともに、威嚇するようなうなり声がした。わたしはもう一歩あとずさった。「おやつを持ってきてあげたわよ!」

どすどすと不吉な音がして——ブッバ・スーの足音はティーカップピッグにしてはやたらと重そうだった——小型冷蔵庫ほどの雌豚が家の角を曲がってくるのが見えた。

ココア色なのかもしれないが、判断はできかねた。剛毛全体が乾いた泥に覆われていたからだ。鼻に白い斑点を見つけようとしたが、彼女が唇をめくりあげて二列の白い豚の歯を見せると、わたしは鼻に注意を向けるのをやめた。

わたしが立ちすくんでいると、豚は何度か鼻を鳴らし、小さな目でわたしを油断なく見張りながら、猫用キャリーのほうに歩み寄った。ブッバ・スーに関して小さいのはその目だけだった。こんなキャリーにはいれるわけがない。頭でさえはいるかどうかわからなかった。だからといって、やらないわけにはいかない。ぞっとしながら見ていると、彼女はチーズのにおいのもとをさがそうと、もう一度鼻を鳴らした。そしてキャリーに近づいた。わたしはじりじりとゲートに向かった。豚がチーズスティックを外に出せば、彼女のじゃまをせずにキャリーを回収してゲートから外に出られるかもしれない。豚用ヴァリアムを処方してくれる獣医をさがし、彼女に鎮静剤を飲ませてどうにかしてひもをかけ、引っ張って連れ出すことができるかもしれない。踏みつけられたり突き飛ばされたりせずに、ここから逃げることができればだが。

ブッバ・スーは探るように猫用キャリーに鼻をつっこんだ。チーズは奥のほうに放ったので、簡単には届かない。さらに奥まで鼻をつっこむ。すると、舌を鳴らす音やうなり声が聞こえてきて、ご褒美にありついたのだとわかった。

彼女がキャリーから頭を出し、まだ掘り返していないわずかな草地を求めて——チーズだけではたりないのだろう——ぶらぶらと歩き去るのを待った。残念ながら、キャリーもいっしょについてきた。

これまでさんざん豚の鳴き声を聞いたと思ったが、いま起こっていることに比べたらほんの序の口だった。ブッバ・スーは猫用キャリーをはずそうと頭を振り回しながら、うなり声を——低く威嚇するようなうなり声をあげつづけた。不運にも家の外壁にキャリーがぶつかってしまい、さらに深くはまっただけだった。

やがてうなり声はやみ、人間が発するようなけたたましい金切り声に変わった。彼女は怒った雄牛のように猛スピードで脇庭を走りまわり、下見板に、柵に、そしてまた下見板にと猫用キャリーをぶつけた。やがて突然、猫用キャリーがわたしに向けられた。

鼻を鳴らす音がしたあと、いななくような声がしたと思ったら、ブッバ・スーがわたしに突進してきた。とっさに脇によけ、ゲートに手を伸ばしたが、彼女はくじけず、またわたしに向かってきて柵板にぶち当たり、ドスンといやな音がした。猫用キャリーのねじがひとつはずれて何センチか開いたので、獲物がよく見えるようになった彼女は、前足で地面を一度蹴ると、わたしの膝に飛びかかった。わたしは飛びあがって柵の上にしがみつき、横木の上にあぶなっかしく足をかけた。わたしの下で柵が震えた。

ブッバ・スーは仕切り直し、ふたたびわたしにねらいをつけた。わたしはなけなしの運動能力を発揮して柵の上に片脚をあげた。そんな能力が残っていたとは知らなかったが。柵の上にすっかり乗ったとき、猫用キャリーが腐った木の柵にぶつかってきた――さっきまでわたしの脚があった場所に。すばやい反射神経を自賛しながらもう片方の脚を持ちあげたとき、左のポケットから何かがすべり落ちるのを感じ、カタンと柵にぶつかる音が聞こえた。

ぎょっとして下を見た。

エルシーのフライフォンがポケットからすべり落ち、豚のフンの上に着地していた。

15

二時になるころ、ようやくエルシーのフライフォンの回収をあきらめた。ブッバ・スーはさかんにうなりながら、猫用キャリーに頭をつっこんだ状態で、相変わらず柵に体当たりをつづけていた。エルシーとの約束を破ったことに罪悪感を覚えながら、草でできるだけスニーカーの汚れを拭き取って、ミニバンに乗りこんだ。家に寄って着替えようかとも思ったが、そうすると母と顔を合わせることになるので、そうはせずにミニバンでホーリー・オークスに向かった。今日はなんのボランティアも割り当てられていないが――図書室での最初のシフトは木曜日まではいっていなかった――ジョージ・キャベンディッシュのオフィスにはいる方法が見つかることを願っていた。

それに、エルシーが問題なくやっているかどうか、確認することもできるかもしれない。娘のことが心配でたまらなかった。

学校のシンボル――三角形のなかの大きな青いHの上に、ロゴというよりは包みこむ腕のように見えるバナーを配したデザイン――で装飾された、手入れの行き届いたエントランスを抜けてホーリー・オークスにはいると、またもや自分は別世界に足を踏み入れているのだという落ちつかない気分になった。オーダーメイドのゴルフカートや、リヴィエラの別荘や、わが家のローンと同じくらいの金額の美容整形代の世界に。エルシーが犬への執着を隠せたとしても、クラスメートに共通するものを見出すことができるのだろうか？

義母はそれができると思っているが、わたしは絶対に無理だと思った。ぴかぴかの板ガラスの玄関のまえで立ち止まり、そこに映る自分の姿をチェックした。髪はとかしてあるしまあまあ清潔だったが、〝クチュール〟なところはどこにもなかった。それどころか、ウェッジヒールやベルトつきワンピースをのぞけば何が最近の〝クチュール〟なのかもわからなかった。高級婦人雑誌を読んで流行についていく代わりに、読書時間のほとんどを、『夫が家庭でズボンを穿かなくなったとき』や『耐え抜くこと』といった本を読んですごしていたからだ。正直、どちらも役には立たなかったが。

エルシーのことがどうしても気になった。いい初日を迎えてほしかった。娘は内気で、新しい友だちを作るのにいつも時間がかかる。ここ数年の仲よしはゾーイで、エルシーはほかの子にほとんど興味を示さなかった。仲よくなれば明るく快活にもなれるのだが、だれもその機会を与えてくれないのではないかと心配だった。

ひんやりとしたロビーに足を踏み入れると、警察はもういなかったが、きびきびした受付嬢はまだ受付に収まっていた。「ご用件をうかがいます」あの親しげなロボットのような声で話しかけられ、わたしは彼女がプログラムされているのではないかと思った。

「あのう、少し時間ができたから」わたしはうそをついた。「オフィスで何か手伝えることがないかと思って」

「今日がお子さんの初日なんですね？」彼女は憐れむような表情で言った。

「ええ、まあ」

「きっとちゃんとやっていると思いますよ。実を言うと、今日はとくにオフィスでは手伝いはいらないんです」彼女はそう言って、棒のようにまっすぐなブロンドをひと筋うしろになでつけた。「人手は足りているので」そのとき、図書室の本を抱え、意を決したような顔つきで、キャスリーン・ガードナーが角を曲がってきた。

「コーヒーの会にいた新入生ママね？」薄い色の目をわたしに向けて、彼女はきいた。「メアリーだったかしら？」

「マージーです」

「マージーね」彼女は〝マーガリン〟と同じやわらかなgの発音で繰り返した。まあ、いいけど。

「それ、手伝いましょうか？」わたしは重ねられた本を示してきいた。

「いいえ」彼女は言った。「大丈夫よ。でも、もし興味があるなら、大学進学適性試験(SAT)用の問題集に書きこまれた鉛筆の跡を消すのを手伝ってくれてもいいわよ」

「おもしろそう」わたしは言った。彼女が学園長の死にあまり興味を示していないことに驚きながら。学校はジョージ・キャベンディッシュの現在の医学的状態を公表していないにちがいない。

「それでは」きびきび受付嬢がわたしから解放されることにほっとして言った。「楽しんでくださいね！」

わたしは微笑んで、キャスリーンのあとからロビーを出て図書室にはいった。つい昨日ホイップクリームのしみをつけたまま歩いたことを思い出し、恥ずかしさに身がすくんだ。キャスリーンはわたしを隅のほうのテーブルにつかせた。すぐ横には千ページもある分厚い本が並んだ棚があった。図書室でボランティアをするよりも差し迫った用事は山ほどあったが、とにかく偽りの笑みを顔に貼りつけた。学園長の死について口にするべきだろうか？　そのほうが内情を知るのに役立つだろうか？　いや、やめておいたほうがいいだろう、と判断した。今年がキャスリーンにとって最初の年なら、彼女がどれだけ知っているというのだ？

「いい？」キャスリーンは言った。「わたしたちがやらなきゃならないのは、本を開いて、鉛筆の書きこみを見つけたら」彼女は鉛筆のお尻についているピンクの消しゴムで、たまに現れるチェックマークに襲いかかった。「こうすることだけ！」彼女はわたしが三歳児であるかのように微笑みかけた。「わかった？」

「流れはわかったと思います」

「よろしい。もっと消しゴムが必要になったら、デスクの上の瓶に消しゴムつきの鉛筆がたくさんあるわ。何か質問があればわたしもここにいるから」

デスクのなかに手首を切るのに使えそうな西洋カミソリがあるかと尋ねる以外、どんな質問をしたくなるか想像できなかったが、わたしはオフィスにはいってかぎまわるための理由を考えながら、顔をしかめて目下の作業にとりかかった。

それから一時間は、控えめに言っても退屈だった。その一方で、SAT問題集の最初の二冊を終えるころには、キャスリーンの娘の経歴のほぼすべて、二十八時間を要した分娩から、お気に入りの朝食の内容（バナナとクルミ入りオートミール――もちろん砂糖ぬき）、はいはいができるようになって以来、まさに毎週のように獲得してきたトロフィーの数々にいたるまで把握していた。キャスリーンが話さなかったのはカトリーナの父親のことだけだった。彼女のがっしりした手に結婚指輪がないことから、人工授精の道を選んだか、彼女につかまった気の毒な男性が逃げ出したかだろうとふんだ。あるいは父親は自殺したのかもしれない。キャスリーンが娘のバレエシューズの足型についてだらだらと話すあいだ、わたしは思った。

「それで」テーブルのまわりの椅子をその日四度目にまっすぐにしながら――司書が自分のオフィスにあわてて飛びこんだことに、わたしはすかさず気づき、ファイリングキャビネットの向こうに隠れているにちがいないと思った――キャスリーンは言った。「娘をどこの大学に入れるつもり？」

三角形がからんだとりわけ難解な設問の上で消しゴムが止まった。「大学？　それを考えるのはちょっと早すぎない？」

「計画を立てはじめるのに早すぎることはないわ」白髪の出はじめた質素なボブヘアを揺ら

して一語ずつ強調しながら、キャスリーンは忠告した。「うちの目標はアイヴィーリーグの大学だけど、それだと北東部に引っ越さなきゃならないのよね。わたし、冬は好きじゃないの。でも、娘のために必要ならなんでもするわ」彼女は唇をすぼめた。「もちろん、テキサス大学という手もあるけど、アイヴィーリーグと同じというわけにはいかないでしょ？」

「そうねえ……」わたしはまちがった書きこみを消し――最後にこの本を使った人物は、三つのR（読み・書き・計算のこと）のうちの計算（Rithmetic）で明らかに不合格になったはずだ――キャスリーンがたった今きっかけを作ってくれたことに気づいた。

「ところで、エイコーン・スカラーズ・プログラムには申しこむ？」わたしは尋ねた。

「もちろん」彼女は言った。「高いけど、それだけの価値はあるわ」

ページをめくってあらたな鉛筆の書きこみを消した。「エイコーン・スカラーズ・プログラムって、具体的には何をするの？」

「あらゆることよ」彼女は言った。「学園長が去年からはじめたの」

「そうなの？」もしかして、学園長が折悪しくピンクの子供用ビニールプールで亡くなったことは、そのプログラムと何か関係があるのだろうか？　わたしは明らかにやけになっていた。

「専門的個人指導、上級クラスでのサポート、ＳＡＴ指導……エッセイの作成なんて、本職の作家が手伝ってくれるのよ」

作家がエッセイの作成を手伝うの？　それともエッセイを〝作成〟してくれるの？

「いくらかかるの?」わたしはきいた。プルーデンスはエルシーにやらせろと言うだろうか。気前よく学費を払ってくれているのだから、文句は言えないだろうが。娘がフィフィになるのをミニバンのなかだけにとどめ、校庭で少なくともひとりは友だち候補に出会えますようにともう一度祈った。それはそうと、いつになったら休み時間になるの? ちょっとのぞいてみようかしら——もちろん、遠くから。確認のために。

「いくらかかるのかはわからないけど」キャスリーンはわたしを不安なもの思いから引き離した。「おそらく何千ドルでしょうね。でも、参加者の十二人中十人は、今年少なくとも一校のアイヴィーリーグの大学に合格してるのよ。その子たちのSATスコアは何百ポイントも上がったんですって」リップクリームを塗った唇に満足げな笑みが浮かんだ。「娘たちが大学を受けるころには、ホーリー・オークスの評判がどんなに上がっているか考えてみて!」

「想像するしかないわね」わたしはあらたなチェックマークを消した。「ところで、学園長は今朝どこにいたのかしら?」わたしはものうげに言った。

「知らないけど、重要な用事で出かけていたんでしょ」

「でも、何かあったって話よ」わたしはページのいちばん上に鉛筆で書かれた〝幾何って最悪〟を消して言った。

「あら、もしそうなら発表があったはずよ」キャスリーンは興味なさそうに言った。外の廊下から聞こえてきた話し声にわたしの耳が反応した。きびきび受付嬢が入学希望者らしき少女とその家族を連れて廊下を歩きながら、小学校棟に向かっているようだ。わたしは鉛筆を置くと、バッグをつかんで立ちあがった。「すぐに戻るわ」

キャスリーンがわたしにペールブルーの目を向けた。「どこに行くの？」

「お手洗い」わたしは言った。

彼女は司書のオフィスを示した。司書のジョーンズ先生はまだそこに隠れていた。「司書の先生のじゃまをしたくないの」わたしは言った。「それに、ちょっと脚を伸ばしたいのよ」彼女の返事を待たず、逃げているようには見えないように、主廊下に出られるドアに向かった。

きびきび受付嬢がいなくなったので、受付は無人だ。キャスリーンが見ているのを半分覚悟しながら図書室を振り返ってから——ありがたいことに、彼女はわたしを追ってドア口まで来てはいなかった——職員室の大部屋に飛びこんだ。

職員室は空っぽだった。受付デスクの向こうには、三つのドアがあった。ふたつは開いていて、それぞれ低学年主任と高学年主任の部屋のものだったが、残念なことに三つ目のドアは——ドアの横のネームプレートによれば学園長室のドアなのだが——閉まっていた。走り寄ってドアノブをまわそうとしてみたが、鍵もかかっていた。どうすればなかにはいれるだろう？　できればデボラ・ゴールデンの仲間が隠す必要があるものを隠してしまうまえに。

いらいらして、ほかに何が見つかるだろうかと思いながら、職員室のほかの部分を見わたした。奥の壁沿いに大きなファイリングキャビネットがあった。その引き出しを開けてみた。ベッキーの家のものもふくめ、生徒それぞれの家庭のファイルがあった。ベッキーの家のフアイルを取ってめくった。ゾーイの願書と、所見のメモがあった。ファイルの表紙に〝要・学費補助〟と赤で書きこまれ、大きな赤い×印がついていた。それをバッグに入れ、残りのファイルに目を通しているうちに、ゴールデン家とヘアケア界の大物のファイルを見つけた。それらもバッグに入れた――コピーをとって明日戻しておこうと言い訳して。ついでにクルンバッハー家のファイルも。引き出しを閉め、別の引き出しも調べたが、事務用品しかなかった。

壁に郵便箱が並んでいるのに目がいった。〝キャベンディッシュ〟のラベルがついた箱はあふれそうになっていた。あのなかに正しい方向を示してくれるものが何かはいっていないだろうか？　職員室のドアをちらりと見てから、郵便物の束をつかんでざっと目を通した。

大量の建築材料や学用品のパンフレット、これは当然だろう。ホーリー・クロスの同窓会からの手紙。ボストンとニューハンプシャーにある大学の入学事務局からの手紙が二通。〈ゴールデン・インベストメント〉という会社からの決算報告書と思われる分厚い封筒。宛名が手書きの手紙が二通、どちらも消印はオースティン。

郵便物の束を持ったまま、肩越しに振り返った。この郵便物を持ち帰ることは連邦法違反行為だ――探偵の研修で学んだ。手紙を返さないかぎり、何をしても違法になる。

だが、それ以外にだれがジョージ・キャベンディッシュを殺したのか探る方法があるだろうか？　ためらっていると、バッグのなかで携帯電話が鳴った。取り出して黙らせた。オースティン市警からで、胃がひっくり返りそうになった。そのとき、廊下で足音がした。

「どなたか職員室に電話を置いていかれました？」きびきび受付嬢の声がした。

「さあ、でも今あそこにはだれもいないんじゃない？」別の女性の声が言った――これは小学校長だ。わたしは携帯をサイレントモードにしておむつバッグにつっこんだ。そして、ほとんど何も考えずに郵便物もつっこんで、急いで職員室を出て角を曲がったところで、きびきび受付嬢とぶつかりそうになった。

わたしを見て彼女は眉間にしわを寄せた。「どうかしました？」

「お手洗いをさがしてたの」わたしはふくらんだおむつバッグをしっかり抱え、彼女がレントゲンなみの視力の持ち主でないことを願った。

「廊下の先の左側です」彼女は言い、小学校長といっしょにけげんそうにわたしを見た。

「ありがとう」心臓をばくばくさせながら消毒薬のにおいがする廊下を急ぎ、アジア人の少女ひとりをブロンドの子供たちが笑顔で取り囲んでいる合成写真のまえを通りすぎた。トイレにはいると、個室にはいって鍵をかけ、バッグから郵便物を取り出した。死んだ男性の郵便物を盗んでしまったなんて、信じられなかった。

借りたのよ、盗んだんじゃなくて、と自分に言い聞かせた。いずれ返すんだから。それに、これがあればベッキー――とわたしとついでにピーチズ――は刑務所にはいらずにすむかもしれないのだ。まずは宛名が手書きの一通を取り出し、光にかざした。残念ながら、クリーム色のリンネル紙の封筒は分厚くて中身は見えなかった。

折り返しの下に爪をすべらせたが、しっかりと封がされていた。蒸気を当てて開いたあと、また封をすることはできるだろうか、と罪悪感をこらえながら考えた。もしそれをするなら、うちに帰らなければならない。カルマの調節か何かの予約を入れていて、どうしてやかんの湯気で手紙を開封しているのかと質問する母がそばにいなければ。

郵便物をバッグに戻して個室を出ると、図書室に戻ることにした。廊下を歩いていると、一列になって歩く一年生児童とすれちがった。ジャンパースカートの女児たちのなかにエルシーの黒い頭を確認しても、それほど時間はかからないだろう。ほとんどの子供たちは笑顔で、早くも互いに打ち明け話でもしているようだった。だが、娘を見つけたとき、胸が締めつけられた。新しい友だちと楽しくおしゃべりするのではなく、床をじっと見つめたまま、クラスメートに後れをとっていたからだ。

いけないのはわかっていたが、どうしてもこらえきれなかった。「エルシー」通りすぎる娘に小さく声をかけた。

エルシーは顔を上げ、ぎょっとして大きな目をまんまるにした。

「迎えにきてくれたの?」彼女は希望に顔を輝かせてきいた。

「いいえ、それはまだよ」と言うと、娘は肩を落とした。クラスの残りの子供たちがスキップで通りすぎる。「ランチは食べたの?」わたしは明るくきいた。

娘は首を振った。

「今はどこに行くところなの?」

「校庭」彼女はもごもごと言った。

振り返って見ると、ほかの子供たちはすでに角を曲がっていた。「追いかけたほうがいいわ」と言うと、わたしはかがんで娘を抱き寄せ、小さな愛しい体を腕のなかに包みこんだ。一瞬、娘を抱えたまま走って校舎から逃げ出したくなったが、ぐっとこらえた。学校は人生の一部だ。エルシーも慣れることを学ぶだろう。

それとも、学ばないだろうか？

「あと何時間かしたら会いましょう、パンプキン」わたしがそう言うと、娘はがっくり肩を落としてクラスメートのあとから廊下を歩いていき、むなしくわたしを振り返ってから角を曲がった。

少なくとも吠えてはいないわ、とわたしは思った。だれかにサッカーシューズで踏みつけられたような気分だった。

16

エルシーのことを心配しながらさらに二十分SAT問題集に消しゴムをかけたあと、息子のお迎えがあるからと言って学校をあとにした。グリーン・メドウズ幼稚園に着くと、もうベッキーの車が駐車場にあったので、その隣に車を停めた。彼女は運転席に座ったまま宙を見つめていた。

車から降りて、ベッキーの車の窓をコツコツとたたいた。彼女は飛びあがって窓を開けた。

「大丈夫?」わたしはきいた。

「あんまり大丈夫じゃない」彼女は言った。化粧をしていない青白い顔を見て、胸が悪くなった。「警察はなんだって?」

「わたしの名刺を見つけたんですって……遺体の上で」グリーン・メドウズ幼稚園のTシャツの裾をねじりながら彼女は言った。これも心配な兆候だった。ベッキーは普段Tシャツを着ないのだ。

「名刺を持ってる人はたくさんいるわ」彼女のバンに寄りかかり、あまり罪悪感を顔に出さないようにしながら、わたしは言った。「名刺を残していったのは、あなたが彼の死と何か関わりがあるからだと、警察はほんとうに思ってるの？」

彼女はうつろな笑い声をあげた。「関係なんてあるわけないじゃない、ねえ？　でも町から出るなと言われたわ。警察はわたしが《ピカユーン》に書いた手紙のことを知ってた」深く息をついた。「今のところわたしが第一容疑者なのはまちがいないわ」

わたしのせいなのだということばがそこまで出かかったが、ピーチズと約束したことを思い出した。一週間だ。「死因について警察は何か言ってた？」

ベッキーは首を振った。「でも、自然死じゃないことはたしかね。何も教えてくれなかったけど、昨日の夜どこにいたかはきかれた」ごくりとつばをのみこむ。「銃を持ってるかどうかも」

わたしは息をのんだ。「そうね。たしかにまずいかも」

ベッキーはまたTシャツを引っ張った。「キャベンディッシュは撃たれたってこと？」「わからない」とうそをついた。たまらなくいやな気分だった。もう一度深呼吸をしてから言った。「実はね、ベッキー。わたし、知ってるの」

彼女は目を見開いた。「何を？」

振り返ってだれも聞いていないことを確認した。「ジョージ・キャベンディッシュの上にあなたの名刺を落としたのはわたしだと思う」と打ち明けた。

「つまり……あなたが殺したの？」彼女は片手を胸に当てた。「まさかわたしのために？　彼に死んでほしいなんて一度も……」彼女は一瞬口ごもり、わたしが言ったことを反芻（はんすう）したあと、額にしわを寄せた。「どうしてわたしの名刺を残しておいたの?」

「ちがうって……わたしはだれも殺してないの! ただ……死体を動かす手伝いをしただけよ」

「なんで?」

もう一度肩越しにうしろを見た。「ピーチズが電話してきたの」

ベッキーは混乱しているようだ。「ピーチズが彼を殺したの? でも、彼女には小学生の子供なんていないじゃない!」

わたしは深呼吸をした。「だれに殺されたかはわからない。彼は若い女の子のアパートにいたの。ほとんど……裸同然で」

「愛人がいたってこと?」

「そんなようなものね。とにかく、彼女が別の部屋でカーテンを買ってるあいだに、だれかが押し入って彼を撃ったのよ」

友人は目をぱちくりさせた。「カーテンを買ってた?」

「バーゲンが翌日までだったみたい。とにかく、ピーチズが電話してきて、死体を移動させるから手伝ってほしいと言われたのよ、その若い女の子が彼の死と結びつけられないように。どうやって大学の学費を払っているか、彼女の両親に知られないように」

ベッキーの目がさらにまるくなった。「つまり彼女は……売春婦なのね!」

「そうだと思う」わたしは言った。「地下牢みたいな部屋まであって、なんだかいかがわしそうな椅子や……とにかく、取り返しのつかないことをしたわ。ほんとにごめん」

「つたく、マージーったら。なんでそんなことしたのよ?」

「わからない」わたしは言った。「ピーチズから電話があったときは、何に巻きこまれることになるのか、ちゃんと理解していなかったのよ。それに、女の子はいい子だった——彼女が気の毒になったの。どうやって、その……お金を稼いでいるのか、両親に知られたくないというのは理解できた」

「それで、死体を移動させるのを手伝ったのね。でも、どうしてわたしの名刺を落とすことになったの? たしかにいつも新規開拓に努めてはいるけど、売春婦や死んだ男性は普通ターゲットにしないわよ」

「事故だったのよ」新しい名刺をピーチズに見せたこと、そして逆上した猫に襲われたことを話した。「そのとき一枚プールに落ちたんだと思う」

ベッキーはまた目をぱちくりさせた。「何にですって?」

「彼はピンクのビニールプールのなかで死んだのよ」

「ピンクのプールで何してたの?」

「えーと……おしっこでマリネされてたみたいなの、どうやら。アクアマンのタイツにゴーグル姿で」

ベッキーはぎょっとしたようだった。やがてくすくす笑いだした。「アクアマンのタイツ? まじで?」

「響きもだけど、においはもっとひどかったわよ」わたしはそう言って、いっしょになってくすくす笑った。すぐにふたりでお腹を抱えて大笑いし、涙を拭うことになった。息がつけるようになると、わたしは言った。「すぐに話さなくてごめん。今朝ピーチズと話したの、ブンゼンにあなたの名刺のコピーを見せられたあとすぐに。一週間あなたには何も言うな、それまでに事件を解決しようって言われたけど、あなたがそうしてほしければ今すぐブンゼン刑事に電話する」

「待って」ベッキーはわたしの腕に手を置いて言った。「そうしたら、あなたとピーチズが刑務所行きになるかもしれないってこと？」

「殺人事件の被害者を動かしたんだから、その可能性は高いわね」

「でも子供たちがいるのよ……ブレイクとのことも問題山積みだし、エルシーのこともあるし……」彼女はわたしを見た。「どうしたらいいの、マージー？　ほんとにわたしたちだけで事件を解明できると思う？」

おむつバッグと、そのなかの不法に入手したものが隠されているミニバンを振り返った。「今日、ホーリー・オークスから学園長宛ての郵便物とファイルをいくつか失敬してきたの。まずはこれからはじめるわ」

ベッキーは唇をかんだ。「ピーチズの言うとおりだと思う」彼女はゆっくりと言った。「少なくともわたしたちで事件の解明に取り組むべきよ」

「ほんとにいいの？　警察に話せば、あなたの容疑は今すぐ晴れるのよ」

彼女はうなずいた。「もし逮捕されたら、わたしが話す。せめて何がわかるか調べてみましょうよ。それで、いったい何があったの？」もうさっきよりましに見える、とわたしは気づいた。顔色はまだ青いが、彼女のトレードマークである〈チェリーブロッサム〉のチークをつけていないのだからしかたがない。

「だれかがガラスの引き戸を開けて彼を撃ったあと、姿を消したの。ほかに何か見てないかたしかめるために、売春婦のデジレーと話すことになってる」

「デジレー？」ベッキーは鼻を鳴らした。「それって本名？」

「出生証明書に書いてある名前とは思えないけど、それで通ってるのよ」わたしはため息をついた。「とにかく、最悪の二十四時間だったわ。おまけにエルシーのフライフォンを怒った豚のそばに落としちゃうし」

「豚？」

「今はいってる唯一の案件なのよ」どうやってフライフォンを取り戻そうかと考えながら、わたしは言った。グリーン・メドウズに来る途中、もう一度あの家のまえを通ってみたが、ブッバ・スーはわたしを覚えていたらしく、猫用キャリーを柵にぶつけてきて、ゲートにすら近づけなかったのだ。豚用トランキライザーにたよらなければならないだろう——あるいはロデオのブルライダーを雇うか。

「怒った豚がらみの案件？」

「豚の誘拐よ。元夫が母豚をさらって、仔豚を売ろうとしているの」わたしは説明した。

「豚の名前はブッバ・スーよ。ティーカップピッグってことになってるけど、フィアットぐらいの大きさ」

「お母さんがこっちに来るだけでも充分ひどいと思ったのに」

「ああ、母なら今朝早くに来たわ——玄関ベルが鳴ったとき、警察かと思っちゃった。食料品のキャビネットを空にして、代わりにおがくずみたいなオーガニック食品をしまってる。しかも今夜、〈カサ・デ・ルス〉でのディナーにブレイクの両親を招いたの」

ベッキーはにやりとした。「湖のそばにある、ヴィーガンのマクロビオティック・レストランに？」

わたしはうなずいた。「それと、ブレイクがクリスチャンのためのゲイ矯正プログラムに参加することはまだ言ってなかったわよね。〈男らしさへの旅〉っていうの。わたしも妻のためのサポートプログラムに参加してくれって。〈闘う妻たちの会〉よ」

「離婚は考えた？」彼女はきいた。「もうあの一家とは縁を切ったら？　もちろん、子供たちは別として」

「いつ離婚届を提出する時間があるのよ？」わたしはきいた。正直、そうなるかもしれないと思うと胸が悪くなった。その考えが頭のなかでぐるぐるしていた。子供たちを思うと家庭を壊したくはない……それに、どうすればシングルマザーが家庭を作れるのだろう？　わたしはその考えを追いやった。今は夫婦関係のことを考えている余裕はない。「リックはまだ出張なの？」

「水曜日までね」

「今夜おたくに行って、蒸気で封筒を開けてもいい？」

「子供たちが寝たら電話して」バンから降りながらベッキーは言った。ふたりでグリーン・メドウズの門を抜け、子供たちを引き取りに行った。バン園長——そのいかにも独裁者的なリーダーシップぶりから、バン族のアッティラというあだ名で呼ばれていた——に短く手を振りながら、職員室を通りすぎる。

たしかにあまりうまくいっていないかもしれない。

だが、少なくとも、幼稚園のニュースレター用に死んだアクアマンの写真をうっかり届けたりはしていない。


子供たちを引き連れて午後四時三十分に家のなかにはいったとき、キッチンテーブルにもう食品パッケージは積みあげられていなかった。窓は閉められ、居住可能な範囲まで室内の温度を下げるべく、エアコンがフル稼動している。母バージョンの〝放課後のおやつ〟と向き合うまえに、わたしは〈サブウェイ〉に寄って、子供たちにお腹にたまるものを食べさせていた。もちろん、〈カサ・デ・ルス〉での〝ディナー〟対策でもあった。

「ワオ」冷蔵庫を開け、なかに緑色のジュースがはいったガラスの広口瓶がならんでいるのを見て、目をぱちくりさせながらわたしは言った。「ほんとにうちのものを一掃しちゃったのね」

「そんなことないわよ！」イヤリングをチリンチリンと鳴らし、パチョリの波に乗ってキッチンを横切りながら母は言った。「より高いプラーナが得られる食品に置き換えただけよ」

「ぼく、プラーナって知ってる」ニックが言った。「ガルヴェストンでママが食べたやつでしょ。大きなエビだよ！」

母は笑った。「ちがうわ、ニック。プラーナというのは生きるエネルギーのことよ。ちょっと味見してみる？」

「うん！」ニックは言った。年上でもっと賢いエルシーは、部屋の隅に立って犬用首輪のバックルを調節している。学校のことはまだ何も言っていないが、先生からも何も聞いていなかった。わたしは〝便りがないのはよい便り〟だと思うことにした。

「ちゃんと味がわかるように、大きなグラスに入れてあげましょうね」と言って、母は冷蔵庫から緑色の液体がはいった広口瓶をひとつ取り、たっぷりとグラスに注いだ。

「これ、どうすればいいの？」グラスを左右に傾けて、中身がグラスの内側をのぼったりおりたりするのを眺めながらニックはきいた。それは六〇年代のラバランプを思わせた。

母はかがんでイヤリングを鳴らしながら彼に微笑みかけた。「飲むのよ、おばかさんね！」

彼は疑わしそうに祖母を見た。「でもこれ、カエルがはいってる水みたい」

「カエルじゃないわ」彼女は言った。「成長にいいものがたくさんはいってるの」

「カビとか？」彼はきいた。「ママは先週、ピーナッツバターとジェリーのサンドイッチをふたつ食べて吐いたんだよ。パンにふわふわしたカビが生えてたから」

わたしは顔をしかめた。子供を持つと、恥ずかしいことをカーペットの下に隠すのがとてもむずかしくなる。

「カビじゃないわ」いくぶん快活さが失われた声で母は言った。「生の果物と野菜よ。キャベツやケールやリンゴなんかの、体にいいものばかりなの」

「リンゴは好きだよ」彼は言った。「でもキャベツはトイレみたいなにおいがする」

「いいから飲んでみて！」母は励ますように言った。笑顔が少しこわばっている。「ひと口でいいから」

「わかった」ニックはちらりとわたしを見て言った。わたしはポーカーフェイスをつづけ、息子はスムージーをほんの少しすすって鼻にしわを寄せた。「まずい」

「礼儀正しくね、ニック」わたしはたしなめた。

「はーい」彼は祖母を見あげた。「ぼく、この緑のドロドロはもういりません。ありがとう」

母はまだ微笑んでいたが、その固まった表情がわたしを不安にさせた。「わたしが代わりに飲んであげる」そう言うと、母はグラスを傾けてぐいぐい飲み、チョコレート・ミルクシェイクでも飲んでいたかのように唇をなめた。「別のレシピのならもっと気に入ってもらえると思うわ」

「それって緑色？」

「さあ、どうでしょう？」母はあいまいに言うと、残りを飲み干してグラスを食器洗浄機に入れた。

パントリーに行ったエルシーが、ほとんど空っぽになった棚を見て立ち尽くしていた。

「食べ物はどこに行っちゃったの？」彼女はきいた。

「どういうこと？」母は急いでパントリーに行った。「ライクリスプと海藻スナックがあるでしょう。フルーツレザー（ピューレ状にした果物を乾燥させたもの）も」

「あたしのイージー・マックは？」

「フードバンクに置いてきたわ、ダーリン」

エルシーはぎょっとして振り向いた。フライフォンのニュースを伝えたらどんな反応をするかは想像したくもない。「フードバンク？　返してもらえないの？」

「返してもらう必要はないわ！　おいしくて、もっと体にいいものがたくさんあるんだから！」

「緑のドロドロみたいな？」エルシーがきいた。

わたしは母と子供たちのあいだにはいった。「ディナーのまえに宿題をすませてしまったら？」明るい声できく。「ふたりとも、バックパックを持ってきて。みんなでテーブルについて宿題をしましょう！」

「ぼく宿題なんかないよ」ニックが言った。

「それなら、本を読むか、お外で遊んでいいわ」

「テレビ見てもいい？」

「それが……テレビを動かしたら配線がはずれちゃったみたいなの」母が言った。

わたしはため息をついた。「じゃあデュプロは？」

ニックはぽっちゃりした腕を組んだ。「『スター・ウォーズ／クローン・ウォーズ』（3DCGのテレビアニメ）を見逃しちゃうよ！」

「明日図書館でビデオを借りましょう」わたしは言った。

「新しいやつは図書館にはないもん！」

「いいから行きなさい」わたしは意図したよりきびしく言った。ニックは怒った目でわたしをにらむと、のろのろと廊下を歩いて自分の部屋に向かった。その間に、こっそり裏庭に出る機会を得たエルシーは、古い冷蔵庫の箱で作った犬小屋のなかにうずくまっていた。ときどき自分でテニスボールを投げては取ってきている。

「ふたりとも、栄養について見直す必要があるわね、マージー」母は言った。「そうすれば、あの子たちの態度の問題はきっと改善するわよ」

わたしは驚いて母を見た。「あの子たちの態度に問題があるっていうの？」

母は窓の外を見た。エルシーがテニスボールをくわえて冷蔵庫の箱のなかに這って戻ろうとしていた。

たぶん母の言うとおりなのだろう。だが、ケールとガーリックのスムージーにどんな効果があるのか、わたしにはわからなかった。

17

ブレイクは遅くなるので、〈カサ・デ・ルス〉に直接来ることになった。わたしはエルシーの歯からテニスボールを引き離し、膝についた土をあらかた拭いてから、ディナーを乗り切らせるためにこっそり子供たちにチーズスティックを一本ずつ与えた。母はきらきらしたサリーのようなものをまとい、パチョリオイルをつけ直していた。ドライブウェイからミニバンを出しながら、わたしは空調を内気循環から外気導入にした。

〈カサ・デ・ルス〉は、レディバード湖に近いニューエイジ関係の複合ビルの奥にある、低層の建物にはいっていた。景観は美しく整備されていたが、カントリークラブのゴルフコースというよりは、野生の熱帯雨林寄りだった。プルーデンスとフィルはすでに到着して、竹林に囲まれ、侵略的なつる植物の一種に覆われた、日本の野点(のだて)エリアのそばに立っていた。わたしたちが車を停めたとき、耳にフラフープサイズの穴をあけたドレッドヘアのカップルがぶらりと通りかかり、義理の両親は彼らに気づかないふりをした。フィルの服装はこの場にまったくそぐわないチノパンツとゴルフシャツで、カシミアのツインニットのプルーデンスはすでに汗をかいているようだった。ブレイクの姿はなかった。

「プルー！」

パチョリの香りのするバティックの波となって向かってくる母に、プルーデンスがひるむのがわかった。

「コンスタンス」義母はそう言うと、コットンをまとった母の背中をぎこちなくたたいた。

「コニーと呼んで」母は言った。「友だちはみんなそう呼ぶから！」

「そうするわ」と答え、プルーデンスはかがんで子供たちを抱きしめた。「初めての学校はどうだった、スウィートハート？」

エルシーは犬用首輪をさわりながら顔をそむけた。

「まあまあだったみたいです」わたしが代わりに答えた。

エルシーはわたしを見あげた。「あたしのフライフォンは？」

「あれは、ええと、オフィスにあるわ、ハニー」わたしは言った。「明日取ってくるわね」

娘は目を細めてうなった。

プルーが体を起こし、カシミアのセーターをなでつけたとき、見るからに弁護士らしいボタンダウンシャツにプレスしたチノパンツという服装で、ブレイクがやってきた。「ブレイク！」義母は彼を抱きしめて儀礼的に頬にキスをした。「元気そうね」

「ありがとう」彼は言った。フィルがブレイクをぎこちなくハグし、何度か背中をぴしゃりとたたいたあと、触れ合ったことを恥じるかのようにうしろにさがった。

プルーデンスはあたりを見まわした。「レストランはどこ？」

「この奥よ」母が言った。「案内するわ！」

「何料理の店と言ったかな？」母のあとについて、チャクラ・バランシングやシャーマニック・ジャーニーのワークショップなどと表示のある教室をみんなで通りすぎながら、フィルがきいた。「うまいステーキはあるのかな？」

「いいえ、ステーキはないわ」母は答えた。「すべてマクロビオティックなの」

「マクロなんだって？」

母はバングルをつけた手を振った。「ヘルシーでおいしいのよ。すぐにわかるわ」

義理の両親は不安そうに視線を合わせ、わたしたちは〈カサ・デ・ルス〉にはいった。レストランというよりコミューン内のカフェテリアのようだった。店内にははっきりと土の香りがただよい、頭上の梁から下がるつらら状の照明によって部分的に照らされていた。低層の建物の一角には厨房があり、フォーマイカのテーブルでダイニングルームと仕切られていた。カエデ材のテーブルのまえのベンチに点在する客は、一九六〇年代からの難民か、カラフルな服装で脇毛がぼうぼうの二十代の若者だった。プルーデンスはちょっと蒼ざめているように見えたが、つららライトの光が反射しているのかもしれない。

「どうすればいいの？」プルーはきいた。まるで海王星に置き去りにされたかのように見える。

「まず、受付で先に代金を払うの。サラダとスープはセルフサービスよ」母は低いカウンターを示した。そこにはスープウォーマーが鎮座し、金属製のボウルとトングが突き出ていた。

「そして、食べ物は自分で席まで運ぶの」

「メニューはどこかな？」義父が尋ねた。

「メニューはないわ」母は言った。「おいしい日替わりプレートというのがあって、席まで運んでもらえるの」彼女はビーズ細工の財布を取り出した。「サラダを取りにいって、テーブルを見つけないと。今日はわたしのおごりよ！」

いつもなら義母はお勘定をめぐって戦うのだが、あまりにもろうばいしていたので、母が説明を終えてから、フィルとプルーデンスはようやく何が起ころうとしているのか気づいた。母はふたりを隅の大きなテーブル――ドレッドヘアのカップルの隣――に連れていき、「お茶はいかが？」と言った。

「アールグレイはある？」プルーデンスは期待をこめてきいた。

「今日のお茶は小枝茶ね」首を伸ばしてカウンターの上のポットを見ると、母は言った。

「ハイビスカス・アイスティーもあるわ」

「チョコレートミルクは？」ニックがきいた。

「お茶だけよ」サリーをまとった彼の祖母は、慈悲深い天使であるかのように微笑みながら孫息子を見おろして言った。「でも、おいしいお茶よ。消化にとてもいいの！」

「ふむ」義母は言った。唇をあまりにもきつく結んでいるので、ほとんど見えないほどだ。

「わたしは水だけでいいわ」

夕食は大勝利とはいかなかった。エルシーはお皿を床に置いて食べることはなかったが、それは食べられそうなものが何もなかったからにすぎない。ニックは食べ物をカラフルな粘土として見ていたようだ。手でヴィーガンの列車を作るのはやめさせたが、彼はインゲン豆を姉に弾き飛ばしては、彼女がうなるとくすくす笑うことで残りの時間をすごした。プルーデンスは皿の料理をつついて、ヒマワリ油のかかった葉野菜と、カボチャのマッシュをひと口食べたが、マッシュルーム・タマーリ・ソースとインゲン豆のシチューには手をつけなかった。義父は単純に空腹ではないからと言い訳したが、食事のあいだじゅう彼のお腹が鳴っていなければ説得力があっただろう。

「それで」母はブレイクに明るく微笑みかけて言った。「あなたとマージーの結婚記念日はどんなふうにお祝いしたの？」

「彼がディナーを作ってくれたわ」わたしは言った。そして、近くにいるヴィーガンたちを刺激しないように声を落として「ポーク・テンダーロインを」と付け加えた。「おいしかった」

「なんだって？　牡蠣（かき）はなしかい？」義父に小突かれ、ブレイクは無理に笑みを浮かべた。

「ロマンティックな週末をすごせるように、われわれが子供たちを預かるべきかもしれないな！」

ロマンティックな週末？　顔が赤くなるのがわかった。ブレイクとふたりきりでまるまる二日間もすごすなんて、いちばんしたくないことだ。でも、夫婦がまったくいっしょにすごさずに、どうして子供たちが大きくなるまで持ちこたえることができるだろう？　エルシーとニックを見ると胸が痛んだ。結婚生活をつづけることは子供たちのためになるのだろうか？　たとえそれがわたしを愛することができない男性との結婚であっても？

「ちょうどこっちに来ていることだし、わたしが子供たちを見てあげるわ！」母がそう言って、小枝茶（トウイッグ・ティー）をぐいっと（スウィッグ）飲んだ。

「うわっ！」ブレイクとわたしは同時に叫んだ。子供たちが驚いて顔を上げる。

「いや、今週は仕事の会合で留守にするんです」ブレイクが言った。「でも、ぼくがいないあいだあなたの手を借りられるならマージーはきっとよろこびますよ」

「なんの会合だい？」フィルが身を乗り出して尋ねた。

「ええと……ネットワーキング関係だよ」ブレイクは言った。

「彼がいないあいだ、手伝ってくれるならありがたいわ、お母さん」わたしは急いで言った。「いま案件をたくさん抱えてるから」

「案件といえば」母がイヤリングをチリンと鳴らしながら、わたしのほうを見て言った。「例の豚はもうつかまえたの？」

「まだよ」わたしは言った。話題が変わるのはありがたかったが、手がけている案件について母に話したことを後悔せずにはいられなかった。「……思っていたよりもうちょっと大きかったけどね」

「豚ってなんのこと？」プルーデンスがきいた。

「守秘義務があるので」と言って夫のほうを見ると、彼はエルシーの後方の何かを見ていた。わたしに名前を呼ばれると、さっと目をそらした。視線の先では若い男性が腰を曲げて、ニックが投げたインゲン豆を拾っていた。

「さてと」プルーデンスが言った。「みんなもう食べ終わったわね?」

家族を見まわした。母以外の皿はどれもまだいっぱいだったが、フォークを手にしている者はいなかった。「そのようですね」わたしはバッグを引き寄せながら言った。

「デザートはどうする?」母が言った。

わたしは菓子類のショーケースを見た。シュガーフリーのデーツとクルミのパイと、ココナッツとアボカドのカスタード。「なしでいいと思うわ、お母さん」

「おいしいディナーだったでしょう?」母が尋ねる。「お鍋一杯の豆でこれほどのものが作れるなんて驚きよね」

吐きそうな声をあげはじめたニックをだまらせた。「おつき合いくださってありがとうございます」と言って、礼儀正しくひとりずつ義理の両親をハグした。「ぜひまたお会いしましょう!」

「つぎは〈オースティン・ランド・アンド・キャトル〉に行こう」と言って、フィルは腕時計を見た。「ところで、あの店は何時まで開いてるのかな?」

「フィル」プルーデンスがきびしい声で言った。いつもなら義父は温和なのだが、母のカフタンとパチョリの香りの何かが、彼の内なる変人を呼び覚ましたらしい。

「あとで家でね、ブレイク」わたしはそう言うと、母とお腹をすかせたふたりの子供たちを引き連れてバンに向かった。

18

ブッバ・スーとの再会を心待ちにすることになるとは思ってもいなかったが、ブレイクや母やお腹をすかせた子供たちとすごす気詰まりな夜に比べれば、怒れる雌豚と泥のなかを転げまわることはスパに行くことのように思えた。八時四十五分になるころには、子供たちにリンゴをむいてやり、ひそかに購入しておいた魚形のクラッカー、ゴールドフィッシュをひと袋与え、『きかんしゃトーマス』のフラップつきの大型本を三回読んでやり、歯磨きを監督し、ディナーからの帰りにエルシーがほしがりはじめたフライフォンのことを忘れさせるために、ボールを投げて取ってくるゲームに二回つきあっていた。ぴょんぴょん跳ねている四歳児と、悲嘆にくれた六歳児を残して家の奥から戻ると、ブレイクはテレビを配線し直そうと背中を向けており、母はリビングルームの傷だらけのリクライニングチェアを十五センチずつ移動させては、部屋の〝気〟を最大限にしようとしていた。

「そろそろ出かけるわ」わたしはそう言って車のキーをつかみ、おむつバッグを抱えて半ば駆け足でドアに向かった。フライフォンを取りにいってから、ホーリー・オークスでひそかに入手したものを持って、ベッキーの家に行く予定だった。今日の午後学校をあとにして以来、ファイルを見る機会はまったくなかった。

「もう？」母は言った。「お茶を飲みながら楽しくおしゃべりしたかったのに」

「たぶん明日なら」わたしは言った。「お母さんが来てくれてからほとんどうちにいなくて申し訳ないと思うけど、今いろいろたいへんなことになってるのよ」せっかく来てくれた母を置き去りにして申し訳ないと思っているのはほんとうだったが、わたしが巻きこんだ厄介ごとからベッキーを助け出す必要があるのはわかっていた。「すごく大きな仕事を手がけて」

「例の豚の件？」母はきいた。

「まあね」フライフォンのことで頭がいっぱいで、豚もつかまえなければならないことを忘れていた。ロープを用意して、グーグルで「豚に縄をかける方法」を忘れずに検索しなければ。「起きて待ってなくていいわよ。たぶん遅くなるから」

「わかった。こっちはなんとかやれると思うけど、やっぱりあなたのことが心配だわ」

「ごめんね」わたしは母の頭のてっぺんにキスして言った。「感謝してるわ」

「気をつけるのよ、ハニー」母はぎゅっと手をにぎったあと、ドアに向かうわたしに声をかけた。

九時すぎごろ、ブッバ・スーの家のまえを通った。街灯がドライブウェイに停められた古いレンジローバーを照らし、家のなかにも明かりがついていた。理想的ではないが、昨夜遅くの出来事からまだ立ち直っていないわたしは、依頼人の元夫が寝るまで待つつもりはなかった。どっちにしろ、今夜はブッバ・スーには用はない。彼女に立ち向かうのは、豚に縄をかける方法がわかってからだ。わたしがほしいのはフライフォンだけだった。

ブッバ・スーに食べられていなければだが。

ミニバンを停め、キーと電話をボタン付きで安全なお尻のポケットに入れて、小さな家に向かった。あたりを見まわすと、ありがたいことに通りにはだれもいなかったので、暗い庭を突っ切ってゲートに向かった。

今度はブーブーという声は聞こえなかった。プラスティックが硬いものにぶち当たる音もしないので、ブッバ・スーは猫用キャリーから脱出したようだ。そして、ありがたいことに、においをかぐ音も聞こえなかった。ブッバ・スーは飼い主といっしょに家のなかにいるのかもしれない——少なくとも、どこかにある豚小屋で眠っていてくれるといいのだが。

できるかぎりすばやく掛け金をはずしてゲートの上に引っ張りあげ、蝶番のきしるかすかな音をだれにも聞かれませんようにと、息を止めて祈った。なんとか通り抜けられるだけゲートを開け、暗い脇庭を見わたして、豚の出す音に耳を澄ました。静かだった。それはいいのだが、暗すぎて何も見えなかった。

ゲートを通り抜けて、最後にフライフォンを見たあたりを目指し、スニーカーの足で周辺を探った。猫用キャリーの下半分と金属製のドアが見つかったが、フレンチフライに似た電話らしきものは見当たらなかった。一分半ほど足で探ったあと、お尻のポケットのボタンをはずして本物の電話を取り出し、懐中電灯のアプリを呼び出した。

赤いプラスティックのフライフォンは落ちたところにあるものと思っていたが、どこにも見当たらず、猫用キャリー――もしくはその残骸――が脇庭じゅうに散らばっているだけだった。猫用キャリーも経費として請求できるのかしら？　などと考えながら、棒をつかんで地面を探った。キャリーを破壊しようとブッバ・スーが暴れたせいで、フライフォンが埋まってしまったのではないかと思ったのだ。五分捜索したあと、希望を失いはじめた。庭の別の箇所に持っていかれてしまったのだろうか？　あるいは――まさか――食べられてしまったとか？

地面を調べながら脇庭をじりじりと進むうちに、家のすぐそばまで来た。

あきらめようとしたとき、裏窓からもれてくるテレビの青い点滅光が、赤いものにちらりと反射するのが見えた。目を凝らした。同じくらいの大きさの、黄色い部分もわずかに見える。フライフォンのアンテナかもしれない。

だが、残念ながらブッバ・スーの姿も見えた。フライフォンから一メートルほど離れたところにどっしりした体を横たえ、肥やしの山をマットレス代わりに四肢を伸ばしている。泥で汚れた脇腹がゆっくりと上下していた。どうやら眠っているらしい。

携帯電話をポケットに入れ、深呼吸をひとつして、家とブッバ・スーに交互に目をやりながら、しのび足でフライフォンに近づいた。家のなかのどこかでテレビの光がゆらめくのは見えたが、窓が汚すぎてほかはよく見えなかった。

希望に燃えて標的に近づいた。今ではそれを見分けることができた。汚れてはいるがなじみ深い、金色の正面のアーチ、青いボタン……たとえ豚のうんちまみれだとしても、もう少しで手が届く。あと二歩というとき、右ポケットが明るくなって『イッツ ア スモール ワールド』が流れだし、ブッバ・スーが目を覚ました。

わたしたちはふたりとも固まった。ブッバ・スーのビーズのような目から目が離せない。ようやくポケットに手を伸ばして電話を切ったが、その動きがブッバ・スーに行動を開始させた。

ブッバ・スーは波のような動きで立ちあがり、生きたまま串刺しにされているかのような金切り声をあげた。実のところ、今ここでそうなってもわたしはかまわなかったのだが。

彼女が向かってくると、わたしの背後に光があふれ、七十キロほどの豚の体がくっきりと照らし出された。うしろからガラスの引き戸を開ける音がして、男性の声がした。「ブッバ・スー、ベイビー？」

名前を呼ばれたことで豚は元気づけられたらしい。ブッバ・スーはゲートに疾走するわたしを、ひと足ごとにキーキー鳴きながら、猛スピードで追いかけてきた。ゲートを開けるつもりだったが、うしろを振り返って考えを変えた。豚の開いた口は膝の裏から六十センチのところまで迫っていた。午後に見せた驚くべき運動能力をもう一度発揮してフェンスに飛び乗り、てっぺんにしがみついて、反対側に飛びおりようとした。鋭い歯に足首をかじられ、悲鳴をあげながら脚を引っこめた。

「ブッバ・スー！　どこにいるんだい、ガール？」肩越しに見ると、明かりに照らされた庭に男性のシルエットが見えた。

男性はショットガンのようなものを抱えており、撃鉄を引く特徴的な音が聞こえた。

「くそっ」わたしはフェンスをまたぎ、向こう側の茂みのなかに飛びおりた。

庭からまだ出ないうちに電話が鳴った。問題は、フェンスの向こう側で鳴っていることで、ブッバ・スーが鼻を打ちつけているらしい音もした。ポケットをさわったが、そこに携帯電話がないことはもうわかっていた。

鍵束をにぎりしめていると——ありがたいことにそれはまだあった——鼻を鳴らす音がして、『イッツ ア スモール ワールド』の音楽が妙にこもった音になったかと思うと、聞こえなくなった。わたしは小声で悪態をつきながら、へこみのあるミニバンへと走った。

勘ちがいでなければ、ブッバ・スーはたった今わたしのｉＰｈｏｎｅを飲みこんだのだ。

19

ベッキーの家の外に車を停めたときには、十時になろうとしていた。

「テキーラある？」ドアを開けたベッキーにわたしは言った。彼女は昼間よりだいぶましに見えた。頬はいつもの桜色に戻り、Tシャツはリネンブラウスに変わっている。

「もちろん」彼女はわたしを上から下まで見ながら言った。わたしは自分を見おろした。ベッキーの見た目はよくなったかもしれないが、わたしは明らかに悪くなっていた。短パンにはあやしげなにおいの茶色い筋がついているし、ソックスも——スニーカーは袋に入れてミニバンの後部座席に放りこんであった——同じくらい汚れていた。「子供たちは三十分まえに寝たから、わたしたちだけよ」ベッキーは鼻にしわを寄せて言った。「何があったの？」

「エルシーのフライフォンをブッバ・スーから取り戻そうとしたの」

「どうしてそんなことに？」彼女はきいた。廊下の手前で靴下を脱ぎ、彼女のあとからキッチンに行って、ペーパータオルを水で濡らしてもらった。ベッキーはシンクの下のキャビネットから酒瓶を取り出した。

わたしはペーパータオルで短パンの汚れをたたきながらため息をついた。「豚にｉＰｈ

oneを食べられたわ」

ベッキーはテキーラの瓶を落としそうになった。「なんですって?」

「フェンスを乗り越えようとしたとき、ポケットから落ちたのよ。フライフォンを見つけて、もう少しで取り戻せるところだったのに、ちょうど手を伸ばしたときに携帯が鳴って……」わたしは両手を振りまわした。「ブッバ・スーが目を覚ましてキーキー鳴きはじめたの。もう悪夢よ。そしたら男がショットガンを持って家から出てきて、それで……」ふーっと息を吐き出した。「なんて日なの」

「うそでしょ」ベッキーはジュースグラスにたっぷりクエルボを注いでくれて、自分にはもう少し少なめに注いだ。「これからどうするつもり?」わたしがのどを焼く酒をぐびっと飲んだあと、彼女はきいた。

「薬でおとなしくさせるわ。どうすればおとなしくなるのかわからないけど――やっぱりベナドリルかしら?」わたしはため息をついた。「少なくとも携帯はウォータープルーフのケースに入れてあるけど」

「豚の消化器官のなかでも耐えられる?」

「そう願うわ」わたしはジュースグラスにはいっていたものの残りを飲み干した。「フライフォンのほうが心配。iPhoneは買い替えられるもの」前回エルシーのフライフォンをなくしたとき、代わりを求めてインターネットで検索してみたが、見つけることはできなかった。フレンチフライ型のおもちゃの携帯電話は、何年かまえにごく短期間だけ〈マクドナルド〉のハッピーミールのおまけとして手にはいるものだったらしい。エルシーががっかりするだろうということは考えまいとした。今は刑務所にはいらないことのほうが優先順位は先だ。「さあ」食道の内壁に紙やすりをかけられたように感じながらわたしは言った。「アクアマンの郵便物を見てみましょう」

おむつバッグを開けてファイルの束と郵便物を取り出した。

「これは何?」タブに〝ヘイル〟と印刷されたファイルに手を伸ばして、ベッキーはきいた。ファイルを開いて学費補助についての記述を読むと、唇を引き結んだ。「試験の成績は申し分ないだわ。そうだと思った」入学試験のところまでページをめくって言った。そのとおりだった。ゾーイはどの項目でもトップクラスだった。「面接だってうまくいった」マニキュアが塗られた指をページに突きつけた。「言いたいことわかる? うちの子が入学を拒否されたのは、学費補助を申しこんだからなのよ。グレイヴズのファイルはどこ?」

ベッキーはファイルを引っかきまわし、わたしは今の彼女をブンゼン刑事に見られなくてよかったと思った。ジョージ・キャベンディッシュがすでに背中を撃たれていなかったら、ベッキーはまちがいなく嬉々として彼の首を絞めていただろう。彼女はファイルを見つけて引き裂くように開いた。「ほらね?」アシュリー・グレイヴズの試験の点数を示して言う。「算数が十五パーセンタイル(百人中下から十五番目ということ)。十五よ! ほかも全部十五パーセンタイル以下」

「もしかしたら面接で……」

彼女は手書きのページを開いた。「礼儀正しい。内気。よく髪をいじる」引のページを開く。「ほら！」彼女は言った。「この子は入試では落ちてる。でもここに〝美術校舎のための多額の寄付〟を申し出るレナード・グレイヴズからの手紙がある」

「多額って、どれくらい？」わたしはきいた。

彼女は目をぱちくりさせた。「百万ドル」

「断るのはむずかしいわね。百万ドルあれば補修にも使えるし」

ベッキーはあごを突き出した。「でもまちがってるわ。どうしてうちの娘がいい教育を受ける機会を奪われなきゃならないのよ、こんな並の――ううん」ページをめくる。「標準以下の子を入れたばっかりに」

「わからない。実をいうと、エルシーもゾーイと同じオースティンハイツ小学校に入れたほうがよかったかもしれないと思ってる」わたしは言った。

「どういうこと？」

「気にしないで」わたしは短パンの芳しい茶色いしみをたたきながら言った。今それを話しても意味はない。それに、学校はまだ一日目だ。どうなるかはわからない。エルシーは逆境から立ち直って、友だちをたくさん作るかもしれない。テニスボールを取ってくる遊びもやめるかもしれない。わたしは湿ったペーパータオルをゴミ箱に投げ入れ、友だちのほうを向いた。「蒸気で封筒を開けるためのやかんはある？」

「やかんならコンロの下のキャビネットにはいってる」ベッキーはグレイヴズ家のファイルに没頭したまま言った。「これを見てよ」彼女はあるページを指さして言った。「〝ｒｅａｄ〟

のつづりも書けないのよ、この子。うちの子を落としてこんな子を入れたなんて信じられない」

やかんを出して水を入れながら、ピーチズが言っていた不満を抱いた母親の犯行説も考えてみる価値はあるかもしれないと思った。

「クルンバッハーのファイルは？」わたしはきいた。「何かあった？」

友人はまだグレイヴズのファイルにこだわっている。「趣味がマニキュアとスパに行くことって……何よこれ？」

「ベッキー！」

彼女はびくっとして顔を上げた。「何？」

「わたしたちは殺人犯を見つけようとしてるの、入学審査委員会の基準を分析するんじゃなくて」わたしは思い出させた。「ゴールデンとクルンバッハーを調べて」

「わかった」彼女はしぶしぶファイルを閉じて脇に置いた。「それで、何をさがせばいいの？」

「わからない」わたしは白状した。

「それは役に立つこと」彼女はファイルを取りあげてページをめくった。「どちらも学費補助は申しこんでないわ」

「両方とも寄付はしてる？」

「うん。いくらとは書いてないけど」

試験の点数についてはきかなかった。

わたしはテーブルに戻ってファイルをざっと見た。ベッキーの言うとおりだった。とくに役立つことは書かれていない。試験の点数はグレイヴズ家の子供ほど悪くはなく、ごく普通で、ジョージ・キャベンディッシュを殺す動機となるようなことは何もなかった。やかんがピーと鳴り、わたしはファイルを脇に押しやって、郵便物の束に手を伸ばした。

「用意はいい?」わたしはベッキーにきいた。

「どれからやる?」彼女はきいた。

「これはどう?」わたしはふぞろいな手書きの宛名の、リンネル紙の封筒を選んだ。「差出人がわからないの」

「まずはもう少しテキーラを飲んでからね」ベッキーは言った。「しらふで連邦法違反はしたくないから」


二時間後、キャベンディッシュの郵便物からわかったことについて考えながら、そしてテキーラの飲みすぎを後悔しながら家に戻ると、ブレイクも母もキッチンテーブルをまえに座っていた。車で家に帰れるくらいまでお酒が抜けるのにだいぶ時間がかかってしまい、のどはまる一日火食い芸の練習をしていたかのようだ。いっそのこと、サーカスを第二の職業として考えてみてもいいかもしれない。

ブレイクの手のなかにはスコッチのグラスがあり、母はミントの香りのするものをマグから飲んでいた。わたしを見て、母はバングルをはめた手を口に当てた。「マージー! 今までどこに行ってたの？」

「それに、その服はどうしたんだ？」しみのついた短パンをいやそうに見ながら、ブレイクがきいた。今週はわたしのワードローブにとっていい週ではなかった。

「もう一度豚のところに行ってみたのよ」わたしは説明し、ひそかに持ち出したものがはいったおむつバッグをキッチンカウンターに置いた。「ふたりとも、どうしてまだ寝てないの？何かあったの？」

「こっちがききたいよ」ブレイクはそう言って、ウィスキーをもうひと口飲んだ。「警察から電話があった――またあのブンゼンという刑事から。ベッキーとホーリー・オークスの学園長のことで話したいことがあるそうだ」

「携帯に電話したけど、出なかったと言ってたわ」母が付け加える。

「忙しかったのよ」胃がこわばるのを感じながら言った。おそらくブンゼンからの電話がブッバ・スーを起こしたのだろう。なんの用があって電話してきたの？　何かあらたに見つかったのだろうか――わたしと死体を結びつけるようなものが。ベッキーの名刺からわたしの指紋が出たとか？

「学園長が殺されたなんて、初耳だよ」ブレイクは言った。

「ディナーの会話にぴったりの話題ではなさそうだったから」わたしは指摘した。「子供たちもいたし」

「お気の毒な人ね」母がつぶやいた。「でも、殺されたことでおそらく現世の罪は帳消しになるわ」

ベッキーは同意見ではないだろうが。

「どうして警察がベッキーのことをきくんだ？」

テキーラで食道が焼かれていたにもかかわらず、ブレイクのスコッチを自分にも少し注いだ。「死体の上でベッキーの名刺が見つかったのよ」

彼は目をしばたたいた。「なんだって？」

「落ちついて」スコッチをぐいっと飲んで、むせまいとした。「ベッキーが学園長を殺したわけじゃないから」

「そう、それはよかった」夫は言った。

「名刺なんて学園長はたくさん持っていたでしょうに」母が言った。「どうしてあなたの友だちに目をつけたのかしら？」

「きっと型どおりの質問よ」とうそをついた。

「それならなぜ夜に電話してきたの？」

わたしはため息をついた。「最近の警察の忙しさは知ってるでしょ。おそらくブンゼンも残業してるのよ。明日こっちから電話するわ」そして、笑みを浮かべて話題を変えた。「子供たちの様子は？」

「エルシーはフライフォンを待ってるよ」とブレイクに言われた。

「それが、ええと、取りにいく暇がなかったの」ブッバ・スーのビーズのような目を思い出しながら言った。明日は新しい携帯電話を手に入れなければ。またあらたな出費だ。だが、残念ながらフライフォンはそう簡単に手にはいらない。「とにかく」わたしは偽のあくびをした。「もう寝るわ」スコッチを持って退散し、三十分後にブレイクが寝室にはいってきたときには、なんとか狸寝入りをしようとした。

残念ながら失敗だった。

「マージー」彼はひそひそ声で言った。わたしが返事をしないのでつついた。「マージー！」

わたしはため息をついて起きあがり、ベッドのまんなかに築いた枕の壁越しに、目をすがめて彼を見た。「何？」

「ほんとうはどうして警察が電話してきたんだ？」

「言ったでしょ、学園長の死体の上にベッキーの名刺があったからよ」わたしは目にかかった髪をかきあげた。「きっとホーリー・オークスの面接のとき彼にわたしたのよ」

「それならなんできみに電話してくるんだよ？」

わたしも同じ疑問が浮かんだが、ブレイクには言わなかった。「知らないわよ。朝になったら電話する。きっとなんでもないと思うけど」

「遅くまで出かけていたのはそれが理由？」

「豚を追いかけてたのよ」

「二時間も？」

「家の住人が寝るまで時間がかかったから」

「豚の誘拐は違法行為じゃないのか？」

「向こうが元妻から豚を盗んだのよ。厳密に言えば、わたしは盗難品の奪還をしようとしてるの」弁護士と結婚していると、ときどきいらいらすることがある。「だいたい、わたしがいつどこに出かけるかをいつから気にするようになったの？　わたしの記憶がたしかなら、ほかの男と遊びまわってるのはあなたのほうじゃなかった？　それに」わたしは指摘した。

「街に出るような格好じゃなかったでしょう」

「ごめん」ブレイクは気まずそうに言った。「そんなつもりはなかったんだ。ただ……夜遅くに警察から電話がかかってきたから、動揺してしまって。それに、きみの携帯に電話しても出ないし」そこでことばを切った。「ところで、きみの携帯はどこ？」

「それが……落としたの」

「壊れたのか？」

「まあね」

「ぼくにわたしてくれれば、以前ぼくのを直してくれた人のところに持っていくけど」彼は言った。

「取り戻したらわたすわ」

「どういう意味？」

「実は……」わたしは深呼吸をした。「豚に食べられたみたいなの」

「豚に食べられた？」

「ええ。だから、取り戻せたら修理してくれる人のところに持っていって。消化液にくわしい人だといいけど」

夫はわたしをまじまじと見た。

「ところで」わたしは引っ張りあげたシーツにくるまって話題を変えた。「修養会のための荷造りはしたの？」

「消化液だって？」彼は繰り返した。

わたしはため息をついて寝返りを打った。「朝になってから話しましょう。昨夜はあまり寝られなかったの」

「どうして？」

死んだ学園長を売春婦のアパートから運び出していたからよ。「エルシーのことが心配だったから」わたしは言った。「ホーリー・オークスがあの子にふさわしい場所なのかどうかわからなくて」

「エルシーはうまくやるさ」彼は言った。「ぼくもカトリックスクールでうまくやるこつを学んだ」

おかげで今はこの状態ってわけね、とわたしは思った。偽りの結婚生活に思いを馳せながら。「明日話しましょう」わたしは言った。

「明日は修養会に出かけてしまうんだよ」

「それなら、帰ってきてから」わたしは偽のあくびをして言った。「おやすみなさい」

20

翌朝、母は元気一杯に、わたしでものどを詰まらせずには飲みこめないケールと豆腐のスクランブルエッグのようなものを作った。ニックは機嫌よく出かける準備をしたが、エルシーは朝になってもピンクのネグリジェ姿のまま、犬用首輪を胸に押し抱いて歩きまわり、話すことも着替えることも拒否した。

「どうして学校に行きたくないの？」皿の上の緑色とも灰色ともつかないものをつついて、ニックが姉にきいた。

「女の子たちが感じ悪いの」両手で首輪をもてあそびながらエルシーは言った。

娘の吠え声ではなくことばを聞けて、わたしはうれしくなった。昨日迎えにいってから、ほとんどしゃべらなかったからだ。「だれが感じ悪いの？」

「みんな」彼女はうなるように言い、皿を押しやった。

「オムレツを少し食べたら？」母が猫なで声で言った。今日はピンクのカフタンのような服を着ており、クリスタルの装飾が動くたびにじゃらじゃら鳴った。ありがたいことにブレイクは荷造りをすませて早くに修養会に出かけていたが、母のわたしを見る様子から何か言いたいのはわかった。おそらく子供たちの食事についてだろう。

「ぼく、オムレツいらない」ニックは下唇を突き出して言った。「犬のうんちみたいなんだもん」

たしかにそのとおりなので、わたしは皿を下げてコーヒーを取りにいき、コーヒーに豆乳と人工甘味料を入れた。ひと口飲んでテーブルに置き、朝の用事リストに〈スターバックス〉に寄ることを付け加えた。

「マージー、子供たちのために木のおもちゃを買ったらどうかしら」と母が言いだした。「プラスティックには化学薬品が大量に含まれているから」

「誕生日プレゼントにしたら？」トーマスの機関車や犬用リードが散らばり、家具を動かしたため廊下に座らないとテレビを見ることができないリビングルームを見て、わたしは言った。「このとおり今はすごく散らかってるから」そして、子供たちのほうを見た。「そろそろ出かけるわよ」エルシーの制服をまとめて脇に抱えると、わたしは言った。

「でもこの子たちは何も食べていないのよ」母が言った。「それにお弁当はどうするの？」

「途中で何か買うわ」わたしは軽い調子で言った。「行くわよ、ふたりとも！」

エルシーは下唇を突き出した。「やだ」

わたしはしゃがんで娘の目にかかった黒っぽい髪をなであげた。「ハニー、学校へは行かなくちゃ」

「行かない」

「昨日何かあったの？」ときくと、エルシーは腕を組んでそっぽを向いた。

「エルシーはわたしが学校に送っていくわ」母が申し出た。「途中でどこかに寄って、ランチになるものを買いましょう。それならどう？」とエルシーに尋ねた。

娘は祖母のほうを見てうなずいた。

どうしよう。ランチって何？　母が食べさせようとしている乾燥させた海藻のスナックなど、エルシーが食べるわけがない。「ありがとう」と言って、母にジャンパースカートをわたした。「でも――お母さんが加工食品をどう思ってるかは知ってるけど――この子にはピーナッツバターとジェリーのサンドイッチを作ってやってくれる？」

母は大きなため息をついた。

「お願い。食生活を見直すつもりはあるけど、今日はこの子に何か食べてもらいたいの」

「フードバンクにまだ持っていっていない袋から、何か見つけられると思うわ……」

「ありがとう」わたしはほっとして言った。「体にいい食べ物についてはあとで話しましょう」娘の頭にキスをし、ニックを連れて急いでミニバンに向かった。エルシーと対決せずにすんでほっとしていた。娘にとって今日はうまくいく日かもしれない。とにかく、そうであってほしいと思った。「犬用の首輪を忘れずにはずさせてね！」と肩越しに声をかけた。

「まかせておいて」と言う母の声を聞いてから、ガレージに出てドアを閉めた。

ニックを送り、〈スターバックス〉に寄ってコーヒーのほかにグルテンと砂糖たっぷりのチョコレートマフィンを買ってから、九時ごろ〈プリティ・キトゥン〉に着いた。ブンゼンにはまだ電話できずにいたが、今のところわたしのiPhoneはまだブッバ・スーの腸のなかのはずなので、彼がメッセージを残したかどうか知る方法はなかった。

オフィスにはいっていくと、ピーチズは電話中だった。マフィンの最後のかけらを口に放りこんで、彼女の向かいに座った。

「ここに来たら電話させるわ」ピーチズはそう言って、ストレッチのきいた服を調節しながら、わたしを見た。

マフィンがのどにつかえた。飲みくだすためにコーヒーをごくごく飲んで、むせそうになった。「だれだったの?」電話を切ったピーチズに、咳きこみながら尋ねた。

「警察にいるあなたの相棒から。折り返し電話してないでしょ」

「できないのよ。ブッバ・スーに電話を食べられちゃったの」まだ咳をしながらわたしは言った。

ピーチズは目をぱちくりさせた。まつ毛がくっついた。今日はメイクをしており、体の曲線にぴったり沿うピンクのスパンデックスのワンピースでめかしこんでいる。いろいろとうまくいっているらしい。わたしとちがって。「ブッバ・スーがどうしたですって?」ボスは尋ねた。

「わたしの携帯電話を食べたの」と繰り返した。「それにあの豚はティーカップサイズなんかじゃないわよ。冷蔵庫ぐらいの大きさで、性格も悪いんだから。昨日三回偵察に行ったけど、フライフォンとｉＰｈｏｎｅと猫用キャリーをなくしたわ」

「猫用キャリーも食べられたの？」

「いいえ。キャリーに頭をつっこんで、フェンスにぶつけてばらばらにしたの」

ピーチズは顔をしかめた。「フライフォンはどうなった？」

「まだ無事みたいだけど、巨大な豚に追いかけられるから取りにいけない」

「うわー。エルシーはなんだって？」

「話してない」わたしは言った。「オフィスに忘れてきたことになってるの。取り戻す方法が見つかることを祈るしかないわ」

「でもまあ、だれにも見られなかったのよね？」

わたしはため息をついた。「それが……そういうわけでもなくて」

ピーチズはわたしを見つめた。

「昨夜裏庭にいるとき、ブンゼンが電話してきたの。呼び出し音でブッバ・スーが目を覚まして、キーキー鳴きはじめたのよ。そうしたら、ショットガンをかまえた男が庭に出てきたの」わたしはぞっとしながら語った。「豚用のトランキライザーについて調べてもらえるとありがたいんだけど」

「カップケーキにベナドリルをひと瓶入れたら？」彼女は言った。

「殺したいわけじゃなくて、眠らせたいだけだってば」わたしは念を押した。「それに、ブッバ・スーは妊娠中よ――大量の薬物は仔豚たちによくないわ」

「仔豚たちの心配をしてるの？」

「彼女はママなのよ」わたしは言った。「性格は悪いけど、ママであることに変わりはないわ」わたしはもうひと口コーヒーを飲んだ。「それと、わたしたちのしたことをベッキーに話した」

「なんてことをしてくれたのよ、マージー」ピーチズは座っている椅子をうしろに傾けた。

「取り決めはどうなったの？」

「親友にうそはつけなかった。わたしの失敗なのに、自分のしたことを話さなかったせいで、彼女が刑務所に入れられたら、二度と眠れなくなるもの」

「かんべんしてよ」ピーチズはピンクのワンピースのなかに手を入れて電子タバコを取り出し、深々と吸った。「一週間っていう約束はいったいどうなったのよ？」

「一週間はまだ有効よ。ベッキーも了承してくれてる。それどころか、ゆうべはキャベンディッシュの郵便物を蒸気で開ける手伝いをしてくれたのよ」

「蒸気で郵便物を開けたの？」ピーチズの目がきらりと光った。「飲みこみが早いわね、あなた。でも、ブンゼン刑事には言わないほうがいいわ」

「言うわけないでしょ」

「ブッバ・スーに携帯を食べられてよかったかもね。ほかに何かわかったことは？」

「ホーリー・オークスは理事会のある人物が所有する会社に大金を投資してる。その投資では年に五十パーセント戻ってくるらしい」

ピーチズはペンをつかんだ。「会社の名前は？」

「〈ゴールデン・インベストメント〉」わたしは教えた。「そういえば、コーヒーの会のとき、デボラ・ゴールデンが電話で妙な話をしてたのよね。報告書によると、その会社の最大の株主は〈スペクトラム・プロパティーズ〉だって」

彼女は社名を書き留めた。「調べてみるわ。ほかには？」

「あとは入学事務局からの手紙と、エイコーン・スカラーズ・プログラムに大金を払ったのに、子供が希望校にはいれなかった母親からの怒りの手紙。彼女は払い戻しを要求してる」

「ほらね？　保護者に目を向けるべきだって言ったでしょ」ピーチズは賢しげに言った。

「デジレーと話したあとに、その人にききこみに行ったら？」

「ところで、デジレーとは何時に会うことになってるの？」わたしはきいた。

彼女は腕時計を見た。「三十分後にキャンパスの近くのコーヒーハウスで」

「それならもう行かないと」

「今回はわたしが運転するわ」ピーチズが言った。わたしはじろじろと彼女を見た。今朝はお酒を飲んでいるようには見えなかった。それどころかやけに陽気に見えた。いい傾向だ。

「ジェスとはどうなったの？」わたしはきいた。

「変わりなしよ」彼女は言った。「でも、ホンキートンク・ハニーズ・ドットコムで知り合った人とランチすることになってるの」

「冗談でしょ」

「キュートな人よ。ブロンドの髪にブルーの目、ウェスタンシャツがよく似合って、踊りにいくのが好きで……」

「ジェスにそっくり」わたしは言った。「彼に電話すべきよ、わかってるわよね?」

彼女はわたしに向かって顔をしかめ、バッグをつかんだ。「恋愛についてのアドバイスをするまえに、ゲイの旦那との関係をなんとかしたら」

わたしはため息をついて彼女のあとからビュイックに向かい、お隣から聞こえてきた女性の悲鳴に身をすくめた。

21

犬用の首輪をしていないデジレーはまるで別人のようだった。

〈コーヒー・ビーン〉にはいっていったとき、隅のテーブルに座っている彼女は十二歳ぐらいに見えた。ブロンドの髪をうしろでまとめてポニーテールにし、ピンクのTシャツにカーキの短パン姿で、テーブルの上で分厚い教科書を開いている。

「コーヒー、買ってこようか？」ピーチズは彼女の隣の椅子を引いてきいた。

デジレーはわたしたちにぎこちない笑みを向けると、自分のアイスティーを示した。「うん、わたしはいい」彼女は言った。その顔つきから、わたしたちと話すことを承諾して後悔しているのがわかった。それは理解できた。わたしたちはこの店の常連客より二十歳ほど歳上だったし、ピーチズのタイトなピンクのワンピースは地味とはとても言えなかったから。

「マージーは？」ピーチズがきいた。

「コーヒーのスモールサイズでいいわ」わたしは言った。ピーチズはバリスタに色目を使おうとのしのし歩いていった。

「何を勉強してるの？」わたしはデジレーにきいた。

「認知心理学」彼女は顔をしかめた。「明日テストなの」

「心理学専攻なの？」

「ええ、でもちょっとインテリアデザインに傾きかけてる。修士号はそっちで取るかも」

「あなたにはデザインの才能があると思うけど、心理学は役に立つでしょうね……」〝売春婦の仕事に〟と言いそうになったが、「あなたの職種に」とつづけた。

「そうでもないわ」彼女はほんのりピンク色になって言った。夜は女王様で、昼は女子学生社交クラブの女の子。おもしろい組み合わせだ。「たいていみんな話を聞いてくれる人がほしいだけなのよ」彼女はつづけた。「ただうなずいて、同情してるふりをすれば、通ってくれる。そういう常連さんはたくさんいるわ」

「ミスター・キャベンディッシュはよく話してた？」わたしはきいた。

「アクアマンよ」わたしは助け舟を出した。

彼女は眉をひそめた。「だれそれ？」

「ああ。あの人ね。本名を言われてもぴんとこなくて」彼女は真珠のように白い歯でペンのお尻を噛んだ。「いろいろ話してたけど、あんまりよく聞いてなかった。みんな奥さんの悪口ばっかり言うの」

「彼は奥さんのことをなんて言ってた？」

「ほかの人たちと同じよ。全然話を聞いてくれないとか、ブッククラブやランニングクラブで忙しくてろくにかまってもらえないとか、おばさんパンツを穿いてベッドにはいるとか。

オースティンの既婚男性はみんなそう」彼女がアイスティーをひと口飲むあいだ、わたしは自分に照らし合わせてみた。おばさんパンツには心当たりがあるが、ブッククラブにもランニングクラブにも所属したことはない。ここ数年子供たちにかかりきりだったのはたしかだが、夫の性的傾向を考えれば、犬用の首輪とビスチェをつけても夫婦生活が改善されるとは思えなかった。デジレーは見くだすように小さなため息をついた。「もしわたしが結婚したら、やるべきことはわかってる。それはたしかよ」

わたしは鼻を鳴らして、十年後に電話してと言いたいのをこらえた。代わりにこう言った。「そもそも、どうしてあなたと……アクアマンは……知り合ったの？」

「わたし、ストリップクラブで働いてたの」彼女は言った。「彼はそこの常連で、わたしが個人で仕事をはじめたとき、最初のお客さんになってくれた人のひとりなのよ」

「どこのストリップクラブ？」

「古い空港のそばの〈スウィート・ショップ〉っていうところ」

「わたしたちが知り合ったのもそこよ」注文を終えたピーチズが、気取ってテーブルに戻ってきながら言った。「何カ月かまえ、ストリップステーキを食べてたとき、この子に会ったの。そして、仕事をしてもらう契約をしたわけ。すごく有能なハニーポットなのよ」

ピーチズがわたしをハニーポット——浮気な男性を陥れる女性——にしようとしたときのことを思い出して、わたしの頰もピンクになるのがわかった。誘惑しようとした男性はゲイだったことがわかり、わたしは思いがけなくドラァグクイーン・コンテストに参加するはめになったのだ。あの日のことは思い出したくなかった。

「マーティ・クルンバッハーは知ってる？」話題を変えたくてわたしはきいた。

「ああ、マーティなら知ってるわ」デジレーは言った。「しばらく顧客だったから」

「ほんとに？」ピーチズが身を乗り出してきき返す。

「女王様プレイにハマってた。革の首輪が大好きでね、あと玉口枷（ボールギャグ）も」

ボールギャグ？　ピーチズとわたしは顔を見合わせた。ミッツィが知ったらよろこぶだろうが、彼女はもう依頼人ではないので、話す理由はない。それでも、彼女がちょっと気の毒になった。夫がほかの女と寝ていると知りたい女性はいない。ほかの男と寝ている場合も。ボールギャグが関わっていればなおさらだ。「彼も〈スウィート・ショップ〉の常連だったの？」わたしはきいた。

「あの店の共同経営者か何かだったんじゃないかな。いつも支配人といっしょにいたから。よく奥の部屋で会ってた、女の子を連れずに」

数日まえに〈スウィート・ショップ〉で目撃した会合を思い出した。「何に関わってたの？」

「何か荷物があそこに運びこまれてたの」彼女は言った。「奥に倉庫にしてる部屋があるのよ。週に何度か大量の荷物が届いてた」

「キャベンディッシュは仕事のことで何か言ってた？」わたしはきいた。

デジレーのなめらかな額にしわが寄った。「うん。心配事があったみたいよ。投資のことで」

「どんな心配事か言ってた？」

彼女はまたペンをかじった。「抜けたいけど、抜けられないって。精神的にまいってた」皮肉なものね、と思った。売春婦に告白するなんて。「どうして？」

「何かまずいことがあったみたい。なんなのかは知らないけど」

「どうして抜けられなかったの？」

「理事会がどうとかって」デジレーはそう言って肩をすくめた。「よく聞いてなかったから」彼女はアイスティーに手を伸ばし、ストローを口に入れた。ピーチズがカウンターからわたしたちの飲み物を持ってきた——わたしにはスモールサイズのマグ入りのコーヒー、彼女自身には巨大なミルクシェイク状の飲み物を。

ピーチズがまた座って足を組むと、スカートがさらに数センチずりあがった。わたしは引っ張りおろしたいのをこらえた。「それで」彼女はデジレーを見て言った。「彼はほかに何か心配事について言ってた？　奥さんのこととかは？」

「つきあってる女性のことは言ってた」

「えっ、ほんと？」ピーチズが言った。「なんだって？」

「彼女とも別れたがってた。便宜を図ってやったけど、手を切りたいって」彼女はアイスティーをすすった。「でももう遅すぎるって」

「何が遅すぎるの？」

「知らない。おしゃぶりをしゃぶらせたから、それで会話は終わり」

わたしは目をぱちくりさせた。「おしゃぶり？」

デジレーは肩をすくめた。「悪い赤ちゃんの日だけね」

「悪い赤ちゃんの日ね」ピーチズが繰り返した。

「そう。それでそのまま放置するの。いつも彼のために大人用おむつのディペンドをひと箱用意してた」

ピーチズは低く長い口笛を吹いた。

わたしは悪い赤ちゃんの日についてこれ以上知りたくなかった。「つまり、名前は出なかったのね？」

「そう言われれば出たわ。花みたいな名前。リリー？　ローズ？」彼女は肩をすくめた。「思い出せない」

「便宜っていうのはどんなこと？」わたしはきいた。ピーチズはストローを吸っている。

「言ってなかった」彼女はまたアイスティーを飲んで、長いため息をついた。「彼がわたしのアパートで死んだなんてまだ信じられない――今週はほんとにさんざんだわ。最初はこれ、そして明日はテスト」彼女はまたため息をついた。「犯人はもうわかったの？」

「いいえ」わたしは言った。

「警察がわたしにたどりつかないよう願うしかないわ。まだ警察が来てないってことはバレてないのよね？」彼女は神経質にストローをもてあそびながらきいた。

「わからない」ベッキーとの取り決めのことを考えて、わたしは言った。早いところ真相にたどり着かなければ、ピーチズとわたしはブンゼン刑事と話をすることになり、ジョージ・

キャベンディッシュが背中を撃たれたときほんとうはどこにいたか、警察の知るところとなる。

「どうしてそんなに彼の私生活に興味があるの?」若い娘は青い目を細めてきいた。「あなたたちが関わってるって警察にばれたの?」

「警察は現場でわたしたちの持ち物を見つけたの」ピーチズが言った。「だから、事件がどこで起きたか話さずにすむように、真相を探ろうとしてるのよ」

デジレーの目が大きくなった。「どこで死体を見つけたか、警察には言わないわよね?」

「言わなくちゃならなくなるかもしれない」わたしは言った。「それはそうと、ほんとにほかには何も覚えてない?」

「でも……だれにも言わないって約束したじゃない!」

ピーチズはピンクの服に包まれた肩をすくめた。「そうしようと努めてるわ」彼女は言った。「あなたが情報をたくさんくれれば、それだけばれずにすむ可能性が高まるのよ」

「くそっ」デジレーはペンをきつく噛んだ。「考えさせて。投資のことは話したわよね、あとはリリーだかローズだかそんなような名前の女のことも」

「あの夜、何か変わったものは見た?」わたしはきいた。

「別に」彼女は言った。

「いつも見かけるのとはちがう車が通りに停まってたとか?」ピーチズが助け舟を出した。

「近所を見慣れない人が歩いてたとか?」

「覚えてない」彼女は言った。そのあと、背筋を伸ばした。「待って。ジョンが……キャベンディッシュがアパートに来てすぐにカーテンを閉めたとき、いつもは見ない車が外にあるのに気づいたわ」

ピーチズはドレスからはみ出しそうになりながら身を乗り出した。「どんな車？」

「レクサスだった」デジレーは言った。「明るい赤の。それで目を引いたの」

「種類は？」わたしはきいた。

「わからない。ＳＵＶとかじゃなかった。フォードアのセダンだと思う」

「わたしが着いたとき、レクサスはなかったわ」ピーチズはそう言ってわたしを見た。「あなたが来たときは？」

「どこに停まってたの？」

「キャベンディッシュの車のうしろ」

「覚えてない。でも、あの……プールをアパートから運び出したときはなかったわね」あたりを見まわしてだれも聞いていないことをたしかめながら、わたしは言った。公共の場で死体のことを口にするべきではないだろう。

「調べてみる価値はあるわ」ピーチズが言った。「マージー、学校の駐車場を調べられる？」

「今日見てみる」わたしは言った。「ナンバープレートは見てないわよね？」

ブロンドの髪房が左右に振られた。「見てない」

「まあいいわ」ピーチズはコーヒーとミルクシェイクの混合液をもうひと口飲んで言った。

「さてと。キャベンディッシュが花みたいな名前の女性と寝ていて、別れようとしていたことがわかった。投資から手を引きたがっていたけど、理事会がやめさせてくれなかったことも」

「あとは、例の……事件のまえに、アパートの外に停まっていた赤のレクサス」わたしは付け加えた。

「ほかには？」ピーチズがきく。

デジレーは肩をすくめた。「何か思いついたら電話する」彼女は言った。「でも、お願いだから……」手を伸ばしてピーチズの手をぎゅっとにぎった。「警察にはほんとのことを話さないで。お願い、ピーチズ」

「できるだけのことはするわ」デジレーのマニキュアの塗られた指から逃れようとしながら、ピーチズは言った。「でもほんとに、何か思い出したら――なんでもいいから電話してね。わかった？」

デジレーは力いっぱいうなずき、わたしたちは帰るために席を立った。出口に向かいながら、ピーチズは手についた爪の跡を調べていた。わたしはデジレーを振り返った。わたしたちが出ていくとき、若い娘はまだ心理学の教科書を見つめていたが、あまり集中しているようには見えなかった。

「かわいそうな子」わたしはビュイック・リーガルに乗りこんでドアを閉めた。わたしの車はフライドポテトと古いチキンナゲット、今は母のパチョリオイルのにおいがするので、できるだけピーチズの車を使うようにしていた。

「なんで？　デジレーが？　ったくもう」ピーチズは手をさすった。「あの子握力強すぎ」

「あの子がお金のためにしてることを、ご両親に話さずにすむといいけど。もしかしたら今度のことで、アルバイトについて考え直すかも」

「ハンバーガーを売ってあれだけお金を稼ぐのはたいへんよ」ピーチズは言った。

「そうだけど、デザイナーのところでインターンシップができるかもしれないし、そうなれば将来の仕事にすごく役立つわ。それに、もうしなくてすむでしょ……あんなことは」

「人におしっこをかけること？」

「そう」

「少なくとも有益な情報が得られたわ」〈コーヒー・ビーン〉から車を出しながら、ピーチズは言った。「〈ゴールデン・インベストメント〉についてもっと調べるべきね」

「キャベンディッシュが話していたのはそのことだと思う？　理事会が抜けさせてくれないっていうのは？」

「例の年に五十パーセントも配当があるっていう会社ね？」彼女はきいた。

「それに、ゴールデンは理事会メンバーよ。絶対あやしいわ。デボラの妙な電話のこともあるし。もしアクアマンが騒ぎたてて（ゲット・ヒズ・パンティーズ・イン・ア・ワッド）いたんだとしたら……別にパンティを穿いてたわけじゃないけど、言いたいことはわかるでしょ」

「何か考えてみるわ」ピーチズが言った。

22

ホーリー・オークスの玄関に着くまでに、駐車場で三台のレクサスを見つけたが、セダンは二台だけだった。ナンバーを書き留め、ニックを迎えにいってくれないかとベッキーにメッセージを送った。お迎えの時間までホーリー・オークスでねばれば、保護者が所有する赤のレクサスが何台も見られるのではと期待していた。その一方で、デジレーのアパートの外に停められていたレクサスの持ち主が、わが子の入学を拒否された親だとしたら、ホーリー・オークスの駐車場では見つからないだろう。でも、子供が入学を認められなかったからといって、人を殺したりするだろうか？　その考えを却下しようとしたとき、入学願書を引っかきまわしていたベッキーの顔を思い出した。かならずしも可能性がないわけではない。

職員室はきびきび受付嬢を含め、大勢の人たちでざわついていた。わたしはおむつバッグを胸に抱えた。ファイルをそっとキャビネットに戻すなんてできるわけがない。キャベンディッシュの郵便物を彼のラベルのついた箱につっこむのはもちろんのこと。封筒の状態――熱帯雨林のなかで数週間すごしたように見えた――のことがまだ少し心配だったが、今更どうしようもなかった。

ロビーを少しうろうろしてから、図書室に向かい、デスクのうしろの箱からSAT問題集をそっと取り出した。そして、職員室の正面ドアが見える位置に陣取った。幸い、五分もすると、人びとの集団はカポカポとウェッジヒールの音を響かせながら廊下を歩いていった。少し待ってから立ちあがり、職員室のドアに向かった。おむつバッグのなかで郵便物をつかみ、さりげないふりをしながら。

わたしはついていた。きびきび受付嬢もいなくなっていた。キャベンディッシュの部屋も含めて、オフィスのドアはすべて閉まっていた。そのうちのひとつの部屋からもごもご話し声が聞こえていたが、大部屋にはだれもいなかった。おむつバッグから郵便物をつかみ出して、キャベンディッシュの空っぽの郵便箱に詰めこみ、ファイル用引き出しを開けて、正しい順にすることもなくファイルをつっこんだ。引き出しを閉じようとしたとき、背後でカタンという音がした。振り返るとドアのそばにほうきを持った校務員が立って、こちらをじっと見ていた。わたしは背中で引き出しを押して閉めた。

「こんにちは」わたしは言った。

彼は値踏みするような陰気な目でわたしを見た。左目のそばに小さな傷があり、Tシャツの下からタトゥーが見えていた。ほうきに置いた手は巨大で、その指はブラートヴルストソーセージを思わせた。

「ちょっとファイリングをしてただけよ」ファイリングキャビネットを愛情たっぷりにたたきながら、わたしは言った。

校務員はうなずき、わたしを長いことじっと見てから、ぶらぶらと廊下を歩いていった。その男はわたしを不安な気持ちにさせた。彼の顔にある傷のせいだろうか、それともやってはいけないことをしているのを見つかったせいだろうか。

心臓をばくばくさせながら、職員室のドアに急いだ。デスクの角を曲がったとき、きびきび受付嬢の椅子に近い隅に鍵束があるのに気づいた。あのなかにキャベンディッシュのオフィスの鍵はあるだろうか？　鍵束をつかんでおむつバッグの底に押しこみ、オフィスの外に出ようとしたわたしは、デボラ・ゴールデンとぶつかりそうになった。

「あら。ごめんなさい」わたしはおむつバッグを胸に抱えて言った。

バランスを取り戻してわたしがだれだか気づくと、デボラは目をすがめ、わたしの背後のだれもいない職員室を見た。「ここで何をしているの？」

「えっと、その、ボランティアよ」わたしは言った。「このあいだはコーヒーをごちそうさま。すばらしいおうちね。それはそうと」わたしは明るい笑みを浮かべて言った。「もう図書室に戻らなきゃ！」それ以上質問する機会を与えずに、急いでデボラの横をすり抜けた。鍵がないことにきびきび受付嬢がしばらく気づかないようにと願いながら。図書室にはいる直前、肩越しに振り返った。わたしが皿洗いの家政婦で、彼女お気に入りの手描きのモロッコのティーカップを欠けさせてしまったかのように、デボラがにらんでいた。

急いで図書室の自分の席に戻り、解答欄に書きこまれた答えを所在なげに消していると、職員たちが戻ってきた。

死体の移動、郵便物の窃盗、他人の鍵の着服……わたしは本物の美徳のかがみになりつつあるわ、と六つの角度と点線にまつわる幾何の問題を見おろしながら思った。この七十二時間に、いくつもの法を犯してしまった。

子供たちのためにどんなお手本になれるというのだろう？

エルシーが生まれるまえは、子供たちをインテリアブランド〈ポッタリー・バーン・キッズ〉の世界ですごさせたいと思っていた。きちんと片付いて、すてきな装飾が施されたベッドルーム、決まった時間のおやつ、ひと桁サイズのおしゃれな服を着て、オーガニックのミルクや家庭菜園のニンジンスティック、デーツで甘みをつけた全粒粉のオートミールクッキーがのったトレーを手にしながら、子供たちを背後から見守るわたし。（ストレートの）夫は、装飾の美しい改装された家を背にした家族の肖像画をフィンガー・ペイントで描く、しみひとつない白い服に身を包んだわが子たちを賞賛のまなざしで見つめている。

死体や、服装倒錯者と寝ている夫がそのイメージに入りこむことなど絶対になかった。

下を向いて代数の問題を見つめた。状況を考えれば、わたしはできるかぎりのことをしているわ、と自分に言い聞かせた。母親が刑務所行きになったら、子供たちにとっては災難だろう。それに、わたしはだれも殺していない。大学生がトラブルに巻きこまれないように手を貸そうとしただけだ。その子がアパートにＳＭ道具がそろった地下牢のような部屋を持っている大学生だからってなんなの？　彼女は夢を追いかけているだけなのよ。

残念ながら、ブンゼン刑事はそうは見てくれないだろう。

SAT問題集のページをめくって、書きこみを消しながらも、おむつバッグのなかの盗んだ鍵束のことが気になってしかたがなかった。鍵束がなくなったことに受付嬢がまだ気づいていないとしても、帰宅するときになれば絶対に気づくはずだ。わたしが職員室にいたと、デボラ・ゴールデンが話すだろうか？　ブンゼン刑事のことはどうしたらいい？

問題集のページをめくりながら、彼はどれだけメッセージを残しているだろうと考えた。考えれば考えるほど、ブッバ・スーが携帯電話を食べてくれてよかったと思った。少なくとも、ブンゼン刑事に折り返し電話しないことの格好の言い訳にはなる。

「ああ、ここにいたのね」顔をあげると、キャスリーン・ガードナーがいた。

「どうも」わたしは弱々しく言った。

「キャベンディッシュ学園長のこと、聞いた？　とんだ悲劇よね……働きすぎで心臓発作を起こしたんじゃないかしら」

「それはどうかしら」

「お葬式は明日ですって」キャスリーンは言った。

「場所は？」

「聖ヨハネカトリック教会。全員がはいれるといいけど」

「うわさでは心臓発作ではないみたいよ」わたしは言った。キャスリーンはゴシップの輪にはいっていないだろうと思っていたが、わたしよりもホーリー・オークスのことをよく知っているのはたしかだ。学園長を殺した犯人につながる何かを知っているかもしれない。「こきいた。

「どうかしら。学園長にうらみを持っていたかもしれない人をだれか知ってる?」わたしはきいた。

彼女は目をぱちくりさせてわたしを見た。「型どおりのものじゃないの?」

「そうねえ、もちろん入学できなかった児童の親たちは大勢いるけど」キャスリーンは言った。「ホーリー・オークスはとても競争率の高い学校だから」

「お金があれば別だけどね」わたしは軽く言ってみた。

「あら、そんなことないわ」キャスリーンは言った。「入学できるかどうかは完全に能力次第よ」

「合格者を決めるのに寄付金集めが関係してると思わないの?」わたしはきいた。「だれかが新しいスカッシュコートにお金を出さなくちゃならないのよ」

「まじめな話、それはないと思う」キャスリーンは言った。「ホーリー・オークスが求め、やっているのは正しいことだけよ。もちろん、学問的な優秀さの追求もね」彼女はわたしを見た。「ガールスカウトについてはあれから考えてくれた?」

わたしはわざとらしい笑みを浮かべた。「それについてはエルシーにきいてみないと」

キャスリーンの顔に陰がよぎった。「おたくのお嬢さんはとても……変わってるわよね? 集団行動ができないようにお見受けしたわ。でも、わたしに預けてくだされば、きっといい方向に……」

うなじの毛が逆立つのを感じた。「それどういう意味？」

「カトリーナの話だと、お嬢さんは白いものしか食べないし、椅子のまわりを三周してから座るそうね。それに校庭では……」

「校庭ではなんなの？」

「きっと慣れるのに苦労しているのね」キャスリーンはわたしをじっと見た。「診断を受けさせようと考えたことは？」

「心配してくれるのはありがたいけど、エルシーは問題ありませんから」わたしはSATの問題集をぴしゃりと閉じて言った。エルシーについての心配はこれまでにないほど高まっていたが、これ以上この女性と同じ部屋にいるのはがまんできなかった。

「でも――」

「失礼するわ」そう言うと、わたしはバッグをつかんでやみくもに図書室から出た。そうしなかったら、ホーリー・オークスで第二の殺人事件が起こっていただろう。

23

翌日、ジョージ・キャベンディッシュの葬儀に出席するために聖ヨハネカトリック教会に到着すると、駐車場は満車だった。わたしはまだエルシーのことを気に病んでいた。まえの晩から口をきかなくなっていたので、キャスリーンから聞いたことは確認できずにいたが、やはり心配だった。一日のはじまりに甘いものを食べれば気分が上向きになるだろうと、子供たちには学校に行くまえにドーナッツを与えていた。学園長の葬儀のため学校は午前中休みにもかかわらず、ホーリー・オークスと聞くとエルシーはやはりうなり声をあげた。

聖ヨハネカトリック教会の駐車場を車でぐるぐるまわりながらレクサスをさがしたが、見つけたのは一台だけで、ホーリー・オークスでも見かけた車だった。車の持ち主がわかるかどうか、忘れずにピーチズにきいてみなければ。

拝廊はさまざまなコロンや香水をまとった身なりのいい人たちでいっぱいだった。妊娠まえに着ていた黒いカーディガンを体に引き寄せて――今ではお腹まで届いていないが、だれにも気づかれないことを願っていた――開いた棺(ひつぎ)のほうにじりじりと進んだ。堅物のキャスリーン・ガードナーにはなんとかつかまらずにすんだ。別の不運な人に、娘のバレエの才能についてさかんに話していたからだ。「『くるみ割り人形』を踊ってくれと言われたんですよ」わたしがひそかに通りすぎたとき、彼女はストロベリーブロンドのボブを揺らしながら言っていた。「時間に関して言えば大きな犠牲を払うことになるわ――今はヴァイオリンのレッスンが佳境で、練習する時間が一日一時間しかないから――でも、タップからはじめたとはいえ、バレエの先生によると、あの子がいないと作品が精彩を欠くそうなの。それに、大学の願書に書けばとても強みになるし……」

ミッツィが拝廊の隅に立って、双子のようにそっくりな服装の別の女性と話していた。ふたりともベルトつきの黒いワンピースに、ヒールの高いブーツ姿だ。ミッツィのかたわらには、地味なチャコールグレーのスーツを着て黒の短髪をうしろになでつけた退屈そうなマーティがいた。わたしが見ているのに気づくと、彼は口元をくいっと上げて半笑いをした。頬が熱くなるのがわかったが、わたしもぎこちなく微笑み返し、つい数日まえ、クリームまみれのバナナトワールからピーチズをもぎ離そうとしたとき、彼がかぶりつきの席にいたことを忘れようとしながら、見おろした――亡くなった学園長を。

死んだ人にしてはとてもきちんとして見えた。棺に入れるまえにゴーグルははずされており、棺は趣味のいいマホガニー製で、内側には故人のピンストライプのスーツに合う地味な青のシルクが張られていた。額にゴーグルのあとをさがしたが、くぼみが残っていたとしてもメイク係に消されていた。血や尿の痕跡もなかった。わたしはおしゃぶりをくわえている彼の姿を想像するまいとした。

「ほんとにショックだよね」

振り返るとケヴィンが立っていた。「そうね」彼といっしょに棺から離れながらわたしは言った。「死因はもうわかったのかしら?」

「知らないけど、心臓発作ではないと思う」ケヴィンは小声で言った。「今週警察が学校に来たんだ。いろいろ話を聞かれたけど、だれも何も話さなかったらしいよ」彼は肩越しに振り返った。「すでに臨時の学園長も決まったそうだ」

「だれ?」

「デボラ・ゴールデン」彼は言った。

デボラ・ゴールデンのほうを見た。黒のシースドレスを着た彼女は、脇の通路にはいって消えようとしていた。「でも、あの人、不動産ブローカーでしょ!」

「そうだよ」彼は言った。「ぼくも妙だと思った。早くふさわしい人を見つけてくれるといいんだが。でも今のところ、理事会はやたらと秘密主義だから、わけがわからないよ」

やっぱりね、とわたしは思った。前学園長がおしっこ入りの子供用プールのなかで半裸で死んでいたことが公になれば、ホーリー・オークスの評判に傷がつく。女王様の地下牢で死んだとわかれば、キャスリーン・ガードナーは自分のかわいい天使をホーリー・オークスから寄宿学校に転校させるだろう——卒中を起こして倒れなければの話だが。別の一年生の親に近づく彼女を眺めながら、一瞬すべてをばらしたくなった。

「学園長をよく知っていたの?」わたしはきいた。

ケヴィンは首を振った。「ほかの人たちと同じ程度にしか。理事会のメンバーとはかなり親しかったみたいだけど、部外者のぼくたちとはうわべだけのつきあいだったから」

「ほんとに悲しいわね」わたしは言った。「奥さんがお気の毒」悲しむ未亡人をさがして部屋のなかを見まわした。「ここにいる?」

ケヴィンは黒のパンツスーツ姿の小柄なショートヘアの女性のほうにあごをしゃくった。ちょっとナンシー・レーガンに似ていた。真珠のネックレスをつけていても、とくに悲しみに打ちひしがれているようには見えない。でも、こういう人もいるのだと思い直した。悲しみ方は人によってちがう。それに、彼女は弔問者の群れに囲まれているのだ。「子供はいなかったの?」

「ああ、夫婦ふたりだけだ」

「奥さんの名前はなんだっけ?」杖を持った年配男性からハグを受ける彼女を見ながらきいた。

「クレシダだよ」

「なんとか持ちこたえているようね」夫が死んだ状況を思えばなおさら。子供用プールのことは聞いたのだろうか? アクアマンのタイツに驚いただろうか? それとももう知っていたか――彼を撃ったときに見ていたのだろうか? 謎の赤のレクサスのことを考え、未亡人がどんな車に乗っているかつきとめること、と頭のなかにメモした。

「大げさに感情表現する人じゃない」ケヴィンが言った。「何事にも動じないタイプだ」

「車は何に乗ってるの？」とわたしはきいたが、彼が答えるまえに、黒のサックドレス風の服を着ていかめしく見えるキャスリーン・ガードナーが現れた。

「ほんとうにひどいと思わない？」彼女は言った。「これが学校の評判にどう響くか、考えたくもない。知らせを聞いたカトリーナは心的外傷を受けたわ。とても傷つきやすい子だから……」

「学園長の死因について何か聞いてる？」わたしはきいた。

「急死だったってことだけ」彼女はそう言って遺体を見やった。「ねえ、見て。ホーリー・オークスのネクタイまでしてる」わたしは彼女の視線をたどって棺を見た。双子の母親の肉感的なチェリー・ニコルズが涙を拭いながら棺のそばをうろついていた。そのうしろにはクレシダ・キャベンディッシュがいた。亡き夫のそばにチェリーがいるのを見て、彼女の顔はしばしこわばり、ほんの一瞬まぎれもない悪意の表情がよぎった。やがて、だれかが腕に触れると、はかない笑みが戻った。

デジレーはキャベンディッシュが不倫をしていると言っていた。チェリーは彼の愛人だったのだろうか？　愛人は花にちなんだ名前の人だとも言っていた。チェリーは厳密には花ではないが、果物ならそれほどかけ離れているというわけでもない。彼らの情事をクレシダが知っていたのなら、キャベンディッシュが背中に銃弾を受けることになる夜、夫が何をしていたかも知っていたのでは？

「チェリーは学園長が死んでひどく悲しんでいるようね」優雅に歩きながら棺から離れ、多くの男性たちの目を引き寄せている、曲線美の母親のほうにあごをしゃくって、わたしは言った。

「親しい友人だったみたいよ」キャスリーンが言った。「ちょっと意外だったのよね——彼女、あんまり知的なタイプじゃないから」

「そうだね」ケヴィンが言った。「きっとほかに才能があるんだよ」

眉を上げて彼を見ると、彼はにやりと口元をゆがめた。「キャスリーン」拝廊の反対側を指して彼は言った。「あっちに音楽の教師がいるよ。秋のミュージカルでカトリーナがヴァイオリンのソロをやることについてもう相談した？」

キャスリーンのボブヘアが回転した。「ああ、ほんとだわ。昨日は一度もチャンスがなかったの。話をしに行こうとするたびに、どういうわけかわたしのまえから消えてしまうんですもの」彼女はワンピースの襟元を直すと、断固とした顔つきで不運な教師のほうを向いた。「いま話してくるわ」と言うと、目的意識をもって歩き去り、わたしは気の毒な教師に同情した。

「うわさによると」ケヴィンがわたしの耳元に身を寄せてささやいた。「チェリー・ニコルズの子供たちは合格ラインに達していなかったらしいよ」

「それってつまり……」

彼はうなずいた。「この夏、彼女とキャベンディッシュを〈Wホテル〉で見た人がいるんだ」

「ワオ」わたしは言った。クレシダ・キャベンディッシュのことを考えた。夫が別の女性といる写真を見つけたことは、まだわたしのトラウマになっていた。相手は女装した男性だったが、それでもだ。そういうことは決して乗り越えられないものだと思う。「ミセス・キャベンディッシュは知ってるのかしら？　少なくとも疑ってはいたの？」

「さっき彼女がチェリーに向けた顔つきを見た？」

「ええ」わたしは言った。「つまり知ってるみたいね」

「ぼくもそう思う」彼は言った。

あらたな質問をするまえに、オルガンの演奏がはじまり、わたしたちは列になって礼拝室にはいっていった。わたしはケヴィンと並んでうしろのほうの席に座り、案内係にもらった式次第を見た。

〝ジョージ・キャベンディッシュの人生を祝して〟という文字の下に、彼の数々の業績が並んでいた。それによると、五つのカトリック学校の校長を務め――少なくとも式次第によれば――実に品行方正で得難い人物だったという。鼻を鳴らして咳でごまかし、顔をあげて教会にはいってくる弔問客たちを眺めた。

理事会のメンバーはまえのほうにかたまっていた。クルンバッハー夫妻の隣はデボラ・ゴールデンで、白髪に縁取られた禿げ頭がビーチボールを思わせる長身の男性を連れていた。夫のフランク・ゴールデンだろうか？

全員がふたたび拝廊に出てくるまで少なくとも一時間かかり、弔問客たちはキャベンディッシュの棺を取り囲んだ。わたしは遠くからフランク・ゴールデンを観察した。腕時計を何度も見ている。数分すると、棺から数歩下がり、マーティがそれにつづいた。

ケヴィンはトイレに行っていたので、わたしは彼らが立っているキャベンディッシュの棺の近くににじり寄った。

「何も問題はないか？」マーティ・クルンバッハーがきいた。

「ああ」ゴールデンが言った。「店のほうはどうなった？」

「箱はあらかた運び出した」クルンバッハーは言った。「売るのはやめるか？」

「あのブツをさばき終えたら、調合をやり直す」ゴールデンが言った。

「あとどれくらい残ってる？」

ゴールデンが答えるまえに、キャスリーンがお化け屋敷の悪霊のようにわたしのまえに現れた。わたしはぎょっとしてあとずさった。

「お嬢さんに診断を受けさせることについてちゃんと考えた？」彼女は大きな声で尋ねた。わたしは彼女から身を引いて、クルンバッハーとゴールデンのほうをちらりと見た。今やふたりともわたしを見つめていた。

「なんのこと？」わたしはさらにあとずさりながらきいた。

「絶対そうするべきよ。それと、たまたまガールスカウトでクッキー係をさがしてるんだけど、あなたにやってもらえればお嬢さんをサポートするのに申し分ないんじゃないかと思うわ。たいへんな仕事だけど、隊にとってはとても重要だし、母親がそういう重要な地位にいると、お嬢さんが交際するうえで大きな助けになると思うから」

「考えさせて」わたしはあたりを見まわしてケヴィンをさがしながら言った。「まえにも言ったけど、エルシーと相談してみるわ」

「そういうことは親が決めるべきじゃない？」キャスリーンがきいた。「あの年齢の子供たちは導いてやる必要があるのよ」彼女はホットドッグの屋台をかぎつけたピットブルのようにまた詰め寄った。わたしはまたあとずさりし、何か硬いものにお尻をぶつけてよろけた。ヒールが傾(かし)いでしまい、バランスを取ろうとして、反射的にそこにあったものをつかんで体を支えた。

運の悪いことに、つかんだのはキャベンディッシュの棺の角だった。

そのあとの五分間は六時間ほどにも思えた。棺が横に傾いて、みながいっせいに息をのんだ。わたしはもう一方の手を伸ばして棺を元に戻そうとしたが、どういうわけかはずみをつけることになってしまったらしい。

マホガニーの棺は緑色のカーペットの上に横向きに倒れ、弔問客たちが飛びのいた。棺の下半分を隠していたふたが開き、キャベンディッシュが拝廊の床に転がり出て、教会にいただれもがTバックを穿いたお尻をもろに見ることになった。

しばらくのあいだあたりはしんと静まり返り、全員の目が青白いふたつの肉の小山に釘付けになった。やがて、押し殺したような悲鳴が聞こえたかと思うと、クレシダ・キャベンディッシュが気を失い、夫を追うように床に倒れた。

24

葬儀屋をふくめ四人がかりでキャベンディッシュを棺に戻した。みんなでできるかぎり彼の身なりを整えているあいだに――幸いTバックがずれることはなかった――別のグループがクレシダ・キャベンディッシュを信徒席に運んで寝かせた。カーペットにこすれたせいでキャベンディッシュのファンデーションはいくらかはげ、口が開いて不安になるほどうつろな顔つきになっていた。わたしはあごを元に戻そうとしたが、閉じたままにはならず、仕方なくネクタイだけまっすぐにしてうしろにさがった。その場でとけて消えてしまいたいと思いながら。

棺から離れ、氷のような沈黙に迎えられた。正面扉に向かっていると、困惑した様子でケヴィンが戻ってきた。

「何があったの?」彼はきいた。

「棺を倒しちゃって」わたしはもごもごと言った。

ケヴィンはキャベンディッシュのほうを見やった。今や弔問客は棺を遠巻きにしていた。キャベンディッシュのむき出しのお尻を見たせいで避けているか、でなければ棺がまた倒れるのを恐れているのだろう。

「彼、Tバックショーツを穿いてた」わたしは付け加えた。「きみっておもしろいね。新入生保護者オリエンテーションのとき、どうしてあんな短パンを穿いていたのかもまだ気になってるんだけど」

ケヴィンは笑いと咳の中間のような声をあげた。

「話しても信じてもらえないと思うわ」肩越しに振り返ってわたしは言った。まるでわたしを見ていなかったかのように、だれもが即座に顔をそむけた。「わたしは消えたほうがいいみたい。ミセス・キャベンディッシュが回復したら、申し訳なかったと伝えてもらえる？」

「わかった」彼は言った。わたしは巨大な正面扉からするりと抜け出した。教会から出られてこれほどうれしかったのは人生で初めてだった。

いい面を見れば、少なくともガールスカウトのことでキャスリーンに悩まされることはなくなったわ、とミニバンに乗りこみながら自分に言い聞かせた。


午後は母がエルシーを学校まで送ると言ってくれたので、わたしはブッバ・スーの家を経由して〈プリティ・キトゥン〉に向かった。キャベンディッシュの葬儀でうっかり引き起こしてしまったぞっとするシーンと、エルシーのフライフォンを交互に頭に思い浮かべながら。いったいだれが死体にTバックの下着なんか穿かせたのよ？　サウス・ラマール方面に出ながら思った。彼の遺言のひとつがそれだったとか？　でも、もっとまずいことになっていた可能性もあるのよ、と自分に言い聞かせた。まだアクアマンのタイツを穿いていたかもしれないんだから。とはいえ、キャスリーンの言い分はもっともだ。今朝のわたしは娘の社会生活のために何ひとつしてやれていない。せめてフライフォンを取り戻してやらなければ。

だが、車で通りかかったとき、運悪く依頼人の元夫は芝刈りをしていた。ショットガンは持っていないが、芝刈り機がそばにあるので、わたしは頭を低くして通りすぎた。それに、今は豚に縄をかけるための服装ではない――薬を飲ませて縄をかける方法もまだ調べていなかった。

〈プリティ・キトゥン〉のまえに車を停めたとき、駐車場にピーチズのビュイックはなかった。今日の脱毛サロンは繁盛しているようで、悲鳴やうめき声のコーラスは〈ディズニーワールド〉のホーンテッドマンションを思わせた。

留守番電話のランプが点滅していたが、メッセージを聞くのが怖かった。ブンゼン刑事からだったら聞かぬが花だ。代わりに、デスクのまえに座って、グーグルで〝豚の鎮静化〟を調べ、そのあと十五分はブッバ・スーの体重を見積もることですごした。彼女を傷つけたくはなかったが、怒ったティーカップピッグに体当たりされたくもなかった。ちょうど見積もりを終えたとき、ドアが開いてブンゼン刑事がはいってきた。

「えっと……こんにちは！」わたしは言った。

「あなたは連絡がつきにくい人ですね」ブンゼンはチノパンを引っ張りあげながら言った。

「豚に電話を食べられちゃって」

「今なんと？」

「電話をなくしたんです」わたしはノートパソコンを閉じて言った。実際にあったことを話せば、ばかみたいに聞こえるだろう。それに、不法侵入を知られたくない。豚を誘拐しようとしたことも。「ご用件はなんでしょう？」冷静でプロっぽく見えるように、両手の指で尖塔を作りながらきいた。

「ご友人の名刺からあなたの指紋が出ました」彼は言った。「どうしてでしょうね」

無関心に見えるように肩をすくめた。考えていたのは〝今日はこれ以上悪くなりようがないと思ったのに〟ということだったが。「わかりません」とうそをついた。

プラスティックの来客用椅子に座るよう、身振りで彼に示した。彼は座り、ふたりとも隣からうめき声が聞こえていないふりをした。

「キャベンディッシュが死んだ夜はどこにいましたか？」うめき声が泣きべそに変わると、ブンゼンは質問した。

「家にいました」わたしは言った。

「それを証明できる人はいますか？」

「夜中の三時ですよ」と言ってしまってから、手で口をふさぎたいのをこらえた。

ブンゼンは体を起こしてまえのめりになった。傷ついた鳩を見つけた猟犬のように。「何が夜中の三時なんですか？」

「さあ」わたしは言った。「夜中の三時に何かあったんですか？」

またドアが開き、わたしたちはそっちを見た。シマウマ柄のパンツスーツがまばゆいピーチズだった。「新規のお客さん?」わたしにウィンクしてきく。

「いいえ、こちらはブンゼン刑事よ」わたしは言った。「ブンゼン刑事、ピーチズ・バーロウです」

「まえに会ってるわよね。いつでも歓迎よ」彼女はぽっちゃりした手を差し出した。

ブンゼンは立ちあがって握手をした。「おたくの調査員がなかなかつかまらないので、寄ってみようと思いましてね」彼はそう言ったあと黙りこんだので、お隣の悲鳴が響きわたった。ピーチズもわたしも思わずたじろいだ。「おもしろい場所にあるオフィスですね」彼は言った。

「安く借りられるのよ」ピーチズが言った。「ここで聞いたって言えば、半額にしてもらえるわよ」

「かならず妻に伝えますよ」彼は言った。

「お尻のほうの毛にも定評があるのよ」彼女は言った。「当然だけど。でも、ワックス脱毛してもらうために来たわけじゃないわよね」自分のデスクの向こうにまわり、どさりと椅子に座った。「わたしたちに何をしてもらいたいの?」

「ジョージ・キャベンディッシュの殺害現場でピーターソンさんの友人の持ち物が見つかりました」

「警察は殺人と考えてるのね?」わたしはきいた。

「そう考えるのが妥当でしょう」彼は言った。「状況から言って」

「どういう状況なの？」

「それを話してもらえると思ったのですが」何も知らないふりをするわたしに、彼は言った。ピーチズは足を組んだ。「その持ち物というのはなんなの？」

「名刺よ」わたしは言った。「このあいだの朝、〈スターバックス〉でコピーを見せられたの」

「だれの名刺？」純粋に興味を惹かれた様子で彼女はきいた。さすがだ。

「ベッキー・ヘイルです」ブンゼンは答えた。

「きっと彼にわたす機会があったのよ」わたしは言った。

「それも考えられます」ブンゼンは言った。「でもそうではないという気がするんです」

「それで、死因はなんだったの？」おしっこ漬けになっているあいだに銃で撃たれたとは知る由もないかのようにわたしはきいた。「今朝の葬儀で、棺のなかの彼はきれいな顔をしてたけど」

「そのこともききたいと思っていました」

そのときひとしきり銃声が響いて、わたしは答えずにすんだ。ピーチズもブンゼンもすばやくデスクの下に隠れ、シマウマ柄とチノのボールになった。「伏せて、マージー！」ピーチズが手を伸ばしてわたしの脚を引っ張りながら、語気荒く言った。わたしがうしろ向きに倒れ、床に着地したとたん、また何発か銃声がした。

椅子のうしろにしゃがんでいると、銃の撃鉄を起こす音がして、ブンゼンがデスクの下から這い出て窓に向かった。彼が窓にたどり着いたとき、駐車場でタイヤのきしる音がした。

「どうなってるの？」わたしはきいた。

「逃げられた」ブンゼンは言った。

「ナンバーはわかる？」ピーチズがきいた。

「いいえ。見ることもできませんでした。赤い車でした」

「車種は？」わたしはきいた。

「中型車です」まだ窓の外を見ながら彼は言った。「カムリかレクサスあたりですね。よくわからないうちに角を曲がってしまった」

「みんな大丈夫？」

「だれもけがはないようですね」わたしたちを見て彼は言った。「ところで、あなたの車の車種は？」

「ダッジ・キャラバンだけど」わたしは言った。

「やっぱり」彼は立ちあがってチノパンの汚れを払うと、電話に手を伸ばした。

「どうして？」

「タイヤがまだ保証期間中だといいんですが」彼は言った。

災難にあったのはタイヤだけではなかった。外に出て、穴のあいたミニバンを眺めて立ち尽くしていると、遠くからサイレンが聞こえてきた。割れたガラスが歩道できらめき――リアウィンドウが吹き飛ばされていた――後部に銃弾の穴が十個あった。タイヤは四つのうちふたつがパンクしていた。

「ミニバンにうらみを持ってる人がいたみたいね」ピーチズが言った。ブンゼンはしゃがんで銃弾の穴を調べた。

「あるいは私立探偵にうらみを持っている人か」ブンゼンが意見した。「こんなことをする人間に心当たりは？」

「だれも思いつかないわ」歩道が放射する熱にもかかわらず、さむけを感じながらわたしは言った。だれかがわたしにメッセージを伝えようとしたのだろうか？　もしそうなら、だれが？　ピーチズのほうを見ると、彼女はわずかに首を振った。

「使われたのはどんな銃？」ピーチズがきいた。

「セミオートマチックですね」彼は言った。「メッセージは明白です」彼は車のまわりを歩いた。「あなたをあまり好ましく思っていない人のようだ。今はどんな案件を手がけているんです？」

「このあいだ浮気調査を一件やったけど、その依頼人との契約はもう切れてるわ」

「そうでしょうね」彼は冷ややかに言った。「その依頼人に撃たれるかもしれない理由はありますか？」

「わたしの知るかぎりはないわ」わたしは咳払いした。「豚誘拐事件も担当してるけど」

「今なんと？」

「豚がいなくなったの」ピーチズが説明した。「依頼人が元夫に盗まれたのよ。それを取り戻そうとしてるところ」

ブンゼンは片方の眉を上げた。「あなたの電話を食べたというのはその豚ですか？」

幸い、そのときパトカーが駐車場にはいってきたので、わたしは答えずにすんだ。〈プリティ・キトゥン〉の経営者のワンダ・シュワーツが、ハイヒールをコツコツ鳴らしながら歩道を歩いてわたしたちのほうにやってきた。「何があったの？」彼女はきいた。「ブラジリアンの最中だったから見逃したわ」

「だれかがマージーのバンを撃ったの」ピーチズが言った。

ワンダのフレンチネイルの手が、ネックレスの胸元にとんだ。「ひどい！　でも、店のウインドウを撃たれなくてよかったわ」彼女はピーチズを見た。「オフィスをまた貸しするのがそんなに危険だなんて知らなかった。うちのお客さんたちが怖がってたわ」

「ごめん」

「ねえ」ワンダは細い腕を組んだ。「これってちょくちょくあることなの？」

「そんなことないわ」ピーチズは言った。「これが初めてよ」

そのとき、パトロール警官のひとりがピーチズのビュイックのボンネットに手をすべらせた。「トニーはさすがだな。バットのあともきれいに直ってる。まるで新車みたいだ」

ワンダはピーチズを見た。「バットのあと？」

「柄の悪い界隈でね」ピーチズが言った。「チンピラに襲われたの。どうすることもできなかった。それはそうと、依頼の電話がじゃんじゃんかかってきてるから」とワンダに言って、彼女は板ガラスのウィンドウのほうに戻った。警官のほうを見て言う。「何かわかったら知らせてくれるわよね？」

「わかったよ、ピーチズ。きっとまたすぐに会うことになると思うし」警官がそう言うと、彼の相棒が大笑いした。

ボスはおざなりに手を振ると、ブンゼンとパトロール警官ふたりのもとにわたしを残して建物のなかに消えた。

「わたしのバンを証拠品として押収したりしないわよね」わたしは言った。「午後にふたりの子供たちを迎えに行かなきゃならないんだけど」

「置いていってもいいですが、すぐにはどこにも行けないと思いますよ」ブンゼンはパンクしたタイヤを示して言った。「車両保険はレンタカー代も出るタイプですか？」

わたしはため息をついた。「調べてみるわ」

25

車両保険にレンタカー代も含まれていたのはありがたかった。だが、残念ながら営業所に残っていた唯一の車は、靴箱ほどの大きさの電気自動車だった。

「もう少し大きいのはないの？」わたしは接客係にきいた。すべての語尾を上げるというい らいらする癖を持つ若い男だ。

「街なかではとても便利ですよ？」彼は歌うように言った。「当店にこれがあってあなたは幸運ですよ？」

小さな車――日産リーフ――のドアを開けて、なかをのぞいた。「チャイルドシートを入れたら、リュックはどこに置けばいいの？」

「ああ、広いトランクがありますよ？」接客係はハッチバックを開いて、一平方メートルほどの収納スペースを見せた。

わたしはため息をついた。「ほんとにほかにはないの？」

「ほかにあるのはハマーだけで、一日につきあと百ドルかかります」

ドールハウスサイズのトランクをじっと見つめた。ブッバ・スーをつかまえることができたら、後部座席に乗せなければならないだろう。トランクにははいりそうもない。「これでがまんするしかないみたいね」とわたしは言い、十分後にはエンジンからミシンのような音をさせながらホーリー・オークスに向かっていた。うしろからこっそりしのび寄りたかったら、この車を運転するべきだろう。

ミニバンでも場ちがいに感じていたが、準小型の電気自動車を運転しているとエイリアンになったような気がした。オースティンは環境に配慮する町だと言われているにもかかわらず、ホーリー・オークスの保護者たちの車はほとんどがハマー寄りだった。それもラグジュアリーなハマーだ。

駐車場に車を入れると、轟音をあげるポルシェ・カイエンやキャデラック・エスカレードなどの、巨大で高価な獣に囲まれたこびとになったような気がした。じりじりと正面玄関に近づいても、わたしが手を振るまでエルシーは動かなかった。

「ミニバンはどこ？」チャイルドシートに体を押しこんでリュックを膝に置くと、エルシーはきいた。ことばだわ！　ことばを使ってる！　わたしは最高のママの笑みを浮かべた。

「実は……今日の午後、事故にあったの。修理に出してるのよ」

「あたしのフライフォンは？」

「さがしてるわ」わたしは車を出しながら自信なさげに言った。

「フライフォンを返して」エルシーはそう言うと、腕を組んでまえのシートを蹴った。「この車きらい。ホーリー・オークスもきらい。グリーン・メドウズに戻りたい」

そして娘は泣きだした。

家に着くと母はいなかった。キッチンテーブルに〝フードバンクに行きます。お夕食はオーブンのなかよ！〟というメモがあった。〝六時まえに戻ります〟とのことだ。

エルシーは泣きやんでいたが、まだご機嫌といえる状態ではなかった。学校で何があったのか話してくれないので、娘の担任に急いでメールしてから、おやつになりそうなものをさがして戸棚をあさりはじめた。

「おばあちゃんはどこ？」リンゴを切っているわたしにニックがきいた。

たいした成果もないまま、捜索はすぐに終わった。ありがたいことにリンゴはまだ推奨おやつリストにはいっていた。食料雑貨店に寄って、リッツクラッカーやフルーツロールアップのような保存がきく食べ物を買いこむこと、と頭のなかにメモした。トランクのなかに収めることはできないだろうが、グラブコンパートメントにならスペースがあるかもしれない。

「用事で出かけたみたいよ」わたしは答えた。

泣いたせいでまだ目を赤くしたエルシーが小さな鼻にしわを寄せた。「何この変なにおい？」

「なんのこと？」オーブンからただよってくる硫黄（いおう）のような悪臭に気づいていないかのように、わたしはきいた。

「またトイレみたいなにおいがする」ニックがリンゴを口いっぱいに詰めこんで言った。

「ルーファスがまたトイレを失敗したのよ」わたしは言った。ルーファスといえば、母が来て以来、あまり姿を見ていない。わたしと同じようにパントリーが空っぽになったことに心的外傷を受けたか――あるいは母がえさにケールチップを混ぜようとしたのだろう。それともヴィーガンのキャットフードなんてものがあるのかしら？「宿題がある人は？」わたしはきいた。

エルシー――ピンクの首輪をつけて、自ら犬用ベッドと呼んでいるソファのクッションの上でまるくなっている――がうなった。

「もしあるなら、寝るまでに終わらせるのよ」わたしは言った。返事はない。オーブンにしのび寄って扉を開けると、アブラナ科の植物特有のにおいがする熱気の波が襲いかかった。中段にブラウニー用の天板があったが、そのなかのねばねばした緑色の物体は、ブラウニーとは似ても似つかなかった。急いで扉をバタンと閉め、オーブンからあとずさった。外は暑いが窓を開けたくなった。

「何がはいってるの？」ニックがきいた。

「テレビの配線が直ったか見にいきましょう」わたしはそう言って、息子をキッチンから連れ出した。ニックを列車のおもちゃと『きかんしゃトーマス』のまえに座らせ、エルシーにお気に入りのロープのおもちゃを投げてやると、キッチンに戻って電話の子機をつかんだ。

三度目の呼び出し音でベッキーが出た。

「マージーよ」寝室に引っこみながら言った。

「一日じゅう電話してたのよ！」彼女は言った。

「ごめん。なかなか家にいられなくて。ブンゼンに悩まされてるの？」

「今日の午後電話してきて、いろいろきかれたわ」

「〈ピーチツリー探偵社〉にも来た」今日の出来事について話した――葬儀での大失敗と車が銃撃されたこともふくめて。

「あなたが車に乗ってないときでよかった」彼女は言った。「マージー、なんだか物騒になってきたわね」

「そうね」

「あせってきてる人がいるのよ。車が撃たれたのが仕事場でよかったわ、家じゃなくて」

わたしはそれを思って身震いした。「そもそもどうして撃たれなきゃいけないのよ？」

「ホーリー・オークスで何が起こってるか、あなたに知られたくないと思ってる人がいるのよ。あなたが立ち聞きしたり首をつっこんだりしてるのを見て、手を引けと言ってるんだわ」

「実は、職員室の鍵を持ってるの」わたしは言った。「今夜しのびこんで調べるつもり。〈闘う妻たちの会〉の会合のあとで」

「なんの会合ですって？」

「例の〈男らしさへの旅〉のサポートグループよ……ゲイになるまいとしてる人たちの奥さんのための。ブレイクに行ってほしいって言われたの」

「ワオ。今夜相棒はほしくない？」ベッキーがきいた。

わたしはベッドの縁に腰をおろした。「リックも服装倒錯者とつきあってるの？」

「その会合じゃないわよ、おばかさん。学校のほう」

「例の入学関連のファイルをまた見たいだけじゃないの？」

「ちがうわよ。あの学校の実態をつきとめて、また《ピカユーン》に投書したいの。もちろん入学関連のファイルは見たいわよ——だれかさんがわたしの名刺をジョージ・キャベンディッシュのタイツの上に残していったせいで、何度も警察の訪問を受けることになったんだもの」

わたしはため息をついた。「会合は七時から九時よ」

「終わったら迎えにきて」ベッキーは言った。「ところで、お母さんとの暮らしはどう？」

「子供たちの世話に関してはすごく助かってるけど、食べ物のことがちょっと問題になってきてる。うちにあったものをほとんどフードバンクに持っていっちゃったの。カロリー補給のために、子供たちにこっそりファストフードを食べさせなきゃならない始末よ」

「お母さん、どれくらい滞在するの？」

「一週間。そんなに持ちこたえられるか自信ないわ。少なくともブレイクはいないから、寝室はいっしょに使わなくてすむけど、彼が戻ってきて、その……ロマンティックな関係を求められたらどうすればいいの？」

「自分としてはどうなの？」

わたしは身震いした。「オランウータンと寝るほうがまし」

ベッキーはため息をついた。「いずれどうにかしなくちゃならないのよ。あと二十年も尼さんみたいに暮らすわけにはいかないんだから」

「わかってるわよ」わたしは言った。「でも、なんとかやってみるって彼に言ったんだから、そうする。離婚が子供たちに与える影響を考えたくないの」

「自分のことも考えなくちゃだめよ」彼女はわたしに思い出させた。「それに、いつまでも若くてきれいなわけじゃないんだから」

顔をあげて鏡に映った自分を見た。若くてきれい？　目の下には食料品を入れられるほど大きなたるみがあるし、できることならウエスト捜索隊を出したい朝もあるのに。「本気で言ってるの、ベッキー？」

「兄貴はそう思ってるわよ」彼女は思わせぶりに言った。

マイケル。彼のことを思っただけでちょっとときめいたが、急いで打ち消した。今はそういう話をしたくなかった。取り組まなければならないもっと重要なことがあるのだから。ミニバンにあいた銃痕をふさぐとか、娘にフォークで食事をさせるとか。もちろん、ベッキーとピーチズと自分を刑務所送りにしないことも。「まずサポートグループの会合に行くわ。それからふたりでホーリー・オークスにしのびこみましょう」ベッドの縁から立ちあがってクローゼットのドアを開け、サポートグループの会合のあとで泥棒にはいる夜には何を着ればいいだろうと考えた。「わたしの私生活について話すのは、アクアマンを殺した犯人をつきとめてからよ」

「泣かせるわね」ベッキーが言った。

「会合が終わったら電話する」

「携帯はないんでしょ」彼女が思い出させた。

わたしはうめいた。

「じゃあ九時二十分にしましょう」ベッキーが言った。「少し前後してもいいわ。リックにはあなたと飲みにいく必要があるからって言っとく」

「うそではないわね」わたしはそう言って電話を切った。


〈男らしさへの旅〉のサポートグループ〈闘う妻たちの会〉の会合場所は、町の南地区にあるバプテスト教会の集会ホールだった。小さな車から降りてドアを閉め、黒いカーディガン――泥棒には黒っぽい色がいいと思ったし、手持ちの衣類のなかでいちばん上等だったので――を直した。駐車場がまだ三十度以上あるからってなんなの？

これから起こることに身がまえつつ、金属製のダブルドアに向かいながら、母や子供たちと家にいるよりはましかもしれないと思った。ブロッコリーと芽キャベツのキャセロールは大好評とはいえなかった。母でさえ食べられないと認め、ありがたいことにピザの出前を取ることを許してくれた（もちろんエルシーはソースなしのチーズだけピザだ）。

「それはどういう集まりなの、マージー？」キャセロールの中身がはいったゴミ袋を縁石に出して戻ってきたわたしに、母が尋ねた。においがひどすぎてビニール袋に入れただけでは耐えられなかったのだ。「エルシーの……犬への執着に関するもの？」声をひそめてきく。

「そうじゃないの」わたしは言った。そして「ええと……関係性についてのものよ」とたどたどしく付け加えた。

「あの子のことがとても心配だわ」母は言った。「原因のひとつに栄養があるのはわかってるけど、それだけではないと思うの。今の学校はほんとうにあの子にふさわしい場所なのかしら？」

「学校に行きはじめてまだ三日よ」わたしは言った。

「でも、自己表現の機会がないみたいじゃない」母は腕のバングルを押しあげた。「チェックのジャンパースカートにネイビーのポロシャツなんて……アクセサリーとして犬用の首輪をつけたくなっても不思議はないんじゃない？」

「学校がはじまるまえからつけてたわよ」わたしは思い出させた。

「そうだけど、環境の変化によるストレスがあの子にいいわけないわ」母はアーティチョークとアスパラガスのピザをもうひと切れ取った。「こういうことはいつからはじまったの？」

「去年の夏ごろよ」わたしは言った。「フィフィと呼んでくれと言って、グラスの代わりにボウルで水を飲むようになったのは」わたしはため息をついた。「グリーン・メドウズ幼稚園のお友だちに咬みついたこともあった」

母は顔をしかめた。「あいたた」

「その子もそう言ってた」

今日の昼間にわたしがやっていたように、母があごの下で両手の指を屋根のように合わせると、バングルが腕をすべり落ちてチャリンと鳴った。「あなたとブレイクのあいだはどうなっているの？」彼女はきいた。「あなたたちのオーラは少し……くもっていたようだけど」

わたしは椅子の上で座り直し、手を伸ばしてピザをもうひと切れ取った。「ねえ、わかるでしょ。どこの家庭だって同じよ」明らかにちがうところはいくつかあるけど、今それを母に言う必要はない。ヨガ・ヴィーガン・タントラ・セックス・カウンセリングを受けさせようとするか、牡蠣とアーティチョークを食べるよう指示されるだろうから。「子供がいると、どうしても子供中心になっちゃうし」

「それは夫婦の関係にとってよくないわ」母は言った。「お父さんとわたしはお互いの関係を重視しなかった。わたしはそれをずっと後悔しているの」

母が来てからほとんどいっしょにすごしていないし、母がわたしと子供たちのためにしてくれたことを感謝するべきなのもわかっていたが、失敗した両親の結婚の分析は、今もっともしたくないことだった。わたしは顔をしかめて罪悪感をのみこんだ。「いっけない」腕時計を見ながら立ちあがって言った。「もうこんな時間？　わたし、行くわね、お母さん」

母はため息をついた。「あなたのことが心配だわ、スウィートハート」

「ありがとう。心配してくれるお母さんを愛してるわ」そう言って短いハグをする。「子供たちの世話を手伝ってくれてほんとうに感謝してる。たぶん帰りは遅くなるから、何かあったら電話して」

「一日じゅうあなたに電話してたのに、出てくれなかったわよ」

「ああ、そうか。そうよね。電話は……なくしたんだった」

「マージー、マージー、マージー。どうすればそんなふうに何もかもこなせるの？」

何もかもをこなす？　わたしよりうまくいろんなことをこなしてる統合失調症患者に会ったことだってあるのに。ひとしきりばか笑いをしたあと、さらなる尋問から逃れられたことに感謝して、裏口から外に出た。

ダブルドアを押してコーヒーと賛美歌集のにおいのする集会所にはいりながら、ちょっと不安になった。円形に置かれたプラスティックの椅子から、気落ちした様子の女性たちがいっせいにこちらを見たときも、その気持ちはつづいていた。

「こんばんは！」グループのリーダーが歌うように言った。つややかな黒髪にあざやかな赤のスカートスーツの、ぽっちゃりした朗らかそうな女性だ。まっすぐ立っていられるのが不思議に思えるような、十五センチのスティレットヒールを履いている。「〈闘う妻たちの会〉の集まりにいらしたのかしら？」

「あ、はい」空いている席に近づきながらわたしは言った。

「ようこそ！」そう言った女性の笑顔はあまりにもまぶしくて、わたしは目を細めたくなるのをこらえた。「わたしは〈闘う妻たちの会〉会長のバービー・フォード。ちょうど今開会の祈りをはじめようとしていたところよ」

26

バービーが祈りを唱えはじめると、わたしは座って頭(こうべ)をたれた。部屋のなかにたちこめる花のにおいは、古いコーヒーとほこりっぽい紙のにおいといい勝負だった。おかげで鼻がむずむずした。

「親愛なる神よ」バービーは唱えた。陽気な口跡は陰鬱(いんうつ)な声に変わっており、わたしは思わず別の人が祈りを先導しているのかと確認してしまった。「わたしたちが女性性を身につけることで、夫たちを罪の道から救い出し、罪深い習慣をやめさせられますように。邪悪なものに堕落させられていることを夫たちに理解させ、祈りによって、そしてわたしたちと同じ道を進むことによって、過去の傷は癒されることを理解させられますように。わたしたちがもっと魅力的になるよう努め、罪深い欲望を退けようとする夫たちの支えになれますように」彼女は深呼吸をしてからつづけた。「キリストの名において、アーメン」

けげんそうな表情——あるいは、少なくともむっとしたような顔つき——を見ることになるのだろうと思いながら顔をあげたが、みんな……どういうわけか悔やんでいるような顔つきだった。

いま聞いたばかりの祈りについて考えてみた。罪の道？　罪深い習慣？　もっと魅力的になるよう努める？　〝過去の思い出を振り返る木曜日(TBT)〟（SNSで使われるハッシュタグ）というのは聞いたことがあるが、バービー・フォードはどう考えても中年だ。

　もちろん、夫がコルセットをした男性に惹かれる原因が、いくらかはわたしにもあるのではないかという考えに苦しんではいる。異性愛の妻たちは自分を責めるものらしい。ネットのフォーラムでさんざん読んだから、それはわかっている。夫が自分に魅力を感じない――感じることができない――と知るのはつらいものだ。でも、彼が男性に惹かれることを〝邪悪〟と思ったことなどないし、厚底のスタックヒールを履いてヴィクトリアズ・シークレットのランジェリーを身につけ、髪をブローすれば、ブレイクを異性愛のチームに〝コンバート〟できるとも思っていない。それより、わたしがいちばん苦しんでいるのは、自分が夫を選ぶうえで明らかに判断力を欠いていたことだ。ブレイクがゲイだなんて思いもしなかった。ほかにどんなまちがいをしてきたのだろう？　それに、今後また異性とデートするようになったとして、どうすれば同じまちがいをせずにすむのだろう？

　だが、わたしは少数派らしい。ほかのメンバーをうかがうと、みんな明らかに超がつくほどフェミニンな装いをしていたからだ。わたし以外の全員がスカートかワンピース姿で、カシミアセーターに真珠のネックレスのひとりをのぞいて、〈レインボー・ルーム〉の火曜の夜恒例ドラァグクイーン対決(ショーダウン)に出場する女装男(トラニー)たちよりも厚化粧をしていた。

　しかもそのなかの三人は聖書を抱きしめていた。

「さあ」バービーはライオン使いのように椅子の周囲を歩きながら言った。彼女が通りすぎるとフローラル系の香水が強く香り、鼻がむずむずした。「まずは新しいメンバーの紹介からはじめましょう」彼女は期待するような笑みをわたしに向けた。

「どうも」わたしは言った。「マージーです」それで役目は果たしたものと思ったが、バービーはなおも期待するような目で見つめつづけている。鞭を持っていたら、ピシリと鳴らしそうだ。

「どうして〈闘う妻たちの会〉に参加しようと？」

いったい彼女はなんのためにわたしが〈闘う妻たちの会〉への参加を考えたと思ったのだろう？　水曜日の夜のあらたな楽しみをさがしていたとでも？「ええと、今うちの夫が〈男らしさへの旅〉に参加していて、このグループの会合に出るようにと言われたので」わたしは無理に笑顔をつくった。「それでここに」

「ああ、〈男らしさへの旅〉に行ってるのね？」女性のひとりがやさしい声で言った。彼女の花柄ワンピースのレース襟は、糊のききすぎで首まわりから三センチほども浮きあがっていた。「フレッドも何カ月かまえに参加したの。帰ってきてからは、一度もノートパソコンでホット・ホームボーイ・ドットコムにアクセスしていないわ」

「それはすばらしいニュースね！」バービーがにっこりした。「携帯電話もチェックした？」

「いいえ」女性は襟をまっすぐにしながら不安そうに言った。「それは考えなかったわ」

「きっと大丈夫よ」バービーは励ますように言った。「あのプログラムはとても効果があるの。夫たちはね」彼女はわたしに向かって言った。「たいてい……幼いころの悲しい出来事で傷ついているの。それによって男らしさを示すことができなくなっているのよ」

「悲しい出来事？」わたしはきき返した。わたしの知るブレイクの過去を思い返して、高校一年生のときにサッカーの代表チームに選ばれなかったのかしら、と思いながら。「例えばどんな？」

「よく言われることとよ。性的虐待、暴力、父親の不在……こういった経験をすると、男性は服従的、女性的役割を選びがちになるの」

わたしは咳払いをした。「服従的？」ブレイクにはいろいろな面があるが、服従的な面はなかった。少なくとも、わたしの見たところでは。

バービーは賢しげにうなずいた。「だから男らしさの再訓練が大切なの。そして、わたしたちには女性らしさを強調するためにさらなる努力が必要なのよ」

「よくわからないんですけど」わたしは言った。「男性が同性に惹かれまいと努力しているなら、より女性らしい装いをするのは……逆効果なんじゃありませんか？」

「あのね、わたしたちは彼らの役割を強固なものにしなければならないの」バービーは言った。「夫たちが『マンデーナイト・フットボール』を見たいと思えば、リビングルームは彼らのもので、わたしたちはビールとポテトチップを用意する。彼らの役割を奪うのでなく、家庭での決断をしやすくしてあげるの。そしてもちろん、いっしょに教会に通う――これは結婚生活を維持するうえでとても重要なことよ」

バービーにききたいことがたくさんあった。タイツ姿のたくましい男たちがフィールドを走りまわり、お互いのお尻をたたき合うのを見ることが、どうして同性同士の性的ファンタジーを抑えることになるのか、とか。どうして教会に行くと、夫のサテンドレスの男性に惹かれる気持ちが魔法のように消えるのか、とか。といっても、わたし自身がサテンドレスを着てみたことはないので、やってみる価値はあるのかもしれない。だが実のところ、夫をわたしと寝ようという気にさせることには、金魚を誘惑しようとするのと同じぐらいそそられなかった。でもブレイクに彼を支えると言ってしまった手前、口を閉じていた。

「ジャッキー、ポールとのあいだに何か進展はあった？　ヴィクトリアズ・シークレットでの買い物は、寝室でのいとなみに役立ったかしら？」

黒のシースドレスにこれでもかという厚底ヒールを履いた、ちょっぴり太めの女性、ジャッキーは赤くなった。「あなたに言われたとおり、プッシュアップブラとガーターベルトを買ったけど、あまりうまくいかなくて」彼女は恥じ入るようにうつむいた。「頭痛がすると言われたわ」

「そう」バービーは言った。「では、もう一度やってみて。今度はちがう色で」

「ええ」ジャッキーは弱々しい笑みを浮かべて言った。

バービーはピンクのツインニットにカーキのスカート姿の年配の女性に注意を向けた。女性は趣味のいいメイクをしていた。実際、ちょっと義母のプルーデンスを思わせた。義母よりも悲しげではあったが。「あなたはどう、アン？」明るいリーダーは尋ねた。

「ええと、わたしは……長いことひどく孤独でした」彼女は真珠のネックレスをさわりながら言った。「でも……こんなことを言うと変に聞こえるかもしれないんですけど……友人のご主人が亡くなって……警察は彼が何か変態的なセックスの最中だったと考えているようなんです。それで、異常な状況にいるのはわたしだけじゃないんだと思って」

「男性とのセックスということ？」バービーがきく。

年配女性の頰が微妙に赤らんだ。「よくわかっていないみたいですけど、どうやら……尿が関係していたようで」彼女は鼻にしわを寄せて言った。

わたしは座り直した。〈闘う妻たちの会〉に参加したのは悪くない考えだったかもしれない。彼女が話しているのはおそらくジョージ・キャベンディッシュのことだ。おしっこまみれの死体で発見される男性がどれだけいるというのか？　いくらオースティンでも、かなり普通ではない死に方だ。

アンはため息をついた。「わたしはただ……夫がこういう状態でも……夫婦としてやっていけるんじゃないかと思って」

「その友だちは彼が浮気をしていたことを知ってたの？」わたしはきいた。

「マージーったら！」バービーはさえずるように笑った。「まだあなたの話を聞いてないんだから、質問は待ってちょうだい！」

「わたしの話？」あまり話したくなかった。「それはまだちょっと……生々しくて」わたしは言った。

「話してしまったほうがいいわ」バービーは言った。「ここにいるみなさんは仲間なのよ」

その口調はあまり説得力がなかった。

「わかりました」わたしは深呼吸をした。「夫はセレーナ・サスという名の服装倒錯者と寝ていたんです。さっきも言ったように夫は〈男らしさへの旅〉に参加していて、それでわたしはここに来ました」わたしはアンに向き直った。「あなたの話に戻るわ。友だちはとてもショックだったでしょうね」話を引き出そうと、同情をこめて言った。

「話してくれてありがとう」バービーはわたしに言った。そして、カポカポと靴を鳴らしてアンのところに戻った。「でも、あなたのお友だちのことに関しては、マージーに話すべきじゃないと思うわ。ご主人は男性に惹かれることを克服しようとしているのだから、話したところでその意思を強固にする助けにはならないでしょう。わたしたちはそのためにここにいるんですよ！　ここは安全な空間なんです」

「彼女とはどういうお知り合いなの？」わたしはアンにきいた。

「何年もご近所づきあいをしてるのよ」彼女は言った。「ニュースが新聞に載ったらどうなることかと心配してたわ。たいへんなスキャンダルになるでしょうね」

「彼は高い地位にある人だったのね？」とわたしは言ってみた。

「それは言えないわ」彼女は言った。話を終わらせたいらしい。「もう話しすぎてるし」

「彼女にはもう話さないほうがいいわ」バービーが忠告した。「わたしたちがここにいるのは夫を支えるためで、彼らの罪を世間に吹聴(ふいちょう)して中傷するためではないんですよ！　さあ、あなた」今度はわたしに向かって言った。「結婚生活を維持するためにあなたがしていることについて、話してもらえる？」

「ええと、夫を追い出してませんけど、それぐらいかしら」

わざとらしいしのび笑いが起こった。

「もう少し夫の支えになることを期待していたんだけど」バービーが言った。「エロティックなフットマッサージとか」

「それはやってません」わたしは言った。

「いっしょに聖書を読むことは？」

わたしは首を振った。

「せめて同じベッドでは寝ているわよね？」

「いいえ。夫は書斎で寝ています」昨夜は例外だったけど。救命いかだであるかのように、わたしたちはベッドのそれぞれの側にしがみついていた。

バービーはため息をついた。「ここに来てもらってよかったわ。ご主人があちらにとどまっているのも無理ありません。あなたの結婚生活を修復するにはたいへんな作業が必要なようね！」

いかにも聖人ぶった口調がなんとも不快だった。安全な空間ですって？　見たところ、お腹をすかせたトラのいる穴にはいっていくのと同じ程度の安全さじゃないの。「それならあなたの話は？」わたしは愛想よくきいた。

バービーは目をぱちくりさせた。「なんですって?」

「あなたの経験を聞きたいと思って。あなたのご主人はゲイなの?」

まるでヘビをわたされたかのように、彼女はひるんだ。「まさか! もちろんちがうわよ!」

「それならどうしてわかるの? エロティックなフットマッサージやフットボールやプッシュアップブラに効果があるって?」

「プログラムはじっくり吟味されています」彼女は言った。「ここにいる女性たちだって、イエスとともにこの道を歩みはじめてから、結婚生活に改善がみられているのよ」励ますような笑みを浮かべて女性たちを見まわす。「そうでしょう?」

何人かがかすかな笑みを浮かべた。

「とにかく、今日のプログラムを進めましょう」バービーはそう言うと、靴をカポカポ鳴らしながら部屋のまえに戻って、紙束を取ってきた。「さあ。今日は勤勉な夫にとって天国となる、円満な家庭の作り方に焦点を当てましょう」

彼女は〝良妻の手引き〟なるものを配った。それはコピーした二枚の紙をホチキスで留めたものだった。一枚目で目を引くのは、白いワンピースを着た女性が一九五〇年代のコンロのそばに立ってスーツ姿の夫を迎え、その横ですばらしく身ぎれいなふたりの子供が手をつないでいる、粒子の粗い写真だ。子供はどちらも犬用の首輪をしていないことにわたしは気づいた。

「これ、見たことがある！」アンが言った。「結婚するとき母に持たされたわ」

「結婚して何年になるの？」わたしはきいた。

「四十年よ」

コピーのリストに目を戻した。書き換えられているのは三つ目の項目だけで、もともとは〝夫のために少し快活に、もう少しおもしろみのある人になりましょう〟となっていた。その〝ゲイ〟ということばに線が引かれ、その上にインクで〝チアフル〟と書かれている。

「さて」コピーを配り終えてバービーは言った。「現代において伝統的な役割制度は完全に崩壊しています。最近多くの夫婦が離婚するようになったのはそのためだと言えます。ですが、家庭に調和と幸せをもたらすために妻たちにできることがいくつかあります」

リストに目を通した。提案のひとつに〝教科書、おもちゃ、紙類などをまとめ、テーブルを雑巾で拭く〟というのがあった。わが家ではまずしないことだった。わが家ではたいてい、テーブルの表面すら見ることができないのだ。雑巾で拭くなどありえない。〝子供たちに準備をさせる〟というのも笑止千万だ。説明によると、数分かけて〝子供たちの手と顔を洗い（幼い子の場合）、髪をとかし、必要なら着替えをさせる〟ことが推奨されていた。まじで？日に一度着替えをさせるだけでも重労働なのに、ディナーの準備をしながら子供たちを別の服に着替えさせるなど無理に決まっているではないか。

ほかの女性たちもわたしと同じ反応をしているか確認しようとまわりを見たが、みんな熱心にコピーを読んでいた。手引きに目を戻して、最後から二番目の項目を読んだ。〝夫の行動について質問したり、夫の決断や整合性に疑問を持ってはいけません。夫が一家のあるじであることを忘れないように。そういう思いでいれば、夫はつねに公正かつ誠実でいてくれるでしょう〟ドラァグクイーンとの情事をわたしから隠すために、恐喝されてお金を払うとか？　最後のアドバイスは駄目押しだった。〝妻に夫を問いただす権利はありません〟

冗談でしょ？

もしわたしが問いただささなかったら、ブレイクはいまだにタイツを穿いた男たちに熱をあげ、給料のかなりの額を恐喝の支払いに充てていただろう。このプログラムには、わたしたちを一九五五年に連れていくタイムマシーンが必要だ。

立ちあがって出ていきたくなった。だがそこでアンを見た。彼女はキャベンディッシュの妻を知っている。わたしにはまだききたいことがあった。いま出ていけば、もう機会はないかもしれない。椅子に深く座り、歯を食いしばって、愛想のいい笑みを浮かべた。

実に長い時間だった。服従や口紅や手作りの食事の価値について、さかんに話し合われた。わたしは夕食を作ることは別に苦ではないが、それでもやはり、たとえわたしが魔法のようにジューン・クリーヴァー（一九五〇年代のテレビドラマ『ビーバーちゃん』の母親）に変身したとしても、根本的な問題の解決にはならないだろう。ブレイクの性的嗜好はわたしとは無関係だ。それは朝になれば日が昇るとわかっているように、わかっていた。ひどく悲しくなったのは、まわりにいる女性たちがみんな、夫の普通ではない性的嗜好は妻の落ち度だと言われ、そう信じているらしいことだった。

ようやく――ついに――バービーはまとめにはいった。「たくさん学びましたか、みなさん？」彼女は朗らかにきいた。

ジャッキーがおずおずと手をあげた。

「なんですか、ジャッキー？」

「こういうことはほんとうに効果があるんですか？」彼女はきいた。

「手作りの食事があって整頓された家に帰ってきたくない男性がいますか？」バービーはにっこり微笑んだ。「それに、男性が家のことに関してどんなだかはご存じでしょう。まったくの無知です。彼らにわたしたち女性の価値を示さなければならないのです」彼女はレース襟の女性のほうを見た。「ホット・ホームボーイ・ドットコムですばらしい家政婦を見つけることはできないでしょう？」

ホット・ホームボーイ・ドットコムにアクセスする人がさがしているのは家政婦ではないと思ったが、アンに話を聞きたいので黙っていた。

「さあ、締めの祈りを唱えましょう」バービーが宣言し、わたしたちはみんな頭をたれた。彼女は芝居がかった間をおいてから唱えた。「親愛なる神よ、わたしたちが夫に服従できますように。夫にとっての天国を創造し、女性の価値を示せますように。彼らを異性愛の道に導き、罪の道から引き返させることができますように。アーメン」

〝良妻の手引き〟をたたんでバッグにつっこみ、駐車場でアンをつかまえようと立ちあがった。だがすぐにバービーに声をかけられた。

「参加してくれてとてもうれしかったわ」彼女は言った。粉っぽい香水のにおいに鼻がむずむずした。「プログラムのワークブックはもうお持ちかしら？」

「いえ、まだです」ピンクのツインニットがドアに向かうのを見ながらわたしは言った。

「この申込用紙に記入してくれたら、つぎの集会のときに一冊用意しておくけど」せかせかと書類置き場に行き、紙束をめくりはじめる。「たしかこのへんにあったはずよ」

「あの、わたし、もう帰らないと」くしゃみをこらえながら言った。「ネットで申しこめますよね？」

「いいえ。ここにあるのはわかってるんだけど……」そう言っているうちに、アンはドアの向こうに消えた。

「ほんとにもう行かないと」わたしは言った。

「でも――」

「さよなら！」わたしはそう言うと、アンを追って駆けだした。

27

アンがメルセデスのドアを開けようとしているときに追いついた。「あなたに会えてほんとうによかったわ」猛ダッシュに息を弾ませながらわたしは言った。

彼女はけげんそうな顔でわたしを見た。

「ええと……あなたがとてもうまく物事に対処していて、すごく励みになったっていうか」わたしは言った。「とても冷静で……感心しました」

かすかな笑みが浮かんだ。

「バービーも言ってたけど」わたしは言った。「このことについて他の人に話せないのはすごくつらいの。この状況をほんとうに理解してくれる人たちと出会えてとてもうれしいわ」そこで間をおく。「それで思ったんですけど、そのうちいっしょにコーヒーでも飲みませんか？」

アンは少し考えてから、カシミアをまとった肩をすくめた。「いいわよ」

「よかった」わたしは言った。「連絡先を教えてもらえます？」

彼女はバッグから名刺を出して、わたしに差し出した。アン・ザップという名前と、人気のウェストレイクの住所が書いてあった。職業はない。

「ありがとう。今週中にお電話します」

「わかったわ」彼女は言った。

「最後にもうひとつだけ」わたしは言った。ばかげた質問だし、きけば変に思われるだろうが、どうしても知りたかった。「あなたの友だちですけど……どんな車に乗ってます？」

「レクサスよ」彼女は言った。

「赤ですか？」

「ええ、そうよ」彼女は不思議そうに言った。「どうしてわかったの？」

「えっと、その、超能力があるんです」名刺をポケットにしまいながら言った。赤のレクサス。ミセス・キャベンディッシュが容疑者リストの上位に躍り出た。「ご近所さんはお気の毒でした――おつらいでしょうね。ご主人が浮気していたことは知っていたんですか？」

アンはため息をついた。「話してはくれなかったけど、知っていたと思うわ」悲しげな笑みが浮かぶ。「女にはわかるものでしょう？　認めたくなくても」

涙がこみあげるのに気づいて驚いた。そう、自分でもある程度はわかっていたのだと思う。こみあげたものをのみくだして言った。「たぶんそうなんでしょうね」アンをじっと見た。とても思慮深く、とても……落ちついて見える。バービーにやるべきだと言われたことを、この人はほんとうに信じたのだろうか？　どうしてもききたかった。「〈闘う妻たちの会〉をどう思います？」

彼女は長いため息をついた。「わたしはね、ここで教えているのと同じことを言われて育ったの。効果があるとは思えないけど、やってみる価値はあるわ」アンの細い顔はやつれて疲れきった様子だった。「人生のほとんどを夫とすごしてきた——それはすばらしいものではなかったけど、何もないよりはましよ」彼女はあごを上げた。「ひとりで死にたくないもの」

どう返せばいいかわからなかった。少ししてから、「コーヒーのこと、承諾してくださってありがとうございます。お話をしてくださったことも」とだけ言った。

「どういたしまして」彼女は言った。

「コーヒー、楽しみにしてます」わたしは言った。車に戻りながら、ほんとうに楽しみにしていることに気づいた。

九時十五分にベッキーの家の外に車を停めて、ドアをノックしたとき、友人の出かける準備はできていた。アイライナーも含めて黒ずくめの服装で、ブロンドの髪はうしろで束ねてポニーテールにしていた。「行きましょう」ベッキーは言った。「リックには、あなたの調査を手伝うと言っといたけど、くわしいことは話してないから」そして、「行ってきまーす!」と叫ぶと、外に出てドアを閉めた。小走りでドライブウェイをレンタカーに向かいながら、ベッキーが言った。「ミニバンとは似ても似つかないわね」

「ええ。かなり小さめなの」

「あなたのミニバンにあんなことをした犯人の手がかりは？」

「容疑者なら何人かいるわ」頭のなかでそれについて考えながら言った。デボラ・ゴールデンか、その夫のフランクだろうか？　デボラには偵察中に二回姿を見られているが、彼女が人を雇ってわたしのミニバンをセミオートマチックで撃たせるとは思えない。だが、マーティ・クルンバッハーとなると話は別だ。ストリップクラブの奥の部屋で彼を見たことを思い出した。でも、どうしてわたしに警告を与える必要があるのだろう？

「クレシダ・キャベンディッシュはきっとびっくりしたと思うわ。わたしがご主人を棺から飛び出させちゃったから」わたしは言った。

「うわー、屈辱的だったでしょうね。もしかしたらミニバンを撃ったのは彼女かもよ」

「クレシダの気持ちはわかるけど、たぶんホーリー・オークスのだれかだと思う」わたしは言った。「ゴールデン夫妻には立ち聞きしてるところを見られてるし、クルンバッハーには〈スウィート・ショップ〉の奥の部屋で話し合いをしてるときに見られてる」

「じゃあ、ホーリー・オークスのだれかがキャベンディッシュを殺したと思ってるの？」

「まだわからない」アンから聞いたミセス・キャベンディッシュの赤いレクサスのことを考えながら言った。「今夜何かわかるかもしれないわ」

ベッキーは車のドアを開けて、シートに体を押しこんだ。「せまっ――どうやって子供たちを乗せるつもり？」

「きつきつだけど、わたしたちでもなんとか乗れたじゃない」わたしは言った。

「床じゅうに〈マクドナルド〉のカップやナプキンが散らばってないと、なんかすっきりするわね。それににおいも」ベッキーは鼻をくんくんさせた。「くさくない！」足を座席の下に収めると、わたしのほうを向く。「それで、〈闘う妻たちの会〉はどうだった？」

「ひどかった」

「ほんと？　なんて言われたの？」

バッグから〝良妻の手引き〟を出してベッキーにわたした。「あとはヴィクトリアズ・シークレットの下着をつけて、聖書を読んで、エロティックな足のマッサージをすれば、ゲイを治すことができるらしいわ」

ベッキーは天井の明かりをつけて手引きに目を通し、鼻にしわを寄せた。「つまり、失敗だったわけか」そう言うと、顔を上げてわたしを見た。「残念だったわね、マージー」

「どうせ役に立つとは思ってなかったけどね。いい面を見れば、ミセス・キャベンディッシュの車が赤のレクサスだとわかったわ。ご近所さんが来てたの」

「赤のレクサスにどんな関係があるの？」

「キャベンディッシュが死んだ夜、アパートの外に停まってたのをデジレーが見てるのよ」

「奥さんが追っていって、子供用プールにいる夫を撃ったと思ってるの？」

「そうしたくなるのは理解できるわ」わたしは言った。「でも、証拠がほとんどないのよ」

「彼のオフィスにならなにかあるかもしれない」ベッキーが思いをめぐらすうちに、車はモパック高速道路に乗った。

「それをあてにしてるのよ」わたしは言った。

ほっとしたことに、ホーリー・オークスの駐車場はがらんとしていた。受付嬢はどこかにスペアキーをしまっていたのだろう、見たところ車は一台もなかった。警備灯が正面入口を照らしていたが、建物は暗かった。学校が近づくにつれ、ふたりともだんだん無口になった。緊張していたのだと思う。

脇道に車を停め――駐車場にほかの車はないのに妙だが――ベッキーにラテックスの手袋をわたした。

「なんのため？」

「指紋よ」わたしは言った。「警察は死体の上であなたの名刺を見つけてる。被害者のオフィスであなたの指紋が出たらまずいでしょ」

「たしかに」ベッキーはお尻のポケットから懐中電灯を出して言った。「でも、オフィスはもう警察が捜索したんじゃない？」

「用心するに越したことはないわ」

彼女は手袋をはめた。「鍵束はある？」エンジンを切ったわたしにきく。

わたしはバッグからそれを取り出した。「どれが玄関の鍵かはわからないけど」

「防犯アラームはついてないのよね？」彼女がきく。

「わからない」

「ついてたらどうするのよ？」

「走って車に戻る」

「それならもっと近くに車を停めるべきだったんじゃないの？」と彼女は言ったが、ふたりとも振り返らなかった。こそこそと駐車場を抜けながら、カメラをさがした。「スキーマスクもしてくれればよかった」

「夏のテキサスでスキーマスクを見つけるのはむずかしいわよ」わたしは指摘した。

「なら紙袋とか」

「つぎのときね」

受付嬢はたくさんの鍵を持っていた。十回試して、ようやく玄関の錠がまわった。かちりとかんぬきが戻る音が聞こえ、息を止めてドアを開けた。

「警報は聞こえないわ」ベッキーが言った。「いいニュースよね」

ガラス窓越しに警備灯のぎらぎらした光が射しこんでいた。玄関ロビーは昼間のような明るさだ。二回試したあと、職員室のドアが開いた。ホーリー・オークスの中枢部だ。職員室のなかはさらに暗く、懐中電灯をつけなければならなかった。ブッバ・スーの家での経験から、バッグに懐中電灯をつねに入れておくことにしたのだ。

「それで、何をすればいいの？」ベッキーがきいた。

入学者のファイルを指さす。「チェリー・ニコルズのファイルをさがしてくれる？」葬儀でチェリーを見ていたミセス・キャベンディッシュの目つきを思い出して言った。

「どうして？」

「ただの勘よ」そう言って、学園長室のドアで鍵を試しはじめる。

「鍵がかかってるかどうかたしかめた？」ベッキーがファイルを調べながらきいた。

「かかってるに決まってるでしょ」と言いつつ、ノブを試してみた。驚いたことに、簡単にまわった。

「ほらね」ベッキーはそう言うと、一冊のファイルを掲げた。「見つけたわ。何を知りたいの？」

「見るのはあとよ。まずはここから出ましょう。今夜はいやな予感がするの」それはほんとうだった。もしかして音のしない防犯アラームが設置されているのかもしれない。

せまい学園長室の壁に懐中電灯の光をめぐらせた。デューク大学とイェール大学の卒業証書のほかに、舟の舳先で黒っぽい髪を風になびかせた、希望に満ちた顔つきの、今よりはるかに若いミセス・キャベンディッシュの写真も飾られていた。

「コンピューターがない」ベッキーが言った。

「警察が持っていったのよ」

「わたしがファイルキャビネットを攻めるから、あなたはデスクを調べて」ベッキーが提案した。

「わかった。〈ゴールデン・インベストメント〉か理事会に関するものがあったら確保して」

「了解」

キャベンディッシュの秘密の生活の手がかりが見つかるかもしれないという期待はたちまち消えた。残念ながら、彼はだらしのない男ではなかった。ペン類でさえいちばん上の引き出しのなかにきちんと並んでいたし、残りの引き出しには事務用品がきちょうめんにしまわれていた。警察も違法なものは何も見つけられなかっただろう。

「〈ゴールデン〉関係のものがあった」ファイルキャビネットのまえでベッキーが言った。

「何?」

「投資の報告書みたい」

「取っといて」と言って、別の引き出しを開けると、輪ゴムとホチキスでいっぱいだった。

「こっちは何もないわ」

「引き出しの底は調べた?」とベッキー。

「なんで?」

彼女はあきれたように目をまわした。「アガサ・クリスティーやP・D・ジェイムズを読んだことないの?」

「P・D・ジェイムズって?」

「偉大なミステリ作家よ」彼女は言った。「引き出しの裏側を調べてみて。たいていみんなそこにものを隠すの」

「ミステリ小説ではね」と言い返す。

「いいから見てみなさいってば」

椅子からおりて床に座り、デスクの下側に懐中電灯の光を当てた。「何もないわよ」

「引き出しは抜いてみた？」

とりあえず浅めの引き出しを抜いてみた。何もない。もっとも、何かあると期待していたわけではなかった。だが、五つ目の引き出しで、仕切り板に封筒がテープで貼られているのを発見した。

「これからはP・D・ジェイムズを読むべきかも」わたしはベッキーに言った。

彼女はファイルキャビネットの扉を閉め、急いでデスクのところに来た。「何を見つけたの？」

「わからない。封筒があったの」なかに手を入れて、折りたたまれた黄色い法律用箋を取り出す。暗号のようなものがふたつ書かれていた。

Arthur207 C1U2R3R4Y5

Topo66 1S2I3T4N5A6L7T8A

「何これ」ベッキーが言った。「どういう意味かしら？」

「わからない」わたしは言った。

「パスワードかもよ」

「なんの？」

ベッキーが答えるまえに、部屋の奥の壁に青と赤のライトが映った。

28

ベッキーとわたしは顔を見合わせた。

「まずい」

懐中電灯を消して、法律用箋をポケットにつっこんだ。「あなたも懐中電灯を消して」わたしは小声で言った。

ベッキーは懐中電灯をバッグにしまってファイルをつかんだ。ドアに突進しようとして互いにぶつかりそうになった。

ガラス窓の外に警察車両が見えた。「どうする？」ベッキーがきいた。

「こっちよ」玄関ロビーの壁に沿って進み、小学校棟につづく廊下にベッキーを引っ張りこんだ。

昼間はそれほど長いと感じなかった廊下が、夜にはフットボール場三つぶんにも感じられた。廊下の先にガラスドアから射しこむほのかな月の光が見えたが、ありえないほど遠かった。まだ半分も進まないうちに、玄関ロビーで話し声が聞こえた。

いちばん近くにあったのは男子トイレのドアだった。「ここにはいりましょう」とささやいて、ベッキーをドアのなかに引き入れた。

なかにはいってドアを閉めると、硫黄のようなにおいに包まれた。「今度は何？」ベッキーがきいた。

「窓はないわ」わたしは言った。懐中電灯に手を伸ばした。

「くさいわね、ここ」

「刑務所だってくさいわよ」真っ暗だった。わたしは言った。「それぞれ個室に隠れるわよ」

「はいったらドアを閉めて」わたしは言った。懐中電灯で並んだ個室を照らした。「奥のふたつにしましょう」

「足が見えちゃうんじゃない？」

「便座の上に立てばいいでしょ」

なかに野生動物でもいるかのように、恐る恐る個室のひとつに近づくと、ベッキーは足でドアを押し開けた。

「ここにはいるのは無理」わたしが懐中電灯で照らした便器を見て、彼女は言った。ホーリー・オークスでは多くのことを教えているのだろうが、そのなかにトイレを流す方法はないらしい。

そのとき、廊下から話し声が聞こえた。刑務所で夜をすごさねばならない恐怖には驚くべき効果があった。ベッキーはそれ以上文句を言わず、近くの個室にはいった。わたしも隣のトイレの便座に上がり、においのせいで警官たちがじっくり調べないことを祈った。

長いこと便座の上にのったまま、昨日見た校務員にトイレ掃除問題について話すべきだろうかと考えた。あの校務員は、最近ギャングから足を洗ったものの、まだその路線変更に納得していないように見えた。だが、話す必要はないだろうと判断した。エルシーが男子トイレを使うことはないのだから。むしろ、校庭の木に向かって用を足す可能性のほうが高い。

十分がたち、ヨガをつづけていればよかったと心から思っていると、ドアが開いて明かりがついた。わたしは明るさにひるんで下を向いたが、すぐに後悔した。

「うへえ。何かが死んだみたいなにおいだな」男性の声がした。

「小便器のほうには何もない」別の声が答えた。「個室を調べてくれ。おれはちょっと小便をする」

すぐにジッパーの音がして、水が流れるような音が聞こえてきた。足音も聞こえた。

最初のドアがバタンと開き、ついでふたつ目が開けられた。びくびくしながら三つ目のドアが開けられるのを待っていると、そこで終わった。「こういう防犯アラームの呼び出しはいやになるよな」低い声のほうが言った。「勤務時間の半分はまちがい通報に応対しているような気がするよ」

「玄関は施錠されていなかった」もうひとりが言った。最後のしずくを切ったあと、またジッパーの音がした。

「だれかがし忘れたんだろ」低音が言った。「押し入った形跡はどこにもない。時間の無駄さ」

「通りの先に〈カーベイ・レーン・カフェ〉ができたぜ」もうひとりが言った。「遅くまでやってる。今週のスペシャルはジンジャーブレッドパンケーキだ」

「トマトのメニューがなくなったのは残念だな」低音がものほしそうに言った。「トマトのパイは最高だったのに」

「ここはもういいから、食べにいこうぜ」

低音はその考えに同意したらしい。すぐに明かりが消され、ドアが開いてまた閉まり、あたりは真っ暗になった。話し声が廊下を去っていくまで待ってから、便座からおりて、震える太ももをマッサージしながら個室から出た。

個室のドアを開けたとき、隣の個室から水のはねる音がした。

「ベッキー？」

さらに水音がして、悪態がつづいた。

「大丈夫？」

「ううん、大丈夫じゃない！」半狂乱の声だった。「すべって汚い便器に足をつっこんじゃった。もう最悪。新しいブーツだったのに」

トイレの明かりをつけて個室のドアを開けた。ベッキーは右足で跳ねながら、左のブーツのジッパーをおろそうとしていた。ジーンズはすねの半ばまでぬれ、ひどい悪臭がした。

「水洗いしましょう」わたしは手を差し出して言った。「手袋をしててよかったじゃない。たぶん……水で洗えば落ちるわよ、きっと」

「もうこれは着られない。脱ぐわ」

ベッキーはブーツを蹴って脱ぐと、ぬれたトイレの床のまんなかにジーンズを脱ぎ捨てた。そして、ピンクのビキニショーツ姿で洗面所のシンクに飛び乗り、蛇口の下まで足を上げた。「ジーンズとブーツはどうすればいい？」ピンクのハンドソープで足と足首をごしごし洗う彼女にきいた。

「どうでもいいわ。そうしたければゴミ箱に捨てて。もう二度と着ないから。ここでは子供たちに何を食べさせてるのよ？」

「今日はフリートパイ（チリ、チーズ、コーンチップを使った料理）だったと思うけど」わたしは答えた。

「修辞疑問のつもりだったんだけど、マージー」ベッキーは言った。「わたし、吐きそう」

「ここにあなたの服を置いていくわけにはいかないわ」わたしは言った。「だれかが見つけたらどうするの？」

ベッキーはピンクのソープをまた足の上に出した。「別にいいんじゃない」

「持ち帰るべきよ。洗えば落ちるかもしれないもの」

「無理よ」彼女は首を振って言った。

わたしはため息をついた。「ビニール袋がないか見てくる」自分の懐中電灯を持ってそっと廊下に出た。真っ暗で静まり返っていたのでほっとした。

廊下のつきあたりに校務員用の物置があった。扉を開けて光を当てると、掃除道具が乱雑に入れられていた。ほうきとモップがもつれながら隅に立てかけてあり、壁に沿って窓磨き用洗剤の業務用ボトルが並んでいる。床から天井まである棚にはペーパータオルのロール、紙ナプキン、ブラシ類が置かれ、なんでもあるように見えたが、ゴミ袋だけがなかった。

ビニール袋の箱をさがして棚をあさっているうちに、冷たい金属に手が触れた。光を向けて息をのんだ。銃だった。

トイレットペーパーのロールを押しのけて、棚を懐中電灯で照らした。銃だけでなく、ラベルに〝アフターバーン〟と書かれた、あざやかな色の小さな包みもいくつかあった。包みをひとつ手に取ってみた。星が爆発しているような不明瞭なイラストの下に、蛍光グリーンの文字で〝ハイになりたいときに!〟と派手に書かれている。包みは六個あり、ひとつは開封されていた。それを取ってにおいをかいでみた。すぐにやめておけばよかったと思った。〈オースティン動物園〉のサルの檻のようなにおいだった。

〝アフターバーン〟というのはどこかで聞いたような気がしたが、思い出すまで少し時間がかかった。新聞で見たのだと気づいて驚いた。ここ一、二カ月のあいだに十代の子供たちが何人か死ぬことになったもの――合成マリファナだった。鍵もかかっていない娘の学校の校務員用物置に、どうしてこんなものが?

銃だってそうだ。弾は装塡されているのだろうか? 調べる方法は知らないし、さわるのもぞっとするので、銃のまえにトイレットペーパーのロールを置き直して隠し、引きつづきゴミ袋をさがした。いちばん下の棚にゴミ袋の箱があったので、ベッキーの衣類を入れるために一枚引き抜いたが、物置をあとにするまえにためらった。わたしはどうすればいいのだろう? こんなものをここに残していくわけにはいかない――明日も娘が登校する学校なのだから。

少し迷ったすえ、もう一枚ゴミ袋を引き出して、そのなかにドラッグの包みを入れた。そして、震える手で銃をつかんだ――ゴム手袋をしているにもかかわらず、銃はひんやりして不快だった。

トイレに戻ると、ベッキーはまだ足をごしごし洗っていた。

「ゴミ袋を持ってきた」わたしは言った。「ねえ、校務員用の物置で何を見つけたと思う？」

「殺菌スプレー？」

「銃と合成マリファナの包み」

彼女は洗うのをやめてわたしを見た。「なんですって？」

袋を開いて中身を見せた。「校務員って危険な仕事みたいね」

「うそでしょ。それ、どうするつもり？」

「わからない」わたしは白状した。「でもここに置いていくわけにはいかないわ。子供たちがいるのに危険よ！」

「メモをつけて受付デスクに置いておけば？」

「子供がさわって銃が出てきちゃったらどうするのよ？」

「それもそうね」ベッキーはそう言って唇を噛んだ。「物置に残しておいて、匿名で通報するのは？」

「それでも、明日子供たちが登校したとき、まだここにあるわけでしょ。わたしが持って帰るべきだと思う」

「持って帰るっていうけど、わたしたち、ここから出られるの？」水道を止め、足を床におろしながら彼女はきいた。

「まずはジーンズとブーツを袋に入れるわよ」わたしは言った。「下着姿で外に出るつもり？」

「それを着るよりましでしょ」彼女は言った。「それに、森を抜けて行くのよ。だれにも見られやしないわ」

「それならいいけど」わたしは右手にゴミ袋をふたつ持って言った。「じゃあ、行くわよ」

「待って。トイレを流さないで行くわけにいかない」

わたしは目をまわした。「本気なの？」

「この学校は本気で清掃スタッフの見直しをする必要があるわ」

時計を見るとホーリー・オークスに着いて一時間しか経過していなかったが、ベッキーが最後のトイレを流して、恐る恐る男子トイレのドアを開けるころには、ひと月もたったように感じられた。「ここから出るわよ」わたしはひそひそ声で言った。

玄関ロビーに行きかけたベッキーの腕をつかんで、廊下の奥にあるドアのほうに向かわせる。「念のためよ」

「どうして？」

「あとで悔やむよりいいでしょ」

テラゾーの廊下をぺたぺたと歩いて出口に向かった――わたしはスニーカーで、ベッキーはすっかりきれいになった裸足で。「冷たくないの？」わたしはきいた。

「うんちのにおいがするよりましよ」彼女は答えた。

出口のドアのまえで足を止めた。おそらく開ければまた防犯アラームが鳴るだろう。もう警官たちがパンケーキを注文済みで、急いで学校に戻りたくない気分だといいのだが。

「準備はできてる？」わたしはきいた。

「一時間まえからできてるわよ」彼女は言った。「行きましょう」

外は暑くて湿気があり、ベッキーには好都合だった。ホーリー・オークスのうしろの緑地帯にいる、百万匹のセミとコオロギが鳴いているかのような音がしている。「あっちに小道があるわ」懐中電灯で並木を照らしながらわたしは言った。ヒマラヤスギのあいだに一カ所小さな隙間があった。「その足であそこまで行ける？」

「行くしかないでしょ」わたしたちは手入れの行き届いた芝生の上を走った。

「まったく、ほんとにウンざりだわ」ベッキーが鼻を鳴らし、わたしたちはホーリー・オークス・カトリック・スクールに押し入ったばかりで、ベッキーは下着姿で外に立っているというのに、ふたりしてくすくす笑ってしまった。

「警官が戻ってくるまえにしゃんとして逃げましょう」ようやくわたしは涙を拭いて言った。

「そうね。パンケーキを食べ終わるまでは来ないと思うけど」

木々のあいだを抜けると芝生は途切れ、足元はとげのある下生えや、石灰石のかけらや、折れた枝などに変わった。ベッキーの口からは、くすくす笑いではなく、悪態が聞こえるようになった。とくに悪質な障害物を取り除きながらわたしが先に行って、ベッキーがそれにつづいた。「今週ペディキュアになんか行くんじゃなかったわ」彼女はうめいた。「足のタコをけずられちゃった」

「もうすぐよ」

「あの音は何？」ベッキーが小声できいた。わたしは立ち止まって耳を澄ました。足音だ。

「光も見える」彼女が言った。そのとおりだった。木々のあいだを抜けて、懐中電灯の光が前方から揺れながら近づいてきた。

29

「小道からはずれるわよ」わたしは小声でベッキーに言った。「懐中電灯を消して」

懐中電灯を消して、ザクザクと下生えを踏みながら小道から離れた。ガツッと音がしたあと、ベッキーの抑えたうめきが聞こえたが、大丈夫かと尋ねはしなかった。足音が近づいてきて、ヒマラヤスギやオークのあいだを光がさまよう。相手の懐中電灯の照らす範囲に自分たちがはいらないことを願いながら身を硬くした。

足音がわたしたちに追いつくのに時間はかからなかった。すぐそばを光線がかすめ、銃のはいった袋がカサカサ鳴らないように、動きを止めて身がまえた。光線の行方を目で追う。残念ながら、光線はベッキーのピンクのショーツに包まれたお尻をとらえた。

足音が止まり、光線の動きも止まった。「立て」とどろくような男の声がした。ベッキーは震えあがった様子で振り向き、両手を上げてゆっくりと立ちあがると、光に目をすがめた。

「こっちに来い」

彼女が一歩まえに進み出る。わたしは動揺した。今度はなんなの？　袋に手を入れて銃をさがした。ビニールがカサカサ音をたてて男の注意を引き、光線がベッキーから離れて音のしたほうに向けられた。銃をつかんだとたん、光線にとらえられた。ゴミ袋から銃を出して男に向け、もう片方の手をバッグに入れて懐中電灯をさがした。

「彼女にかまわないで」男に警告した。懐中電灯を見つけて男の顔に向けた。校務員だった。ほかにだれもいない暗い森のなかで見ると、頬の傷がいっそうまがまがしい。

「ここで何をしている？」校務員はきいた。

「散歩よ」わたしは言った。「あなたは？　遅番なの？」

「押しこみがあったと聞いたんでね」彼は言った。「調べにきた」

「それなら調べにいったら」わたしは言った。

「友だちのズボンはどうしたんだ？」

「トイレで事故があったの」ベッキーが言った。「もっとちゃんと掃除したほうがいいわよ」

「押し入ったのはあんたらか」彼はベッキーのほうを見て、威嚇するような声で言った。片手を伸ばして彼女の首をつかんだ。ベッキーが苦しげな悲鳴をあげる。彼がもう片方の手をさっとポケットに伸ばすのが見えた。「違法行為だぞ」彼は非難するように言った。

銃は重くなってきていたが、引き金を引くことはできなかった。代わりに、まえに飛び出して、銃床で力いっぱい男の頭を殴った。

ベッキーの首から手がすべり落ち、校務員は石のはいった袋のように地面に倒れた。

「ありがとう」ベッキーは首をさすりながら校務員を見おろして言った。「すごく痛かった！」

「こいつが例の怖そうな男よ」わたしたちは地面の上で意識を失っている男をじっと見つめた。「銃を持ち帰ってよかった」

「何言ってるのよ」ベッキーが言った。「鈍器として使うんじゃなくて撃つでしょ、普通」

「効果はあったわ」わたしは言った。「これなら殺人容疑で裁判にかけられることもないし」

「校務員殺しの罪ではね」

わたしはため息をついた。「これからどうすればいい？」

「彼は何に手を伸ばそうとしてたの？」ベッキーがきく。

ひざまずいて彼のポケットを探った。左まえのポケットに小さな銃のような形状のものがあった。「あなたに銃を向けようとしてたみたい」

「ピーチズに電話するべきよ」わたしが銃を取り出すと、ベッキーは言った。ふたりで銃に見入った。光を当てると、鈍い金属が冷たく光った。銃をベッキーにわたし、携帯電話をさがそうとして、それがないことを思い出した。

「携帯貸してもらえる？」わたしはきいた。

「バッグのなかよ」と言って、ベッキーは校務員の背中に銃を向けながら、特大バッグをわたしに放った。わたしはごちゃ混ぜの口紅のあいだから携帯電話を見つけ出し、ピーチズの携帯にかけた。

「もしもし？」ピーチズのしわがれ声がした。

「マージーよ。ホーリー・オークスの校務員をのしちゃったの」

「何をしたって？」

「学校に押し入って無音の防犯アラームを作動させちゃったのよ。こっそり脱出して森に出たら、彼に出会ったってわけ」

「なんでのしちゃったの？」

「ベッキーを襲ってきたのよ。それより、校務員用の物置で銃と薬物の包みを見つけたわ」

「校務員は学校で何をしていたの？」

「彼は押しこみがあったことを知ってたし、銃を携帯していた。歩いて車に戻ろうとしたらベッキーが襲われたの」

「どうして防犯アラームが鳴ったのを知っていたのかしら？」ピーチズはきいた。

「さあ」わたしは言った。

「調べる必要があるわね。すぐに行くわ。彼を縛れる？」

「縛る？」わたしはきいた。

「〈プリティ・キトゥン〉に運びこんで、いくつか質問してやろうと思うの」ピーチズは言った。「とにかく待ってて」

「あの……予備の服を持ってこられる？」わたしはベッキーを見やりながらきいた。

「どうして？」

「ベッキーがトイレに落ちたの」

「わけはきかないわ」と言って、ピーチズは電話を切った。

一時間後、〈プリティ・キトゥン〉のまえに車をつけたとき、ショッピングセンターの駐車場はガラガラだった。森のなかでわたしは、ベッキーのジーンズでなんとか校務員の手足を縛った。ベッキーのためのヨガパンツとスリッパを持ってピーチズが到着するころには、校務員を引きずって森から路肩に出ていた。

今、わたしたちは、車のトランクから少し離れて立っていた。わたしとベッキーが奪い取った銃二丁をそれぞれトランクに向け、ピーチズがキーホルダーのトランクボタンを押そうとしていた。

「もし撃たなきゃならないときは」ピーチズは言った。「トランクのなかをねらってよ。三千ドルかけて塗装をきれいにしたばかりなんだから」

「わかった」わたしは言った。

「準備はいい？」

ジーンズの捕縛がほどけていないことを願いながらうなずいた。トランクがポンと開いた。

ありがたいことに、校務員はまだ気を失っていた。ピーチズはベッキーに店舗の鍵をわたした。ベッキーがドアを開錠するあいだ、ピーチズが校務員の腋（わき）の下を持って、わたしが脚を持った。また死体の運搬に手を貸している、と思った。これって履歴書に書けるかしら？

「ここに防犯カメラはないわよね？」ワンダー――とブンゼン刑事のことを考えながらきいた。

「止めておいた」ピーチズが言った。

「よかった」その方法は知りたくなかった。

ドアを押し開けて、〈プリティ・キトゥン〉の暗い待合室にはいった。わたしは右に曲がって〈ピーチツリー探偵社〉に向かおうとしたが、ピーチズは左に曲がった。

「尋問するんじゃなかったの？」校務員の足首をつかみ直してきいた。

「するわよ」ワックスルームのひとつに校務員を運び入れようとしながら、ピーチズは言った。「このテーブルの上に置いて。ロープで固定するから」

「固定する？」ベッキーがきいた。

「わたしのデスクの引き出しに固定用ロープ（タイダウンベルト）があるわ。いろいろ使えて便利なのよ」

ピーチズとわたしが校務員をテーブルに寝かせ、ベッキーが急いでタイダウンベルトを取りに行った。「銃は持ってきた？」ピーチズがきく。

「ええ、二丁とも」

「拘束を解くあいだ、一丁を彼に向けていて」彼女は言った。

「わかった」ポケットから銃を出して、わたしの手仕事を調べているピーチズをよけながら、校務員のほうに向けた。

「なかなかうまくできてるじゃない」ピーチズは言った。「でも、こま結びはやめてほしかったわね。やり直さなくちゃ」

「両手足を縛る方法なんて、どうして知ってるの？」わたしはきいた。

「子供のころ、4Hクラブ（head、heart、hands、healthの向上を目的とする米国農村青年教育機関）で習ったの。ジェスは豚を何頭か飼ってるのよ。何カ月かまえに手を貸してあげたわ」

「ところで、ジェスは元気？」

「やり方を教えるから黙って」彼女はそう言うと、ベッキーのぬれたジーンズでわたしが作った大きな結び目をほどき、正しいやり方を見せてくれた。ピーチズに教えられたとおりに縛る練習をしていると、青いタイダウンベルトを抱えてベッキーが戻ってきた。

「これでいいの？」ベッキーがきいた。

「そうよ」ピーチズはそう言って両手のにおいをかいだ。「そのジーンズは捨てたほうがいいかもね」結び目をほどいて、校務員をテーブルの上で大の字にしながら、ベッキーに言った。

「あなたは両手を漂白したほうがいいかもよ」ベッキーが鼻にしわを寄せて言う。

「こいつを縛りあげたらね」ピーチズはそう言って、タイダウンベルトに手を伸ばした。

「うわ、こいつの親指（サムズ）ったらキュウリみたい」ズボンの前立てに目を向けた。「古い言い伝えはほんとうなのかしらね」

「ピーチズったら！」わたしは言った……そのとき、急に思い出した。「サムズ！〈スウィート・ショップ〉で、言うとおりにしないとサムズを差し向けるって、マーティ・クルンバッハーがだれかを脅してた」

「それがこいつだってこと？」ピーチズがきいた。

「この親指を見たでしょ？　でも……どうして校務員なんかしてるのかしら？」

「銃二丁と薬物の包みを持ってる校務員よ」ピーチズが思い出させた。「ギャングのタトゥーがあって、防犯アラームが鳴ったら現れた。校務員以外の仕事もしてるとは思わなかったの？」

　言われてみればそのとおりだ。「だとしても、彼とクルンバッハーのあいだにつながりがあることにはならないけど」

「いい知らせは、もうすぐ全部問い正せることね」テーブルの下で男の両手をしっかり固定しながら、ピーチズは答えた。たちまち校務員はまったく身動きできなくなった。これが初めてではなかったが、ピーチズの調査テクニックの多くは私立探偵ハンドブックに載っていないのを思い出した。校務員をテーブルの上に固定した今、ピーチズは何をするつもりなのだろうと、わたしは少し不安だった。誘拐容疑で逮捕されたりしないだろうか？　たしかに男はベッキーを追いかけようとしていたけど……

　ピーチズはシンクのまえに立って、両手をごしごし洗った。すぐにわたしもハンドソープを両手に受けて水のなかにつっこみながら、ボスが小さな電気鍋のようなもののスイッチを入れるのを見た。鍋のオレンジ色のライトがついた。

「それ何？」わたしはきいた。

「ワックスよ。まだけっこう温かいわ。ちょうどいい温度になるまでそれほど時間はかからないはず」

「どうしてワックスが必要なの？」ベッキーがティッシュの束でジーンズをつまみあげ、部屋の隅にあるゴミ箱に運びながらきいた。とても落ちついた、スパのような部屋で、壁はリラックス効果のある青系だ。心地よいミント系の香りはベッキーのぬれたジーンズのにおいを覆い隠していた。

「ここにいるお友だちが、知っていることを話す気になってもらうために使うのよ」ピーチズはそう言って、小さな木のしゃもじでワックスをかき混ぜた。

「ワックスを塗って口を割らせるつもりなの？」わたしはきいた。いやな予感が急激に強まった。ワックスを使った尋問は絶対にハンドブックに載っていない。強制脱毛は起訴されるような犯罪だろうか？

「そのつもりよ」ピーチズはワックスを最後にひと混ぜして、校務員のほうを向いた。色あせた赤いTシャツをまくりあげ、筋肉質で毛深い腹部をあらわにした。「やりがいのある体だわ」彼女は感心して言った。「見てよ、この腹筋」

「割れてる」男の腹部を見てベッキーが言った。「どうすればこんなふうになれるのかしら？わたしだって家で校務員みたいなことをしてるのに、腹筋は全然こんなふうじゃないわ」

「すぐにきけるわよ」ピーチズが言った。剛毛に覆われ、六つに割れた腹筋を見ている。「少なくとも脱毛できる毛はたくさんあるわ。ちょっと待ってて。いま気付薬を持ってくるから」

彼女はぶらりと部屋から出ていき、ベッキーとわたしは顔を見合わせた。「気付薬って、ワックスするまえに使うのかしら、それともあと?」ベッキーがきいた。

「ブラジリアン脱毛をする気にならないといいけど」とわたしが言うと、ベッキーは痛そうな顔をした。とけたワックスのにおいが部屋を満たし、わたしたちは意識を失ってテーブルに固定された男に目を向けた。

「同意もなしにだれかを縛ってワックス脱毛するのは違法じゃないの?」ベッキーがきいた。

絶対に違法だと思ったが、ほかに選択肢があるとも思えなかった。「こいつはあなたを襲ったのよ」わたしは思い出させた。「それに、うちの娘の学校の、鍵のかかっていない物置のなかに、銃と薬物を入れてた」

「そうね」ベッキーも認めた。

「そしてもっと大事なのは、ジョージ・キャベンディッシュに何があったのかがわからないと、わたしたちのどちらか、もしくは両方が、やってもいない殺人の罪で刑務所行きになるかもしれないってことよ」

彼女は唇をかんだ。「そういうことなら……」

ピーチズが小さな青い瓶を持ってせかせかと部屋にはいってきた。そして私たちを見た。

「用意はいい?」

30

答える暇もなく、ピーチズは瓶のふたを開けて、男の鼻の下に当てた。彼はびくっとして意識をとり戻し、悪態をつきはじめた。

「おはよう！」ピーチズがほがらかな声で言うと、男はスパの枕の上で頭の向きを変えた。戒めから逃れようとしたが、もちろんピーチズの手仕事は完璧だった。

「これを解け、このでぶアマ！」彼はわめいた。

「あんまり騎士道的じゃないわね」ピーチズは平然と言って、ワックスウォーマーのところに行った。男は彼女を目で追ったあと、すぐにわたしのほうを見た。一瞬、彼は混乱した。やがて、ぴんときたようだった。

「どうも」わたしは彼に小さく手を振って言った。

「あんた、ホーリー・オークスの生徒の保護者だな」彼が言った。

「そうよ」ベッキーが口をはさんだ。「ホーリー・オークスといえば、もう少しましな仕事をしたらどうなの。男子トイレの汚さといったら吐き気を催すほどだったわよ！」

「ベッキー」わたしは注意した。ホーリー・オークスに押し入ったことで訴えられてしまうではないか――まあ、そうでなかったらどうして暗くなってから学校の裏の森を走っていたのかということになるが――わざわざばらすこともない。

ピーチズはカウンターの下からキャスターつきの椅子を引き出して座り、男のそばまで移動した。患者の診察をする医者のようだ。患者は縛られており、医者はグリーンのスパンデックスのミニワンピ姿だが。「それで」彼女は言った。「あなたが校務員なら、防犯アラームが鳴ったとき、どうしてあわてて学校に向かったの？」

男はできる範囲で肩をすくめた。両腕が七面鳥の脚のように縛られているのだから当然だ。「仕事熱心なんでね」

「絶対にうそよ」ベッキーが言った。「あのトイレの汚さったらなかったわ」

男は彼女をけげんそうに見た。黙らせようと、わたしは彼女を蹴った。

ピーチズはワックスをかき混ぜている。「マーティ・クルンバッハーを知ってる？」と男にきいた。

「聞いたことないね」彼は言った。

「それならどうして彼はあなたの携帯に電話してるの？」彼女はきいた。〈プリティ・キトゥン〉に向かう途中、男の携帯をチェックしたのだ。たしかにクルンバッハーは頻繁に電話してきていた。

男は挙動不審気味にさっと口を閉じた。

ピーチズは小さな鍋からへらを引きあげた。とけたワックスがたっぷりついている。「サムズという名前に心当たりは？」

　男は目を見開いた。急いで「ないね」と言ったが、顔を見ればうそだとわかった。

「ほんとに？」ピーチズがきく。

「聞いたこともない」男の目が腹部に近づいていくワックスのへらを追う。「何するんだよ？」声が少し高くなった。

「質問してるだけよ」ピーチズは言った。「ジョージ・キャベンディッシュに起きたことについて何か知ってるか、とか」

「あいつは死んだ」男は呆然とへらを見つめている。「そいつをどけろ」

「死んだのは知ってるわ。《ステイツマン》に書いてないことをもう少し知りたいんだけど」

「キャベンディッシュのことは何も知らない」男は言った。マシュマロの残りを食べたのかときかれたときのエルシーそっくりに。

「最後のチャンスよ」男のへその上で一瞬へらを止めて、ピーチズは言った。ベッキーとわたしが立ちすくんだまま見ていると、へらの先からワックスのしずくがたれた。ちょっとバニラプディングに似ていた。

「お腹からがいいかしらね」ピーチズはそう言うと、ワックスをたっぷりすくって、へその下にたたきつけるようにのせ、ケーキのフロスティングのように広げた。「そのへんに当て布ある？」わたしとベッキーのほうを見てきいた。

「ここにあるわ」ベッキーはカウンターの上にきちんと積まれたそれをひとつ取って、ピーチズにわたした。

「完璧」ピーチズは塗ったワックスの上に当て布を広げた。「やったことないけど、たぶんこれでいいはずよ」

テーブルの上の男がこれ以上不安そうになるのは不可能だと思ったが、それはまちがっていた。

ピーチズは布をなでつけて、ワックスを男の皮膚に密着させた。そして、元気いっぱいに言った。「準備ができたわ！」

校務員の声はかすれていた。「そいつをひっぺがしたら、おれは絶対――」

「行くわよ！」歌うように言って、布の端っこを持つと、ぐいっと引っ張った。

男は悲しげな声をあげ、わたしには理解できない言語で悪態らしきことばをいくつか吐いた。

半分ほどはがしたところで、ピーチズは手を止めた。当て布にはびっしりと毛がついていて、校務員の平たい腹には、ところどころにピンク色の毛のない部分ができていた。「何か思いついた？」ピーチズがきいた。

男は首を振った。こめかみに玉の汗が噴き出している。

「わかったわ」ピーチズは残りを引きはがした。男は悲痛な声をあげた。「みんながこれにお金を払うなんて信じられないわよね」ワックスをさらに下のほうに塗り広げながら言う。

「布をちょうだい、ベッキー」

「はい、どうぞ」ベッキーがあらたな当て布をピーチズにわたした。

「オーケー。つまりあなたはマーティ・クルンバッハーの子分として働いていた。そうよね？　キャベンディッシュを殺すために雇われたの？」

校務員は野生動物のように首を振った。「あんたどうかしてるよ、ねえちゃん。こんなことがばれたら――」男は自分が極秘情報を明かそうとしていることに気づき、口をつぐんだ。

「ばれるって、だれに？」

男は悪態をついた。ピーチズはため息をついた。そして、二枚目の当て布を引きはがした。

話はじめるころには、サムズの胴は赤ちゃんのお尻のようにすっかりすべすべになっていた。叫び声のせいでわたしは偏頭痛がしており、ベッキーがわたす当て布はなくなりかけていた。

「あのね」ピーチズは彼に言った。「ブラジリアン脱毛はしたくないのよ。あなたも股間にこんなことされたくないでしょ。わたしの知りたいことを話してくれれば、アイスパックとひとつかみのモトリン（鎮痛解熱剤）をあげて、みんな帰ってあげるわよ」

「なあ、たのむ、これ以上はやめてくれ」彼は懇願した。

「それなら、だれに雇われているのか、何を知っているのか話しなさい」ピーチズが残りのワックスをかき混ぜながら言った。「ブラジリアン脱毛よりも簡単でしょ。あの部分の皮膚ってちょっとたるんでるから、きっととんでもなく痛いわよ」

彼は一瞬静かになると——トイレに着くまでおもらしするまいとしているニックにそっくりだ——やがてすべてをぶちまけた。「クルンバッハーだ」緊迫した声で言った。「おれは彼に雇われてる。問題の処理のために」

「よく言ったわ、スウィートハート」ピーチズがやさしい声で言った。「マージー、冷凍庫からアイスパックを出してくれる？」

わたしが部屋の隅にある小型の冷凍庫に急ぐあいだ、ピーチズはさらにきいた。「キャベンディッシュについて何を知ってる？」

「クルンバッハーはキャベンディッシュのことが気にくわなかった」サムズは言った。「いろいろと問題を起こしてたから。だからおれはホーリー・オークスで働いてたんだ——やつを見張って、クルンバッハーが目を光らせているぞと知らせるために」

「その問題っていうのは彼を殺すほどのものだったの？」

「いいや。新聞に載ったら困る写真を持っていると、おれはキャベンディッシュに言ってやった。クルンバッハーはやつにそのことを忘れさせないためにおれをそばにいさせたんだ。キャベンディッシュはビジネスから金を引きあげて、サツにたれこむつもりだった」

「ビジネスって？」

「アフターバーンだ」彼は言った。

「あなたのロッカーにはいっていたものね」フリーザーのいちばん下の棚で見つけた青いジェルのアイスパックを持っていってやりながら、わたしは言った。

彼はわたしを見た。「あんた、校務員のロッカーのなかを見たのか？」

「ええ。あなた、自分の銃で殴られたのよ」と明かしてから尋ねた。「アフターバーンってなんなの？」

「マリファナのようなものだ」彼は言った。「だが合法だ」

「そして死を招く」わたしは言った。「それのせいで死んだ人たちの記事をたくさん見たわ」キャベンディッシュのズボンのポケットにもその記事がはいっていたことを、いま思い出した。

「今あるのがなくなりしだい、新しい製法に切り替えることになっていた」

「どこで配っていたの？」わたしはきいた。

「知らない」サムズは言った。「おれはクルンバッハーに言われたことをしてただけだ。うそじゃない」彼はなおも言った。ピーチズがわざとらしくワックスをかき混ぜたからだ。

「じゃあ、あんたはキャベンディッシュを殺してないのね」ピーチズは言った。「だれが殺したの？」

「やつの女房かもな。夫婦仲がそうとうこじれてたみたいだから。女っていうのはかっとなると、ああいうことをやりかねない」

「でなきゃ、あんたがやったのか」

彼は首を振った。「おれじゃない。クルンバッハーにだれかを殺せなんてたのまれちゃいない。たしかに何人かのしてやったが、それだけだ」

「でも、ホーリー・オークスは麻薬取引に投資していた」

「ああ」彼は必死の形相でピーチズを見た。「知ってることはこれで全部だ。キャベンディッシュがどうして死んだかについては何も知らない。おれの役目はやつを脅すことだけだったんだ」

「脅すこと？　殺すことじゃなくて？」

「脅すことだよ。クルンバッハーは見ているぞと知らせてね。たのむよ、ねえちゃん。知ってることは全部話した。もう解放してくれないか？　たのむからよ」

ピーチズはワックスを見たあと、毛がなくなったサムズの平らな腹部に目を向けた。「そのほうがいいでしょうね。あそこのワックス脱毛はしたことがないから。皮膚をはがしたくはないし」

全員が身震いした。

「いいわ」ピーチズは言った。「言われたとおりにする気はある？」

「ああ」彼はかすれ声で言った。「なんでもするよ。ここから解放してくれるなら」

「ここにいるわたしの友だちが、これからあんたに目隠しをする」ピーチズは言った。「それからもうひとりの友だちが装塡された銃を向けているあいだに、わたしがテーブルからあんたを解放する。友だちがいるのは至近距離で、彼女は銃の名手よ」ピーチズはうそぶいた。「これからも性生活をおこないたければ、充分用心したほうがいいわ。わかった？」

彼はさらに青くなってうなずいた。

わたしは彼の下腹部に銃を向け、ベッキーがワックス用の布で目隠しをした。わたしには男性の股間を撃つことなどできないが、サムズがそれを知る必要はない。ピーチズが彼の両手両脚を自由にするあいだ、わたしは緊張していた。幸い、彼の四肢は感覚を失っているようだった。ピーチズが彼を立たせようとするまで、すべては順調だった。サムズがよろけたふりをしたので、ピーチズは手を貸そうとした。すると彼がいきなり動きだし、目隠しを取って彼女に襲いかかった。

「マージー！」ピーチズが叫んだ。わたしはまだ銃を手にしていたが、引き金を引くことはできなかった。サムズを撃とうとしてピーチズを撃ってしまうのが関の山だ。ふたりは重なり合っていた。サムズはピーチズにヘッドロックをかけようとしていたが、股間に膝蹴りを食らって体を二つ折りにした。ピーチズが起きあがろうとすると、彼の腕が上がって、彼女の腹部にこぶしをめりこませた。

「ワックスのお返しだ、このアマ」

彼はもう一発殴ろうと振りかぶった。ピーチズは一歩あとずさって距離を取った。わたしが彼の右足付近の床をねらって引き金を引いたとき、ピーチズはワックスウォーマーをつかんで彼の頭に投げつけた。

銃声とほぼ同時にワックスウォーマーが頭を直撃した。サムズが気を失って倒れるのはこの夜二度目だった。

「わたしを撃たないでくれてありがとう」気を失った校務員と、硬木の床にできたあらたなくぼみの両方に目をやりながら、ピーチズが言った。壁と天井はべたべたのワックスで覆われ、だれかがワックスでスムージーを作ろうとして、ミキサーにふたをするのを忘れたようなありさまだった。「これで少しはやりやすくなるわね。銃弾の穴のことをワンダにどう説明すればいいのかはわからないけど」彼女はわたしを見あげた。「新しい校務員が雇われるまで、娘は学校に行かせないほうがいいかもよ」

31

ドライブウェイに車を停めるころには、家の明かりは消えていた。ダッシュボードの時計を確認すると、真夜中をすぎていた。まだ意識の戻らないサムズをホーリー・オークスのまえまで運び、お尻のポケットに彼の携帯電話を押しこんだ。それからベッキーを送り、ピーチズの孔雀の羽柄のヨガパンツ姿の彼女が、夫がぐっすり眠っていることを願いながら、裏口からこっそり家のなかにはいるのを見届けたあと、うちに向かったのだった。

アドレナリンのせいでまだ興奮していた。助手席に置いた袋をどうすればいいだろう。なかにはまだ銃とアフターバーンの小分けの包みがはいっている。袋をつかんでガレージのいちばん上の棚の、空気を抜いてあるビニールのフロスティ・ザ・スノーマンのうしろに隠した。まだ八月なので、少なくとも二カ月は安全だろう――そんなに長いことしまっておくつもりはなかったが。校務員が警察に何か話したら――それはまずないと本能が告げていたが、それでも考えてみる価値はある――明日にもわが家は調べられるかもしれない。どうすればいいか考えないと――それも早急に。

わかったことをすべて警察に話したいのは山々だったが、そういうわけにもいかなかった

――とくに、警察がサムズと接触し、彼が今夜の出来事について話した場合はまずい。それに、校務員の物置をあさった理由を説明しなければならない――ブンゼンは今日の夜の〈プリティ・キトゥン〉での銃声と、ホーリー・オークスで鳴った防犯アラームのつながりに気づくかもしれない。警察に提出できるなんらかの証拠が手にはいるまではだめだ。

これまでに手にはいったものといえば？〈ゴールデン・インベストメント〉の銀行取引明細書の写しはあるが、どうやってその情報を得たか説明するのはむずかしい。あとは、キャベンディッシュのデスクの引き出しの裏にテープで貼られていた、暗号のようなものが書かれた紙片がある。匿名のたれこみとしてブンゼンに情報を伝えることはできるだろうか？アフターバーンを流通させているのは〈ゴールデン・インベストメント〉か、少なくともその関係者だとわたしはにらんでいるが、証明する方法がないのが問題だ。キャベンディッシュがサムズかマーティ・クルンバッハー本人に殺されたのはほぼまちがいない。実際に引き金を引いたのがマーティでないとしても、命じたのは彼のはずだ。あとは証拠さえあればいいのだが。

デジレーが犯罪現場で赤のレクサスを見たことは、ブンゼンに話すわけにはいかない。でも、わかったことを警察に知らせる方法が何かあるはずだ――マーティに疑惑の目を向けさせるために。

それも早ければ早いほどいい。わたしは今日の午後、職場でミニバンを銃撃され、銃を携帯したサムズという名の危険な男を怒らせた。もし彼が家までつけてきたらどうしよう？

ガレージの壁にもたれて、ベッドで眠っているエルシーとニックのことを考えた。あの子たちに何かあったら……考えるのも耐えられない。念のため、何日かプルーデンスに預かってもらうべきだろうか？

バッグをつかんで、折りたたまれた黄色い法律用箋を引っ張り出し、文字と数字の列をじっと見た。この意味を解明できさえすれば、事件を解決できるかもしれない。ピーチズなら何かわかるかしら？ 携帯電話を探ろうとして、ないことを思い出した。まだブッバ・スーのところで――エルシーのフライフォンもだ――もう何日もおもちゃにされている。携帯を取り返しにいかなければ。

明日にしよう。そう誓いながら静まり返った家のなかにはいると、かすかにお香の香りがしてひるんだ。ネガティブな気を除去するために、また母がお香を焚いていたにちがいない。銃を持った毛のない校務員を遠ざける効果もあるといいのだが。

翌朝エルシーはベッドから出ようとしなかった。その気持ちはよくわかった。ほとんど寝ていないので、脳みそがプディングになったような気分だ。わたしの足元で寝ることにしたらしいルーファスが、寝返りを打つたびにつま先を攻撃してきたのもよくなかった。これが初めてではないが、どうして犬ではなく猫を選んでしまったのだろうと思った。

少なくとも家に銃弾が撃ちこまれることはなかったわ、と思いながら、バスローブにくるまると、娘にフライフォンのことをきかれた。「ごめんね、今はないの」わたしは言った。

「さがしてるんだけど」

「約束したのに」エルシーは言った。

「そうよね。ほんとにごめんね」罪悪感が突き刺さる。

「学校はやだ」エルシーは言った。「あそこ、きらい」

「きっと楽しくなるわよ、ハニー」わたしは娘の黒っぽい髪をなでながら言った。「今はお友だちがいなくてつらいのよね」

「それなら一日わたしとすごせばいいわ」母が言った。

普通ならなんとしてでも学校に行きなさいと説き伏せるのだが、昨夜ホーリー・オークスであんなことがあったあとなので、わたしは折れた。もしかしたら、校庭用の掃除道具入れに、フル装塡されたＡＫ47が隠されているかもしれないのだ。それに、サムズのそばに娘を近づけたくなかった。とくに彼が昨夜の脱毛の施術から回復するまでは。どうすればわたしだとばれることなく、理事会に警告できるだろうか？「いいわ」わたしは言った。「でも今回だけよ。担任の先生にメールして、宿題は何かきいてみるわね」

エルシーはわたしにちょっとだけ微笑みかけたあと、暗い顔になった。大きな目に涙がわきあがる。「どうしていつもあたしのフライフォンを忘れるの？」

「さがしてるのよ」フライフォンを取り戻すためには何をすればいいだろうと考えながら、わたしは言った。どれほど考えても、ブッバ・スー対策は思い浮かばなかった。

「ママはきっと持って帰ってきてくれるわよ」母が言った。「でも、今日はフライフォンは必要ないわ。裏庭で妖精のおうちを作って、図書館に行きましょう」母はわたしのほうを見た。「あなたも来る?」

「そうしたいんだけど、仕事のほうがてんやわんやなの」控えめに言っても。

母はため息をついた。「もっといっしょにすごせると思っていたのに」

「ごめん」母親失格だけでなく、娘失格でもあると感じながら、わたしは言った。「わたしもそう思ってたのよ。今週がこんなに忙しくなるなんて予想外で。お母さんが手伝ってくれて、ほんとに感謝してる」

母は窓の外を見た。「ところで、ミニバンに何があったの?」

「エンジンのトラブルよ」わたしは陽気に言うと、子供たちに食べさせるものはないかとキャビネットをさがした。バタバタしていたので、昨日は食料雑貨店に寄るのを忘れていた。今朝もリンゴのスライスとオートミールにするしかないようだ。母は〈クエーカー〉の製品をすべて破棄したがったが、全粒の穀物だからということで、オートミールはなんとかわたしが救出した。「修理工場にある」

ボウルにオートミールを入れて水を注ぎ、電子レンジに入れてから、ノートパソコンに向かい、大急ぎでエルシーの担任に宛ててメールを打った。母がニックの着替えを手伝ってくれているあいだに、オートミールを蜂蜜――おばあちゃんが許したこの家で唯一の甘味料――とシナモンで調味した。ランチの計画はまだ立てていなかった。また幼稚園に行くまえに〈サブウェイ〉に寄ることになりそうだ。

　ニックの靴を持って息子を玄関に向かわせているとき、電話が鳴った。ためらってから――ブンゼン刑事かもしれない――受話器を取った。

「もしもし？」

「マージー！　大丈夫か？」

「ブレイク！」わたしは靴を置いて言った。「おはよう。ええ、わたしは元気だけど。どうして？」

「やっとつかまった」

「ごめん、ずっと忙しくて」ニックに微笑みかけて、寝室に引っこみながら言った。母や子供たちのいる部屋でしたい会話ではなかった。「修養会はどんな調子？」

寝室のドアを閉めながらきいた。

「うん……興味深いよ」ブレイクは言った。「〈妻たちの会〉には行ってくれた？」

「ええ……興味深かったわ」わたしは答えた。ミートローフとプッシュアップブラを信奉する〈闘う妻たちの会〉の方針については――彼の出発後に銃撃されたことや、校務員を縛ってワックス脱毛する手助けをしたことや、娘の学校に押し入ったことについても――話したくなかったので、こうきいた。「申しこんだかいはあった？」

「イエスでもあり……ノーでもあるかな。びっくりするような経験をしてる」

「そうなの？」興味を惹かれて尋ねた。

「それで、大きな決断をしたんだ」彼は言った。

「そう。どんな決断？」

ブレイクはためらった。「うん……それについてはちゃんと会って話したほうがいいと思う」彼は言った。「もう切らないと。最初のグループセッションがはじまるんだ。子供たちに愛していると伝えてくれ。明日の午後には帰るから」

「ブレイク――」

「さよなら、マージー！」彼はそう言って電話を切り、わたしは電話を持ったまま残された。

「マージー、ディア！」母の声がした。「ニックが呼んでるわよ！」

何も考えられない状態のまま、寝室を出てキッチンに向かうと、エルシーが手つかずのオートミールとともに隅の床に座っていた。「愛してるわ、スウィートハート」わたしはかがんで娘の額にキスした。エルシーは手を伸ばしてわたしの脚にしがみつき、ふくらはぎにやわらかい頬を押しつけて言った。「行かないで」

「あっという間に帰ってくるわよ」わたしは言った。「おばあちゃんと楽しく学校をサボってなさい」

「ママ、フライフォンはオフィスに置いてきたって言ったのに、なくしちゃったの？」

「大丈夫、オフィスにあるから」脚にまわされた娘の腕を解きながら言った。世界最低の母親になった気分だ。「今日は持って帰るわ」

四十分後、〈プリティ・キトゥン〉に足を踏み入れると、ワンダに不審そうな目で見られたが――ワックスはできるかぎり拭き取ったものの、手が届かなかった天井にはぽつぽつと痕跡が残っていた――そのまま〈ピーチツリー探偵社〉のほうに行った。キャベンディッシュのオフィスで見つけた黄色い法律用箋をデスクに置き、数字を入れ替えて意味を解読しようとしながら、一時間ばかり見つめていた。事件全体を解く鍵がここにあるのかもしれないと思ったが、この暗号が何を意味するのかわからなかった。降参してノートパソコンを開き、検索ワード〝豚を縛る〟で検索を開始した。十五分もしないうちに、豚を縛るための基本的知識を身につけていた――そして、計画も。キャベンディッシュ事件の鍵は解けなくても、少なくとも娘のフライフォンは取り戻せるはずだ。

車に戻るころには、すでにお隣からうめき声が聞こえはじめていた。ワンダは脱毛作業で忙しかったらしく、今回は恐ろしい形相でにらまれずにすんだ。まず金物店に寄って、ロープひと巻とタープを買った。つぎの立ち寄り先は〈HEバット〉（テキサス州にある大型スーパー）で、エクスプレスレーン（購入品数の少ない客用のレジ）で犬用のボウルとローンスタービール六缶パックを買った。

「つらい朝だったの？」わたしが持参したマイバッグに六缶パックを入れながら、レジ係がきいた。

「きかないで」わたしは彼女に陰気な笑みを返し、袋をつかんでリーフに向かった。

32

ブッバ・スーの家に生き物がいる気配はなかった。何軒か先に車を停め、ビールのはいった袋をつかんだ。そして、またしても何気ないふうを装いながら、平屋住宅の脇庭にぶらりとはいっていった。

日よけがおりていて、ドライブウェイにレンジローバーはない――いい兆候だ、と思った。フェンスの向こうからは、かぎまわっては鼻を鳴らす音が聞こえる――これもいい兆候だ。ローンスタービールをひと缶開け、犬用ボウルに注いで、ゲートを少し開けた。「ほーら、ブーちゃん、おいで、ブーちゃん！」甘い声で呼びかけ、ゲートのなかにボウルを押しやってから、急いでゲートを閉じた。

ブーブーという声が大きくなった。すぐにひづめの音がして、鼻を鳴らす音が近づいてきた。「いい子ね」フェンスの隙間からブッバ・スーをじっと見ながら言った。地面を転げ回ったらしく、体じゅうに乾いた肥やしをまとっている。タープを持ってくることを思いついてよかった。豚はボウルのにおいをかいだあと、恐る恐る味見した。朝食にビールを飲むのはブッバ・スー的にはオーケーだったらしく、味見はがぶ飲みになり、三十秒もしないうちにボウルは空っぽになった。わたしは二缶目を開けて、腕がはいる程度にゲートを押し開けた。彼女はキーッと鳴いたが、ボウルにビールが注がれる音がするとすぐにおとなしくなった。二缶目もあっという間に飲み干し、鼻面についた泡をなめながら、期待するようにわたしを見た。

「とりあえずこれくらいにしておきましょう」と言って、ゲートが閉まっていることをたしかめた。そして、空き缶を集めて車に戻った。急いでコーヒーを飲みにいき、ネットで豚の縛り方を確認したあと、三十分後、片手にロープ、もう片方の手にタープを持って、ブッバ・スーのもとに戻った。

ふたたび脇庭にぶらりとはいり、ヒメフヨウの茂みのそばに立って耳を澄ました。鼻を鳴らす音は聞こえない。期待が持てそうだ。フェンスの隙間からのぞいたところ、豚の姿はなかった。「ブッバ・スー！」と呼びかけてみた。

返事はない。

そっとゲートを開けて、ローンスタービールが効いたことを祈りながら、なかに足を踏み入れた。忍び足で家のそばまで行って、角の先をのぞいた。ブッバ・スーは裏庭のまんなかに伸びて、定期的な間隔で軽くいびきをかいていた。

その横で、ぬるぬるした茶色いものにたっぷりとまみれているのは、エルシーのフライフォンだった。

家のほうをこわごわ振り返りつつ——ショットガンのことは忘れられない——忍び足で裏

庭のまんなかに出て、ブッバ・スーが動く気配に気をつけつつ、わたしのiPhoneがないかと見わたしたが、こちらはまだ行方不明のままだった。とりあえず、奇跡的に無傷らしいフライフォンをつかんで、茶色のぬるぬるをあらかた芝生でこすり落とした。買い物に行ったら漂白剤を買わないと、と思いながら、フライフォンをポケットに入れた。

ロープをつかみ、短い祈りを唱えてから、ブッバ・スーのうしろ脚に手を伸ばした。

彼女がぴくっと動いたので、飛びすさってゲートまで走ろうとした。だが、豚は目を閉じたままだった。自分を励ましながら、ネットで読んだ豚の縛り方に従って、輪にしたロープをうしろ脚にかけた。彼女は動かなかった――ビールが効くという情報は正しかった――が、豚の脚にロープがからまった様子は、ネットの写真とは似ても似つかなかった。

とはいえ、ブッバ・スーはまだ眠っているので、これでなんとかなるだろう。彼女を持ちあげてタープの上にのせ、大きなブリトーのように包んだところで、計画に穴があることに気づいた。

七十キロはありそうな豚を、どうやって裏庭から運び出して日産リーフに乗せる？

タープの端をつかんで力いっぱい引っ張った。ブッバ・スーは三十センチほど移動し、小さく鼻を鳴らした。十分後、わたしはゲートのそばに立って、レンタカーを見ていた。もう少し近くまで車を移動させよう。

ブッバ・スーをその場に置いて車に戻り、できるだけゲートの近くまで寄せてから、ブッバ・スーのところに戻った。タープを引っ張ってブッバ・スーを脇庭から出そうとしたとき、庭のどこかから聞き慣れた呼び出し音が聞こえてきた。タープを離し、音源を探しながら家の裏に急行した。

するとと、豚のフンの山からわたしの携帯電話の角が突き出ているのが見えた。それをつかんで、ガラスの表面を芝生で拭ってからディスプレーを見た。

電話してきたのはブンゼン刑事だった。

この一週間の罪滅ぼしだったのかもしれないが、なんとか事故もなくブッバ・スーを縁石まで運ぶことができた。ところが、てこを使って後部座席に乗せようとしているとき（トランクにはとてもはいりそうになかった）、トラブルが発生した。彼女の頭をシートまで引っ張りあげようとしていると、あごひげを生やしたやせた若い男性が通りの向こうから声をかけてきたのだ。

「何してるの？」彼はきいた。

クッキージャーに手を入れているところを見つかってしまったような、やましい気持ちで顔を上げた。あるいはこの場合は、盗んだ豚をレンタカーに乗せようとしているところを見つかってしまったような。ブッバ・スーがかすかに声をあげた。意識が戻りつつあるのだろうか？　三缶目のビールを飲ませるべき？

「ええと、うちの豚の具合が悪くて」わたしは言った。「獣医に連れていくところなの。お腹に赤ちゃんがいるから心配で」真実を混ぜるのが最善の策だとピーチズが言っていた。実際ブッバ・スーは妊娠しているし、わたしは心配している——おもな理由は、（a）彼女を車に乗せることができないかもしれないから、（b）乗せることができたとしても、家に向かう途中で彼女が目覚め、後部座席で暴れだすかもしれないから、だが。

「このへんでは見かけない顔だね」彼は言った。

「ええ」わたしは言った。「越してきたばかりなの」

「そうなんだ。初めまして」彼は近づいてきながら言った。「手を貸そうか？」

「それはありがたいわ」守護天使だかなんだか知らないが、彼がこの朝わたしに気づいてくれたことに感謝しながら、わたしは言った。若い男性の手を借りて、なんとかブッバ・スーをリーフの後部座席に乗せた。鼻面を押しこんで、そっとドアを閉めた。

「どこに連れていくの？」男性がきいた。

「洗濯室よ」何も考えずに言ってしまった。

「えっ？」

「この子、妊娠してるの。赤ちゃんが生まれたら、安全で温かい場所が必要になるでしょ」

「今は夜でも三十五度あるよ」彼はまばらなあごひげをなでながら指摘した。

「ええ。わたし、温かい場所って言った？　涼しい場所と言うつもりだったの。このあたりには……捕食動物もいるし」

「この界隈に？　ここはほとんどオースティンのダウンタウンだよ」

「ええと……コヨーテとか。フクロウとか」

まばらあごひげ青年は疑わしそうにわたしを見た。「フクロウが豚を襲うだなんて知らなかったよ」

「用心するに越したことはないわ。わが家の洗濯室なら捕食動物はいないから」ルーファスを別にすればだけど。でも、ブッバ・スーのほうが強いに決まっている。

「この家の洗濯室に入れておくわけにはいかないの？」

「まずは獣医に連れていかないと。とにかく」早く会話を終わらせたかったし、まばらあごひげ青年が妙に豚の世話について知りたがるのに困って、わたしは言った。「この子が目を覚ますまえに行くわね。ほんとうにありがとう。助かったわ」

「どういたしまして」彼は言った。「またそのうち！」

そうならないことを心から願うわ、と思いながら、運転席に急いだ。両方の電話がポケットにはいっていることを確認して、運転席に乗りこみ、ブッバ・スーのパパがショットガンを持って帰ってくるまえに出発した。サウス・ラマール方面に曲がると、窓を開けて小さくガッツポーズをした。肥やしのにおいをさせているかもしれないが、どちらの電話も手に入れたのだ――もちろん豚も。

ドライブウェイに車を停めたとき、ブッバ・スーは目覚めかけていた。窓を半分閉めて、急いで家のなかにはいった。ありがたいことに、母はまだ図書館へ出かけていなかった。エルシーとふたりではキッチンのテーブルについて、ケールの葉でフロッタージュ（葉などの上に紙を置き、クレヨンなどでこすってその形を写し出すこと）をしていた。

「ちょっと手を貸してもらえる？」わたしは洗濯室の床からかごや靴や洗剤のボトルを運び出しながらきいた。

「何をすればいいの？」

「豚を洗濯室に入れるのを手伝ってもらいたいの」

母はわたしを見あげてにっこりした。「つかまえたのね？」

「ええ、でも今度は依頼人がつかまらないの」帰る途中、飼い主に電話してメッセージを残したが、電話はかかってこなかった。

「かわいい？」母がテーブルから立ちあがってきいた。「ポットベリーピッグをずっと見たいと思ってたのよ」

「かわいくはないわ」わたしは先に立って車に向かいながら言った。ラインストーンの犬用首輪を日差しにきらめかせながら、エルシーもついてきた。リーフに近づいていくと、ブーブーという声が聞こえ、車が振動していたので、わたしはぎょっとした。

「元気そうな声ね」母が言った。用心しながら一歩車に近づくと、サイドの窓から巨大な豚の頭が見えた。

「あれまあ（ジーザス）」孫娘がすぐ隣にいることも忘れて母は言った。「これがティーカップピッグなら、ティーポットバージョンは見たくないわ。『シャーロットのおくりもの』のウィルバーとキングコングの中間ってとこね」

ブッバ・スーはそんなふうに比べられておもしろくなかったらしく、窓に鼻面を押し当てはじめた。母もわたしも一歩あとずさった。

「見た目も元気そう」母は言った。「どうやって車に乗せたの？」

「ビールを二缶飲ませて縛ったの」わたしは言った。

「もう一度縛ったほうがいいんじゃない」母は言った。

「情報サイトで見たとおりにやったのよ。タープで包んでいるあいだにほどけちゃったみたい」

「ビールはまだある？」

「ええ。でも車のなかよ」

母は腕を組んで豚をじっと見た。「それは困ったわね」わたしたちが見ていると、ブッバ・スーはまえの座席のあいだに体をねじこんで、ダッシュボードにひづめをのせた。硬い皮膚がこすれて、泥と肥やしの大きなかけらがシートカバーの上に落ちた。このことをレンタカー会社にどう説明すればいいかについては考えたくなかった。「スコッチは気に入るかしら？」母がきいた。

「気に入るかもしれないけど、どうやって飲ませるの？」

「ボウルじゃだめね。こぼれちゃうから」母は考えこんだ。やがて、両手を打ち合わせた。

「哺乳瓶がいいわ。まだ捨ててないわよね？」

哺乳瓶？　わたしはボンネットに映るブッバ・スーのきらめく歯を見た。「ガレージの

〈グッドウィル〉行きの箱のなかにあるけど、まさか……」

「ほかにアイディアがある？」

「やってみましょう」

家のなかに戻った。わたしはガレージの箱をあさって哺乳瓶を見つけ出し、母は冷蔵庫の上にあったブレイクのスコッチを持ってきた。

「何してるの？」乳首をはずして、ブレイクのマッカランの十五年ものの残りを哺乳瓶に入れているわたしに、エルシーがきいてきた。

「豚さんにお薬を飲ませるのよ」さらにスコッチを入れて、また乳首をつけながら、わたしは言った。

「パパはお薬をたくさん飲むんだね」エルシーが言った。母とわたしが車のほうに戻るのを、不安そうに見ている。

さっきが振動だったとすると、リーフは今やけいれんしていた。

「豚さんは何してるの？」エルシーがきいた。

「座席を引っこ抜こうとしてるみたい」母は観察して言った。「わたしがあなたなら、急いでそのスコッチを飲ませるわね、マリゴールド」

哺乳瓶を銃のように構えながら車に近づき、後部の窓の隙間に哺乳瓶の乳首を差しこんだ。少量のスコッチが先端からたれた。幸い、そのにおいは座席を引き抜こうとしているブッバ・スーの気をそらすほど強烈だった。彼女は何度か鼻をうごめかすと、頭をめぐらせて、酔わせるにおいの源をさがした。

「うまくいったわ」母がつぶやいた。巨大な豚はまえの座席にはさまった体を後退させ、窓のほうに乗り出した。哺乳瓶の先に到達すると、激しく乳首を吸った。三分の一ほどスコッチを飲んだあと、引っ張りすぎてシリコンの乳首が哺乳瓶からはずれた。二百ccほどのマッカラン十五年ものが、リーフのバックシートにこぼれ、すぐさまブッバ・スーがそれをなめはじめた。

「くそっ（シット）」わたしは言った。それから、隣に娘が立っていることに気づいた。「むかつく（スニット）、って意味よ」

「充分飲んだかしら？」サイドの窓越しにブッバ・スーを見ながら、母がきいた。

「わからないけど」汚れた布製シートの上で鼻を鳴らすブッバ・スーを見た。「もう一度豚の縛り方のサイトを見なくちゃね」

33

　ボトル三分の一のマッカラン十五年もので充分だった。二十分後、ブッバ・スーはバックシートの上で横向きになり、手足を投げ出して寝そべった。乾いた肥やしはすっかり車内に落ちたので、まえよりもずっときれいになっていた。鼻面に白いぶちがあるのもちゃんと見えた。

「おとなしいときはちょっとかわいいわね」母が言った。母がまえ足を引っ張り、わたしがうしろから押した。もう一度押すと、豚は車からタープの上にすべり落ちた。母に手伝ってもらって仰向けにし、サイトの説明を読んでもらった。からまったロープに足を取られたような出来栄えだったが、これでよしとするしかないだろう。いつ目覚めるのかわからないのだから。

「ほんとに洗濯室に入れるの？」最後に意味もなくロープを引っ張ったわたしに、母が尋ねた。「裏庭のほうがいいんじゃない？」

「うちのフェンスを見たことある？」わたしはきいた。セイヨウキヅタのかたまりのそばに、何本か杭が立っているだけのもので、からまった葉やつるの下に杭が残っているかどうかもあやしいのだ。「夕飯の時間にはモパック高速道路を走ってるわよ」わたしは立ちあがった。

「お母さん、足のほうを持てる？　エルシー、玄関のドアを開けて」

「はあい、ママ」彼女はそう言って、ドアを押し開けた。母とわたしはブッバ・スーをのせた青いタープを持ちあげて家のなかをのろのろと歩き、洗濯室におろした。そして、そこに立って、しばらく豚を見つめた。

「ロープを解くべきかも」わたしは言った。

「あまりいい考えとは思えないけど、せめて水のボウルは置いてやるべきよね」母は言った。

「食べ物はどうする？　そもそも豚って何を食べるのかしら？」

「電話が好きみたいよ」わたしは言った。

「電話？」

振り返るとエルシーが近づいてきた。「なんでもない。とりあえずロープは解かずにおきましょう――すぐに飼い主が来るはずだから。でも、水はあげたほうがいいわ」

「どうやって飲ませるの？」

「頭のそばに置くのよ」わたしはありもしない自信を見せて言った。「エルシー、車のなかからボウルを持ってきてくれる？　後部座席の袋のなかにあるから」娘は小走りにボウルを取りにいき、母に手伝ってもらってボウルを洗って水を入れた。わたしはブッバ・スーの頭のそばの床に海藻スナックを投げてやった。だれかが食べなければならないのだから。

十一時には豚は無事洗濯室に落ちついた。わたしは被害を確認するために外に出た。レンタカーはバーと養豚場が混ざったようなにおいがして、助手席はブッバ・スーにむしり取られかけていたが、少なくとも豚はもういない。家畜による被害も保険でカバーできるのだろうか？　賠償金は依頼人に請求していいの？

ピーチズに電話してそれらの質問を留守電に残し、シャワーを浴びてフライフォンをきれいにしなければ、と思っていると、寝室の廊下で母に呼び止められた。

「マリゴールド」母は言った。「あなたのことが心配なの」

「なんの話？」わたしはきいた。

「裏のポーチに行って少し座らない？」母は言った。「エルシーはケールで森を作ってるから、しばらく忙しいはずよ」

「いいけど」わたしはしぶしぶ答え、自分の人生における未解決の問題をすべて思い起こしながら、母のあとから裏のポーチに出た。折り返しをしていないブンゼンからの電話。ミニバンを銃撃されたこと。錯乱状態の怒れる校務員。ドレスを着た男性への夫の偏愛。そしてもちろん、エルシーの犬への執着。唯一の明るい点は、フライフォンが手元にあることだった――豚の肥やしにまみれてはいるが。

いま話し合いはしたくなかったが、逃げるわけにはいかなかった。母が来て子供たちの世話を手伝ってくれるのはほんとうにありがたいと思っていたし、母のおかげでエルシーも明るくなった気がする。栄養についてのレクチャーのひとつやふたつ、聞いても罰は当たらないだろう。

パティオ用の椅子から数カ月ぶんの花粉とほこりを払い、母と向かい合って座った。「ここ何日かやたらとばたばたしててごめん」わたしは言った。「たまたま友だちが困ったことになって、それを解決するので忙しかったの」

「じゃあ、いつもこういう状態というわけではないのね？」

「ええ、いつもじゃないわ」わたしは首を振って言った。「言ったかもしれないけど、お母さんが手伝いに来てくれて、ほんとうにありがたいと思ってるのよ。とくに今はブレイクが出張中だし――お母さんは救世主よ」

「来てあげられてよかったわ」母は微笑んで言った。「でも、あなたはなんだかひどくバランスを崩してるみたいね」

またずいぶんと控えめな言い方だ。「ええ、今週はばたばたしてたから」

「わたしの直感ではそれだけじゃないわね。この家の人たちはみんななんというか……どこかばらばらなのよ」彼女はバングルをじゃらじゃらさせて両腕を揺らし、わたしに微笑みかけた。「それに、あなたとブレイクのあいだには、話に聞いている以上のことがあるような気がしてならないの」

「その……実は今ちょっともめてて」

母はため息をついた。「そんなことだろうと思ったわ。あなたたちのあいだには心のつながりが感じられないもの」

わたしは肩をすくめた。「子供ができればどこのうちでもそうなるんじゃないの？」

母は悲しげな笑みを浮かべた。「わたしが来るまで、ブレイクは書斎で寝ていたんでしょう？」

わたしは敷石の隙間から生えている芝生を見おろした。「いびきがひどくて寝られないからよ」

「へーえ」母はそう言って、待った。

とうとうわたしは言ってしまった。「いろいろ複雑なのよ」

母は手を伸ばしてわたしの手を取った。「お父さんとわたしにもそういうときがあったわ。あなたたちのためにうまくやっていこうとしたけど、結局は……」肩をすくめた。「別れたのは最善の選択だったと思ってる」

わたしにはそれほど確信がなかった。わたしが十歳のときから父はちょくちょく姿を消していたし、わが家にはどんな代替医療を用いても埋められない穴があった。

「お父さんのせいではわが家はぎすぎすしていた」母は説明した。「あなたは覚えてないだろうけど、あの人は家庭生活をとても……窮屈なものだと感じていたの。あなたたちを愛していたにもかかわらずね。とてもつらかったけど、あの人が出ていったほうが、だれにとってもよかったんだと、わたしは心から信じてる。それほどわたしといっしょにいたいと思っていない人といっしょにいても、幸せにはなれなかっただろうから」

平手打ちされたような気がした。ブレイクがわたしに惹かれていないと、そんなにはっきりわかったのだろうか？

「子供たちのことが心配なのはわかるわ」母は言った。「あなたにとって安定した家庭がいかに重要かということもね。でも、これから十五年も子供たちのためにみじめにすごしてほしくないのよ」彼女はわたしの手をぎゅっとにぎった。「あなたのためにならないわ——そして、子供たちのためにもならない」

「ブレイクはなんとかしようと努力してる」わたしは言った。「今週出かけているのはそのためなの」

「仕事の出張ではないだろうと思ってたわ」母は打ち明けた。

「でも、安定した家庭が必要なのよ……わたしたちが別れたら、子供たちはすごく傷つくわ」

「エルシーはすでにおかしくなってる」母は言った。「あの子は敏感な子よ。何か変だと気づいてるのよ。それでファンタジーの世界に引きこもってるんだわ」

「離婚すればそれが治ると？」わたしは両手で髪をすきながらきいた。「学校のせいだとは思わないの？」

「犬への執着は一年近くまえにはじまったんでしょ？　まあ、正直なところ、ホーリー・スモークスもあの子にとってそれほどいい環境とはいえないみたいだけど」

「ホーリー・オークスよ」わたしは訂正した。

「とにかく、エルシーは独創的な子なのに、ホーリー・オークスは……」母はことばをにごした。「あの子があそこでうまくやっていけるとは思えない。それに今のあなたのオーラはとても……にごっている。電話ですらそう感じるわ」母は腕のバングルをひねった。「エルシーはそれに反応しているんだと思う。いっしょに暮らしているんだもの」

「このところちょっとストレスを抱えてたのよ」わたしは白状した。「実は、ブレイクのことだけじゃないの」顔を上げて母を見ると、期待するように微笑んでいた。「学園長が亡くなったって話したの、覚えてる？」

「ええ。それがどうかしたの？」

「実は、話してないことがあるのよ……ピーチズに死体を運ぶ手伝いをしてくれとたのまれたの」

母はじゃらじゃらと音をたてて座り直した。「なんですって？」

「学園長は売春婦のアパートにいたの、アクアマンのタイツにゴーグル姿で」おしっこプレイのことは言わなかった。「ピーチズは友だちを助けるために、わたしに助けを求めてきたのよ。とにかく、わたしはうっかり彼の上にベッキーの名刺を落としちゃって、警察がそれを見つけたってわけ」

母はぎょっとしたような笑い声をあげた。「アクアマンですって？」

「笑いごとじゃないわよ。あと二日で真相を解明できなかったら、わたしとピーチズが死体を動かしたと警察に話さなくちゃならないんだから。たぶん刑務所行きになるわ」

「そもそも、どうして死体を動かしたの？」母が尋ねた。

「彼は売春婦のアパートで撃たれたの」わたしは説明した。「売春婦はピーチズの友だちで、大学の学費を払うのに何をしているか両親に知られたくなかったのよ」

母は椅子に背中を預けた。「それでちょくちょく出かけてたのね。豚のことだけじゃないと思ってたわ」

「まあ、そのこともあったけど」

「犯人に心当たりは？」

「近づいてるはずよ、昨日オフィスでミニバンを撃たれたぐらいだから」

母は目をまるくした。「なんですって？」

「だからレンタカーに乗ってるのよ。キャベンディッシュのオフィスに隠されていた、妙なことばが書かれた紙切れも見つけたわ。問題は、それが何を意味するのかわからないことなの」

「キャベンディッシュというのが学園長なのね」母はうなずいて言った。「どうやって彼のオフィスにはいったの？」

「きかないで」わたしは言った。

「ゆうべはそこにいたのね？」

「かもね」

「あのね」母は言った。「やってしまったことはしかたないわ。それにあなたはわくわくするような仕事がしたかったんでしょ。たぶんわたしが力になれるわ。子供のころ、暗号を解くのは得意だったの」

やってみても損はないだろう。「取ってくるわ」わたしは言った。「解けるかもしれないものね。そうだ――エルシーのフライフォンを取り戻したんだけど、豚の肥やしまみれなの」

「それはお手柄だったわね！　きれいにする方法なら知ってるわよ。スリーシーヴスオイルですっかりきれいになるわ」母は物知りぶってうなずきながら言った。

「ほんと？　漂白剤につけ置きしようかと思ってたんだけど」

「わたしにまかせて。いいから、その紙きれを取ってきなさい」

法律用箋――とフライフォン用のビニール袋――を取りに家にはいると、エルシーが顔を上げてにっこり微笑んだ。「あたしの森を見て！」彼女は言った。「ちっちゃな家も建てたんだよ」天板の上に海藻フレークで作った小さな建物を指さす。犬用首輪がテーブルの上に放り出されていることにわたしは気づいた。

「そこにはだれが住んでるの？」わたしはきいた。

「ケールの妖精」当然でしょというように彼女は言った。

わたしは娘の頭のてっぺんにキスをして抱きしめた。「すごく健康そうな森ね！　広げるのにもっと天板がいる？」

「それいいね、ママ！」

わたしは天板もう一枚と海藻スナックもうひと袋を取りにいくついでに、洗濯室のほうを見た。小さく鼻を鳴らす音が聞こえたが、凶暴さは感じられなかった。少なくとも今のところは。

「ありがとう、ママ」海藻スナックをもうひと袋テーブルに置くと、娘が言った。エルシーがケールの妖精の家の屋根を調整しているあいだに、バッグから法律用箋を取り出して裏のポーチに向かった。

「あの子、すごく楽しそう」わたしは夢中になっている娘のほうにあごをしゃくって言った。

「ケールの森を作るなんて考えたこともなかった」

「ああいう独創的な子供にとってはわけないことよ」母は言った。「さあ、あなたのそのリストとやらを見せて」

テーブルの上に紙きれを広げ、ふたりでじっと見た。

「何かの暗号だと思う？」わたしはきいた。

「Arthur207」最初の行を指して母は言った。「うーん。亡くなったとき彼はどんな格好だったんだっけ？」

「アクアマンだけど」わたしは言った。「どうして？」

「アクアマンの〝通り名〟は？」

「調べてみる」お尻のポケットから肥やしがついた携帯電話を取り出して、文字を打ちこんだ。

「アーサー・カリー」ページを見つけて言った。もうひとつの暗号は〝C1U2R3R4Y5〟だ。

「やっぱりね」母は目をきらきらさせて言った。「きっとこれはユーザー名とパスワードよ」

34

母を見た。言われてみればたしかにそうだ。「たしかにユーザー名とパスワードっぽいわ。問題はなんに使われるものかってことね」

「調べてみましょう」母はそう言って、わたしの携帯を要求した。「いいかしら？」携帯をケースから出してわたしした。携帯はかすかにへこんでおり、おそらくは歯型もついていたが、ブッバ・スーの消化器官を無事通過してきたようだった。まさに現代の奇跡だ。

「まずはいかにもあやしいところからね」母は言った。

「たとえば？」

「Gメールよ」ほどなく、母は言った。「これじゃないわ」

「ヤフーは？」

これもちがった。メール・プロバイダをつぎつぎ試したが、ツキはなかった。あきらめかけたとき、母が言った。「ビンゴ」

「見つけたの？」わたしは母のそばまで椅子を引いていった。

「インボックスだった」

「メールの内容は？」

「人と会う約束をしてる」母はメールを開けて見ながら言った。

「相手は？」

「ほとんどはデジレーという名の女性だけど、もうひとりいるわ」

「だれ？」

「チェリーって人」

ふうむ。「いつから？」

母はメールのリストをスクロールした。「メールのやりとりがはじまったのは今年の一月ね」

「ふたりは会ってたの？」

「みたいね」肩越しにのぞくと、母はメールを読んだ。「いいお返事をいただけて、とても感謝しています。今度の金曜日の夜に特別なお礼をいたします」顔を上げてわたしを見た。

「どういう意味だと思う？」

「母親のひとりが、子供を学校に入れてもらう代わりに……特別なサービスを提供していたのよ」

「その人が殺したのかしら？」

「ちがうと思う」わたしは言った。「殺す理由がないもの。彼女は望んでいたものを手に入れたし、それを他言される恐れもなかった。もうひとつのアカウントを試して、何が出てくるか見てみましょう」

母はアクアマンのアカウントからログアウトして、つぎのユーザー名とパスワードを打ちこんだ。母の言うとおりだった。キャベンディッシュはインボックスにふたつのアカウントを持っていたのだ。

「投資?」最初のメールをいくつか開いて、鼻にしわを寄せながら母は言った。「どうして投資の話をするために秘密のアカウントが必要だったのかしら?」

「メールの数は多いの?」

「五通だけよ」と言って、母はもっとも初期のメールを開いた。


投資先を考え直したい。あのルートはやめたほうがいい。早急に助言がほしい。


「返信は?」

母はRainbow2348からのメールを開いた。


懸念はわかった。手元にあるぶんがさばけたら、資金はもっと危険度の低い事業に移す。

キャベンディッシュの返信。

聞いたところでは、あまりにも危険な状況だ。早急に手を引く必要がある。

それに対するRainbow2348の返信。

すぐに手を引くことはできない。準備に四週間必要だ。

二日後、キャベンディッシュは最後のメールを送っている。

四十八時間以内にＨＯから手を引け。さもないと強硬手段に出る。

「それが最後のメールよ」母が言った。
「つぎの日の夜、彼は殺された」鳥肌が立つのを感じながら、わたしは言った。
「犯罪の証拠を見つけたみたいね」と母。
「ええ。でもRainbow2348ってだれなのかしら？」
「それが問題よね」母は言った。わたしはうすうすわかっていたが。「そろそろ警察に話す？」
「まだよ」わたしは言った。「まずはピーチズと話すわ。彼女ならもっといい考えがあるかもしれないから」

「エルシーはわたしにまかせて」母は言った。「できることをしに行きなさい」

「ありがとう、お母さん」わたしはそう言って、母をぎゅっと抱きしめた。「お母さんがいなかったらどうなっていたかわからないわ」

「わたしもよ」目をきらきらさせて母は言った。


「ブッバ・スーをつかまえたわ」二十分後、着替えたにもかかわらず、スコッチと豚の肥やしのにおいをぷんぷんさせながら〈プリティ・キトゥン〉にはいっていって、ピーチズに報告した。

ピーチズはデスクから体を離して、脱毛済みの脚をたっぷりと見せた。「すばらしいわ！依頼人は彼女を迎えにきた？」

「メッセージを残しておいた」

「豚はどこにいるの？」

「とりあえずうちの洗濯室に。でも、レンタカーをずたずたにされたわ。そのぶんは依頼人に請求できる？」

「ずたずたって……」

「助手席をもぎ取ろうとしたのよ」

ピーチズは顔をしかめた。「成功したの？」

「途中まではね。でもそれだけじゃないのよ。キャベンディッシュ事件の手がかりを見つけたわ」

「ほんと？」

「あの法律用箋に書かれていた暗号を母が解いたの。メールアカウントのユーザー名とパスワードだった」

「何かいいことがわかった？」

わかったことを話した。

「ピースが集まってきたわね。わたしのほうでもわかったことがあるの」ピーチズが言った。「ホーリー・オークスの駐車場にあったレクサスとセダンのナンバープレートを調べたのよ。そのなかにだれの車があったと思う？」

「クレシダ・キャベンディッシュ？」

「それと、マーティ・クルンバッハー」

驚いた。「クルンバッハーが学園長を殺したかもしれないの？」

「キャベンディッシュが言ってた投資がどんなものかによるわね」ピーチズは言った。「あの会社はなんて名前だったかしら？〈ゴールデン・インベストメント〉？」コンピューターに社名を打ちこむ。

「そう。筆頭株主は〈スペクトラム・プロパティーズ〉」わたしは言った。「よね？」

「調べてみる」ピーチズの指がキーボードの上を飛ぶように動いた。「有限責任会社（LLC）の所有になってるけど、オーナーの名前は公開されてない」

「保有財産のリストはある？」

「ええ」彼女がにやりと笑いかける。「これはあなたも気に入るわよ」

「どういうこと？」

「街にいくつもバーを所有してる。たとえば……」劇的効果をねらって間をとる。「〈スウィート・ショップ〉とか」

「Rainbow2348は店で積み荷の話をした」わたしは言った。

「そしてデジレーはクラブのバックルームにある大量の積み荷のことを話していた」

「やっぱりそう思う？」わたしはきいた。「たしかにあやしいわよね。その積み荷とラベルの写真を撮ることができれば、わかったことをすべてブンゼンに話してもいいかもしれない。そうすれば〈ゴールデン・インベストメント〉と〈スペクトラム・プロパティーズ〉を調べてもらえる」

「通報は匿名でね」ピーチズが言った。

「それがいいでしょうね。その積み荷って、〈スウィート・ショップ〉のどこかにあると思う？」

「知る方法はひとつしかないわ」彼女は言った。「ランチがまだなの。ストリップステーキはどう？」

「あなたが車を出してくれるならね」わたしは言った。「またリーフで出かけるのはごめんだわ」

〈スウィート・ショップ〉の駐車場はまたもや満車で、看板には〝フレッシュなホットバンを召しあがれ：本日アマチュアデー！〟と謳われていた。ピーチズは入口から何列目かに停まっている二台のSUVのあいだにビュイックをこじ入れた。

「プランは？」ブッバ・スーとの対決のあと、見苦しくないジーンズと清潔なTシャツに着替えてよかったと思いながら、わたしはきいた。

「バックルームにはいれるかどうかやってみる」彼女は言った。

「バナナトワールがいたらどうするの？」わたしはきいた。

「暗い隅に隠れる」わたしたちは正面の階段に向かった。そこには今日もチューイがいた。

「やあ、ピーチズ！」彼は言った。「元気そうだな」

「あんたもね、ハニー」彼女は言った。「ねえ、今日バナナトワールはいる？」

「火曜まで休みだよ。アマチュアデーに出るのかい？」

「まさか。ランチを食べに来ただけよ」

「そりゃ残念。あんたならいい線いくのに」ピーチズを愛でるように見ながらチューイは言った。「いつか出てみるべきだよ」そして、わたしに向かってうなずいた。「そっちの友だちも」

「ありがとう」ほかになんと言えばいいかわからなかったので、それだけ言うと、すぐにピーチズを追って店内にはいった。

今日はプラスティックのプールはなかったが、古くなったミルクのにおいがかすかにした。ホイップクリーム・レスリングをおこなう場所として、カーペットは最適な選択肢ではないようだ。デジレーが教えてあげればよかったのに。

中央ステージでは二十平方センチのライムグリーンのスパンデックスを身につけた女がのたくり、わたしとピーチズはバックルームにつづく通路に近い隅のテーブルに向かった。

「すぐ奥に行く？」べたつくシートに座ると、わたしはきいた。

「まずは一杯飲みましょう」彼女は言った。

「本気なの、ピーチズ？」

「このまえの晩のデートからまだ立ち直れてないのよ」

「ホンキートンク・ハニーズ・ドットコムの人とはうまくいかなかったの？」

ピーチズはわたしを見た。「あの人、チェラーダを飲むのよ」

「何それ？」

「バドライトとクラマト（トマトジュースにハマグリエキスとスパイスを加えたもの）のカクテル」

「胸が悪くなりそう。ほんとに飲み物なの？」

「信じたくないけど、飲み物よ。彼はそれを六杯飲んで、わたしにキスしようとしたの」彼女は身震いした。「わたしが拒絶すると、彼はロデオマシンに乗って、バーじゅうにゲロを吐いたのよ。マンハッタンクラムチャウダーみたいなにおいだった」

わたしはしばらく座って少しずつスパンデックスを脱ぐダンサーを眺め、戻したクラマトのイメージを頭から消そうとした。「最近ジェスと話した？」わたしはきいた。

ピーチズが答えるまえに、背後からウェイトレスが現れた。日焼けした平らな腹部が——お腹まわりはわたしの腕まわりほどだ——どぎついピンクのネオンライトを受けて輝いている。「ご注文は？」

「スペシャルは何？」ピーチズがきく。

「スクリュードライバーとスクリーミング・オーガズムが三時まで半額よ」彼女は言った。

「スクリーミング・オーガズムをふたつ」ピーチズは言った。ウェイトレスは微笑むと、気取ってバーに向かった。

「運転はわたしがするわ」わたしはピーチズに言った。「それで、ジェスとはどうなの？」

「まだ電話してこないわ」ピーチズは言った。

わたしは腕を組んだ。「まったくもう。こっちはドラァグクイーンと寝てる男を相手に苦労してるっていうのに、あなたはアイスクリームのことで言い合ったぐらいでジェスに電話しないっていうの？」

隣のテーブルの男性たちがこちらを見た。ピーチズは椅子の上でもじもじした。

「こうしましょう」わたしは言った。「これから化粧室に行くから」奥の通路を見やった。

「わたしが戻ってくるまでに、ジェスに電話すること——メールでもいいわ」

「でも——」

「でもはなし。やるのよ」そう言って、わたしは立ちあがった。

わたしたちのテーブルからほんの数歩のところに奥の通路があり、ドアが並んでいた。どれも閉まっている。どれが倉庫室かしら？

深呼吸をして、最初のドアのノブに手を伸ばした。鍵がかかっていた。通路を進んでつぎの三つを試した。やはり鍵がかかっていた。四つ目のドアでようやく運が向いてきた。ドアを押し開け、すぐに開けたことを後悔した。

「なんの用だ？」二十歳ぐらいの筋肉質の女性ふたりにはさまれてあられもない体勢の、しみがふんだんにある男性にどなられた。腕にあるダース・ベイダー形のしみを見て、前回ここに来たとき飲み物をおごってくれた老人のひとりだと気づいた。

「失礼」わたしは目をそらして言った。「じゃまするつもりはなかったんです」

「おや」彼はわたしに気づいて言った。「あんたを覚えとるぞ。あの日プールにはいったあんたと友だちはなかなかよかった。アマチュアデーのために来たのかね？」

「い……いいえ」わたしは言った。

「忙しくないなら、三人目の席が空いておるぞ！　バイアグラはたんまりあるから、午後じゅうもつはずじゃ！」彼は自分の裸の膝をたたいた。

「いえ、けっこうです」わたしは言った。「おじゃましました」眼球を漂白できたらいいのにと思いながら、わたしはドアを閉めた。あの女の子たちは大金を稼ぐのだろう。セラピーのためにいくらか残しておけるといいけど。

つぎのドアも鍵がかかっていなかったが、今度はもっとゆっくり開けた。

ありがたいことに、なかに老人はいなかった——それ以外の人も。あるのはいくつもの箱だけだった。

なかにはいってドアを閉め、明かりをつけた。たしかに箱だ——何ダースもある。ざっと調べてみたが、違法なものは何も見つからなかった。マドラー、ナプキン——乳首に貼りつけるスパンコールまでひと箱あった。なぜ〈スウィート・ショップ〉に業務用サイズの食用色素ひと箱が必要なのかは考えたくなかった。

ほぼすべて調べたところで、隅に未開封の箱があるのを見つけた。

箱は軽く、ほんの一、二キロ程度で、発送元はグアダラハラの住所になっていた。鍵でテープに切れ目を入れ、箱を開けた。

なかには黒い小袋が並んでおり、どれも正面にぼやけた星と〝アフターバーン〟の文字が描かれていた。

小袋が見えるように開いた箱の写真を撮り、フロスティングの箱のうしろに戻した。わたしの考えが正しければ、これに投資したことで、キャベンディッシュは倫理的胸焼けを引き起こしたのだろう。〈スペクトラム・プロパティーズ〉はこの店を所有しているだけではなかった——テキサスじゅうで多くの死者を出したドラッグを製造、もしくは少なくとも流通させているのだ。ちくしょう、サムズはこれをホーリー・オークスの子供たちに流しているのかもしれない。そう思うとぞっとした。

ホーリー・オークスが投資で年に五十パーセントも配当を受けているのも無理はない。小袋をふたつポケットに入れて箱を閉じていると、倉庫室のドアが開いた。

「ここで何をしてるの？」

ストロベリーショートケーキだった。

「ええと……」

「アマチュアの控え室は隣よ」彼女は言った。おかげでわたしは面倒な説明をせずにすんだ。

「ありがとう」つま先で箱を隅に戻しながらわたしは言った。

「ステージ用の衣装は持ってきたの？」わたしのジーンズとTシャツの組み合わせを批判するような目で見ながら、彼女はきいた。

「いいえ。今日が初めてで」

「そう」ストロベリーショートケーキはスティレットヒールを鳴らして言った。「たぶんだれかが何か貸してくれるわよ。あなたにはちょっと小さいかもしれないけど」

「ご心配なく」わたしは言った。彼女のあとから倉庫室を出て、短い通路を進む。

「ここよ」と言って、彼女は左側の最後のドアを大きく開け、わたしをなかに入れた。

今日はアマチュアデーだが、控え室にいる女性たちのほとんどはプロ志向のようだった。虹のようなシャーベットカラーのドレスやスカートだらけで、生地は人造皮革が多かった。

「初めて？」ピンクと黒のキャットスーツに、同じ色合いのアイシャドウの女性が声をかけてきた。

「ええ」わたしはきつすぎる手袋のような彼女のぴちぴちの衣装をじろじろ見ながら言った。

「そのジーンズ、マジックテープはついてる?」彼女はきいた。

「えっ? ついてないけど」じりじりとドアのほうにあとずさる。「普通のジッパーだけよ」

「マジックテープつきの衣装にしたほうがいいわよ」彼女は言った。「この衣装なんて、脱ぐのにすごく時間がかかりそうに見えるけど、一度引っ張るだけで」パンツのフロント部分をつかんですばやく引っ張ると、スパンコールのGストリングと軽く日焼けスプレーをかけた扇情的な肌が現れた。「すぐに脱げるのよ」

「覚えておくわ」わたしは言った。「ところで、近くに化粧室はある?」

「緊張してるのね?」彼女はきいた。「このすぐ先よ」部屋の突き当たりにあるドアを指して言った。

「ありがとう」と言って急いでそこに向かい、香水でむせかえる部屋から――自由を求めて出た。ピーチズがまだスクリーミング・オーガズムを飲んでいなくても関係ない――ここから出なければ。

まっすぐ通路に向かうと、その先に大柄で筋肉質な人影が見えた。運の悪いことに、わたしと出口のあいだにいる。胃がよじれた。サムズだ。恐ろしげな顔つきだった。ここで何をしているのだろう? 化粧室から逃げる計画を変更し、向きを変えて香水過多の控え室に戻った。別のドアに向かおうと人を押しのけていると、キャットスーツに腕をつかまれた。

「さあ」彼女は言った。「あんたの出番だよ」

35

「でも……」

「緊張してるのはわかるよ」彼女は言った。「でも、乗り越えなくちゃ。それに、派手な衣装でキメた人たちと張り合う必要なんかないよ。あんたの魅力は」彼女はそこで間をとった。「隣の女の子っぽいところなんだから。あそこにいるピンクのリスのあとなんかに出たらかすんじゃうよ」ふさふさしたポリエステルのしっぽをのぞけば、全身ピンクのサテンの女性を指して言った。

「アマチュアデーに出演するために来たんじゃないのよ」わたしは叫んだ。

「早くステージに出たほうがいいよ」彼女は言った。「ステージのライトがつけば、やる気が出るから。約束する」

そして、反論の余地を与えずに、ドアの向こうのステージに向かってわたしを押した。

「アマチュアデー、最初の出演者です」背後でスピーカーがなりたてた。「みなさん拍手を……」そこで間があり、そのあいだにキャットスーツは司会者と相談したようだった。

「シナモンバンズです！」

わたしがライトのなかに立ち尽くしていると、ＤＪがキューの代わりにホット・チョコレート（一九七〇年代から八〇年代にかけて活躍した英国のソウルバンド）の『ユー・セクシー・シング』をかけた。歌詞は〝アイ・ビリーブ・イン・ミラクルズ〟ではじまり、正直ぴったりな選曲だと思った。ステージの右側から息を詰まらせたような音が聞こえた。わたしはライトのなかで目を細め、スクリーミング・オーガズムを半分噴き出したばかりのピーチズを見つけた。

何組もの目が自分に向けられていることに気づき、長いこと身動きできずに立ち尽くした。「踊って！」だれかが袖のほうから叫んだ。これは悪夢で、いずれ目覚めるのであればいいのにと思いながら、スピーカーから鳴り響く音楽にあわせて、わずかに体を揺らした。ホット・チョコレートが「どこから来たの、セクシーなきみ？」と問いかけ、観客から不満そうなつぶやきがあがると、わたしはもう少しヒップを揺らしながらキャットウォークを歩いていった。これで少しはましになったものの、まだ不満げな声が聞こえたので、足に向かって手を伸ばし、右のスニーカーのひもをほどいた。

「まわって！」奥からまただれかが叫んだ。

顔がほてるのを感じながら、すり足で回転してうしろを向いた。横にちらりと目をやると、ホーリー・オークスの校務員がわたしを見ていた。顔の傷がこれまで以上に恐ろしげに見える。ここで何をしているの？　彼の両手を見ると、巨大な親指はジーンズのポケットに引っ掛けられていた。

口のなかがからからになり、わたしは立ちあがった。わずかに不満の声があがったので、またかがんだ。

いったいどうすればここから脱出できるだろう？

スニーカーを蹴って脱ぎ、もう片方にとりかかった。脚のあいだから、すぐそこにキャンディストライプのポールが見えた。数秒後、もう片方のスニーカーもできるかぎり艶（なまめ）かしく脱ぎ捨てて、くねくねとポールに向かうと、ライフラインであるかのようにしっかりつかんだ。そして、それにもたれると、観客はわずかに活気づいた。ポールのまわりを回転するのって、どれくらいむずかしいの？

両手でポールをつかみ、体の右側をつけてまわった。何度か回転してみて、これならいけると判断し、逆回転した。ホット・チョコレートが甘い声で「きみのさわり方が好き」と歌うと、飲み物をおごってくれた八十代男性ふたり組の相方が、血管の浮いた手に二十五セント硬貨らしきものをにぎりしめて、ステージの下に現れた。「脱いでおくれ、ハニー！」細く高い声で叫んだ。「ほら、これをあげるから！」

ポールから手を離して、Vネックの襟元からこっそり自分を見おろした。つけているのはスポーツブラだ。カバー力は抜群だが、当然ながらストリップクラブ向きの衣装ではない。

「早く脱げー！」テーブルのひとつから声がかかった。もう一度サムズのほうを見て、細めた目でまだこちらを凝視しているのを確認すると、ぎこちなく腰を振りながらTシャツの裾に手を伸ばした。

できれば絶対にやりたくないが、ステージの脇からサムズににらまれた状態では、ほかに選択肢がないことはわかっていた。できるだけゆっくりとTシャツを上げながらも、まだ早すぎるような気がした。腕を抜くのに少し手間取ったあと、頭の上でくるくる回し、ピーチズに向かって投げたつもりが失敗した。八十代男からそう遠くないところにある、ステージライトの上に落ちたのだ。

やはりスポーツブラは〈スウィート・ショップ〉には少しおとなしすぎたようで、反応は電撃的とはいかなかった。裏から逃げることを想定して肩越しに振り返ったが、サムズが追いかけてくることはわかっていた。ジーンズのボタンをゆっくりとはずして、おざなりなやじを受け、ジッパーをおろした。脱ぎ終えるまえに曲が終わってくれと念じながら、ジーンズに親指をかけておろしはじめる。漂白剤のしみがついた、お腹まであるジョッキーのショーツのまえ部分があらわになった。

八十代男は大興奮だ。「メイベルがよく穿いていたのと同じだ」と叫んで、二十五セント硬貨を振りまわしている。

ジーンズを半分もおろさないうちに、キャットスーツの女性がマジックテープを絶賛していた理由を理解した。片足で跳びながら、左足をジーンズから抜こうとした。一瞬よろめいたあと、二十五セント硬貨を振る八十代男の膝の上に落下した。

瞬く間にピーチズが現れて、老人の驚くほど力強い手からわたしを解放した。「何やってんのよ?」彼女はわたしの耳元でどなった。

「あとで説明する。とにかくここから連れ出して!」わたしは言った。

ジーンズをつかんで引きあげると、八十代男がスポーツブラに二十五セント硬貨をつっこんだ。

「ありがとう」反射的にそう言って、サムズのほうを見ると、いくぶん不機嫌そうな顔でこちらに向かってくるところだった。

「行くわよ」わたしはサムズを気にしながら言った。

「あなたのバッグは持ったわ」ピーチズはそう言って、テーブルに十ドル札を置くと、ぽかんと口を開けてわたしたちを見ているウェイトレスにうなずいた。「靴を取ってこないと……」

「あとで取りにくればいいでしょ」わたしは言った。

「でも――」

返事は待たなかった。八十代男がポケットからもう一枚硬貨を出そうとしているあいだに、サムズのほうを振り返るまいとしながら、小走りで出口に向かった。すぐにピーチズがあとにつづき、車を目指して暑い駐車場を走った。バス停にいた男数人が値踏みするようにわたしを見た。「ロックを解除して！」クラブの正面ドアからサムズが出てきたのを見て、わたしは叫んだ。ピーチズはすぐうしろで荒い息をしている。ベイリーズ・アイリッシュクリームのにおいがした。

「くそっ」彼女はぜーぜーしながら言った。

「とにかく、早くここから出ましょう」わたしはビュイックの助手席に乗りこんで言った。

ピーチズもすぐに乗りこんで、ドアをロックし、バックで車を出した。ステロイドを打たれたゴリラのようにまだこちらに向かってくるサムズを危うく轢きそうになった。バックミラーで彼を見ながら、タイヤをきしらせて駐車場から出た。彼に会うのはこれが最後ではないだろうといういやな予感がした。

「アマチュアデーですって？」無事ラマール・ブールバードに出ると、ピーチズが言った。「正気なの？」

「事故だったのよ」わたしは言った。

「ダンスのレッスンを受けなくちゃだめね。お尻からほうきをつっこまれた人みたいだったわよ。それに何そのセクシーな下着。ヴィクトリアズ・シークレット？」

「やめてよ。家では見てくれる人もいないんだから」わたしは思い出させた。

「まあ、それもそうね。どうしてステージに出ることになったの？」

「倉庫室にいるところを見つかっちゃったのよ。逃げようとしたんだけど、出口とのあいだにサムズがいて」

「それでステージに出るしかなかったのね」

「そういうこと。それと、倉庫室でこれを見つけたわ」わたしはジーンズのポケットからアフターバーンの小袋をふたつ出して、膝に置いた。

ピーチズはそれを見た。「これに投資したせいで、キャベンディッシュは道徳的呵責を感じていたのかもしれないと思うの？」

「これで人が死んでるのよ」わたしは言った。「わたしなら道徳的呵責を感じるわ」ジーンズのボタンをはめながら、Tシャツを回収してくればよかったと思った。

「うしろに替えのトップスがあるわ」ピーチズが言った。後部座席に手をやって、かすかに光る素材のシマウマ柄トップスを見つけ出した。

レーヨンの皮に詰められたソーセージになったような気がしつつ、それを着た。「ありがとう」

「いいのよ」

ピーチズにオフィスまで送ってもらい、リーフに乗りこんでから、ジェスのことを尋ねなかったことにようやく気づいた。

・

「いいシャツね」一時間後、グリーン・メドウズ幼稚園の駐車場で会ったベッキーが言った。あいにくわたしはまだピーチズのトップスを着ていた。「新境地？」

「実は……着てたシャツをなくしちゃって」わたしは言った。

「理由を聞きたくてたまらないわ」ベッキーは言った。「何か進展は？　あったことを願うわ、ブンゼンがしつこく電話してきてるのよ」

「ほんとにごめんね。でも、進展はあったわ」わたしは言った。「そっちはどう？　リックに何かきかれた？」

「大丈夫、ぐっすり眠ってたから。でも、オースティン市警が電話してくる理由を説明するのは何時間もかかった」

「ブーツはどうした？」

「捨てたわよ。あそこで見つけた紙切れについては進展あった？」

「実は、母が解読しちゃったの」わたしは報告した。「とあるメールアカウントのユーザー名とパスワードだった」

「ログインできたの？」

メールの内容と、〈スウィート・ショップ〉の倉庫室で見つけたアフターバーンの箱のこと、サムズに会ったことを話した。

「〈スウィート・ショップ〉にいたの？　おどされた？」

「その機会は与えなかった」とわたしは言い、ストリップクラブのランウェイを歩いた、最初で最後の経験について話した。

「何よそれ、マージー。サムズはそこで何をしてたの？　ただのお客？」

「いいえ」わたしは言った。「あそこのオーナーはクルンバッハーなの。サムズは彼の子分よ」

ベッキーはわたしの車をちらりと見たあと、二度見した。「マージー。これ、レンタカーでしょ？　何があったの？」

「ブッバ・スーのせいよ」わたしは言った。

「あらら。フライフォンは取り戻せたの？」

「ええ、でも悲惨な状態よ。iPhoneも戻ってきたわ」

「そこまでする価値はあったのかしらねえ」ベッキーはかみちぎられたシートをのぞきこんで言った。「あれは土？」

「ちがう」

「げっ」彼女は鼻にしわを寄せ、車から離れた。「これに乗って帰るなんて、ニックがいやがりそう」

「窓を開けておくわ」ベッキーといっしょに幼稚園にはいりながら言った。

「バン園長に送ってくれとたのまれないといいけど」

わたしは身震いした。バン族のアッティラの名で親しまれているグリーン・メドウズ幼稚園の園長は、一年ほどまえに横領の犯人さがしに手を貸して以来、わたしを放っておいてくれていたが、この蜜月がいつまでつづくかはわからなかった。

「ボトル半分のスコッチもこぼれてるのよね」わたしはベッキーに打ち明けた。

「どうして？」

「豚をおとなしくさせるために飲ませたの。哺乳瓶の乳首をかみちぎって、シートカバーじゅうにこぼされた」

「哺乳瓶？」

「母のアイディアよ」

「でも、つかまえたのよね？」

わたしはうなずいた。「無事うちの洗濯室にいる。もしかしたらついてるのかも、わたし」

四時少しまえに帰宅すると、家のなかは静まり返っていた。母が来てからルーファスはめったに姿を見せない――家具を動かされるのが嫌いなのだ――が、落し物は定期的に残していた。玄関ホールにできた小さな山を片づけてからキッチンにはいると、留守番電話が点滅しているのが見えて顔をしかめた。〝再生〟ボタンを押し、ブンゼンからのメッセージ二件を早送りした。三件目は義父からだった。

「明日の夜、〈フレミングズ・ステーキハウス〉にみんなで集まれないか知りたくて電話したんだ。時間は七時を考えている。それまでにブレイクが戻るかどうか知らせてほしい」そのあとぎこちない沈黙があり、「孫たちによろしくと伝えておくれ！」とつづいた。

メッセージはもう一件あった。「彼女、出ないよ」だれかが言った――ブレイクのようだ。「もういいだろう。ほんとうにこんなことをしないといけないのか？」くぐもった返事のあとカチリと音がして、ブレイクは――ブレイクだと思う――電話を切った。妙だ。

メッセージを残さないという謎のメッセージについて考えながら、Eメールをチェックすると、〝保護者会〟というタイトルのホーリー・オークスからのメールがあったので驚いた。開いてみた。デボラ・ゴールデンが暫定新学園長になることを六時に発表するらしい。気がひけるが、また母にベビーシッターをしてもらわなければならない。ゴールデンが何を言うのか聞きたかった――おそらくストリップクラブで見つけたものをめぐって、クルンバッハーと対決することにもなるだろう。それに、もしチャンスがあったら、あなたの夫は殺人者かもしれないとミッツィに警告しなければ。彼女のことは個人的に好きになれないが、道義上、隠しておくべき情報ではないのだから。

「おばあちゃんはどこ？」冷蔵庫を開け、乏しいうえにあまりそそられない中身を見ながらニックがきいた。

「エルシーと図書館に行ってるんじゃないかしら」わたしは言った。「リンゴ食べる？」

「もう飽きた」彼は言った。

「でも、それしかないのよ。海藻スナックを食べてみたいなら別だけど」

ニックは顔をしかめた。「おえっ」

「じゃあリンゴね」母が戻るまえに食料雑貨店に行く時間はあるだろうかと思いながら、腕時計を見た。グラニースミス種のリンゴをスライスし、頭のなかで簡単な食料品のリストを作っていると、洗濯室から鼻を鳴らす音が聞こえた。

「今の何？」ニックが洗濯室に歩いていって、ドアノブに手を伸ばす。

「開けちゃだめ！」キッチンを飛ぶように抜けて息子のもとに向かいながら、わたしは叫んだ。

だが、遅かった。

36

ドアが数センチ開いたと思ったら、ブッバ・スーが豚の肺活量が許すかぎりの大声でキーキー鳴きながら、洗濯室から飛び出してきた。ニックに走り寄って床から抱えあげると、ブッバ・スーは力強く体を震わせてからこちらを向いた。彼女を縛るのに使ったロープはとうになくなっており、目がいやな感じに光った。

「怒ってるみたい」ニックが言った。

するといきなりブッバ・スーはタイルの床をひづめで蹴って、こちらに突進してきた。ニックを抱えたままキッチンのアイランドテーブルに飛び乗り、リンゴと海藻スナックの袋を蹴散らすと、巨大な豚は、わたしたちがさっきまで立っていた場所のうしろにあるキャビネットに激突した。鼻を上げてあたりのにおいをかぎ、向きを変えて、床に散らばったリンゴのスライスと海藻スナックを調べる。ぞっとしながら見ていると、ブッバ・スーはリンゴを飲みこみ、海藻スナックに鼻づらを向けた。たちまち緑色のビニールパッケージはくしゃっという音とともに消えた。

「あれは何?」ニックが洗濯室のほうを指さしてきいた。

そちらに顔を向けて、ごくりとつばをのんだ。小さな黒とピンクの生物が六匹、洗濯機の足元の床をかぎまわっていた。

「ブッバ・スーはママになったのよ」今日という日はこれ以上悪くなりようがないと思いながら、わたしはゆっくりと言った。

「うちで飼ってもいい？」ニックが明るい目でわたしを見あげてきく。

答えるより先に顔を上げると、ルーファスが音もなく姿を見せ、キッチンの戸口に体をこすりつけた。ブッバ・スーは顔を上げて鼻を鳴らし、わたしは息を止めた。

「ルーファスは豚さんが好きなんだね！」ニックがそう言い終わらないうちに、ブッバ・スーが恐ろしげな声をあげながらうしろ足で立った。

ルーファスは青い目で豚をひたと見つめ、動きを止めた。沈黙の一瞬のあと、ブッバ・スーがひづめでタイルを打ちながら突進してきた。ルーファスは悲鳴をあげてリビングルームに逃げこんだ。豚が必死で追いかける。

アイランドテーブルの上で向きを変えると、洗濯室から出てきた子豚たちが、出口をさがして右往左往していた。

「うんちしたのがいるよ」黒い子豚を指さしてニックが報告した。

「かわいい」見ていると、また一匹がフンをした。「おばあちゃんとエルシーがいなくてよかったわ」

そう口にするやいなや玄関のドアが音をたてて開き、母の歌うような声が聞こえた。「ママにただいまと言いましょうね〜！」

　答えるより早く悲鳴が聞こえ、つづいてひづめの音がとどろいた。そして静かになった。

「お母さん！」と叫んでテーブルからすばやくおりた。「ここにいなさい」とニックに命じ、「エルシー！　大丈夫？」と叫ぶ。

　娘がブッバ・スーに襲われたのではないかと思って、リビングに走りこんだ。母とエルシーは玄関口に立って、外を見ていた。

「何があったの？」わたしはきいた。

「猫が家から飛び出して、あの巨大な豚が追いかけていったのよ」母は言った。駆けつけて玄関から外を見ると、ちょうどブッバ・スーのくるんとしたしっぽが角を曲がって消えるところだった。


　なんとか仔豚たちを洗濯室のなかに追いこんだとき、携帯電話が鳴った。何も考えずに〝通話〟を押した。

「もしもし？」

「どうも。ジャネット・ヘルナンデスです。ブッバ・スーのママの」

「ああ。どうも」ブッバ・スーを保護したとメッセージを残すんじゃなかった。

「メッセージを聞きました。あのろくでなしからあの子を救出してくださってありがとう。大切な時期だっていうのに、あいつは……あの野蛮人ときたらあの子をいたわることもできないんだから」彼女は息つぎをしてからつづけた。「それで、あの子は無事かしら？」

「ええ、あの……元気ですよ」わたしが言った。「すみません、あとでお電話させてもらっていいですか？」

「あら、その必要はないわ」彼女は言った。「住所を教えてくだされば迎えに行きますから」

「ええと……とにかく、またお電話します」わたしはそう言って電話を切った。

十秒後にまた電話が鳴ったが無視した。

「だれだったの？」エルシーを引き寄せたまま、母がきいた。

「ブッバ・スーの飼い主よ。豚を迎えに来たがってるの」

母は唇を噛んだ。「どうやって取り戻す？　仔豚のことはどうするの？」

また電話が鳴った。マナーモードにした。

「少なくとも仔豚は洗濯室にいるわ」

「それはわかってるけど、何を与えればいいの？」

わたしはうめいた。「わからない」

母はため息をついた。「とりあえずアーモンドミルクがいいんじゃないかしら。ガレージにもうひとつ哺乳瓶がないか見てくるわ」

母がガレージの扉を開け、わたしは前庭に出て通りの左右を見わたした。ルーファスのことは心配していなかった――あの子はまえにも家出したことがあるし、いつも帰ってきたので、目についた最初の木にでも登ったのだろうと思っていた――問題はブッバ・スーだ。

またしても。

どうやって彼女を見つけよう？　豚が車に轢かれでもしたら、依頼人になんと言えばいいの？

少なくとも仔豚たちはいるわ、と自分に言いきかせた。それに、なんとかしなければならないもっと大きな問題もある。ワックス脱毛したばかりの怒れるチンピラや殺人事件のようなな。

家のなかに戻ると、母はフィリップス・アヴェントの哺乳瓶を二本も見つけて、コンロでアーモンドミルクを温めていた。

「電子レンジのほうが速いんじゃない？」わたしは言った。

「ミルクはチンしないほうがいいの」彼女は言った。「車を出して、母豚をさがすべきかしら？」

「見つけたとしてもどうすればいいかわからないわ」わたしは言った。「また車に乗せるのは不可能だもの。それに」電話を見ながらつづけた。「あんまり時間がないの。今夜はホーリー・オークスの保護者会に行かなくちゃならないのよ。申し訳ないんだけど……」

「子供たちならわたしが見るわよ」母が言った。「あなたたちが小さかったころに比べたら、たしかにいろいろと変わったけど、あのころだって夜はいつも家にいたでしょ」

「洗濯室に仔豚がいることもなかったけどね」わたしに指摘されながら、母はアーモンドミルクを哺乳瓶に注いだ。

「赤ちゃんがいるんだから、ブッバ・スーは戻ってくるかもしれないわ」母が意見した。「母性本能はとても強いものよ。それより仔豚の世話について調べましょう」コンピューターのほうにあごをしゃくった。

グーグルで〝仔豚の世話〟を検索した。わかったのはあまりそそられない情報だった。「温熱パッドが必要みたい」わたしは洗濯室のドアを見ながら言った。「それに、母親から離すのはよくないみたいよ。ブッバ・スーが洗濯室から飛び出すまえに、初乳を与えてればいいんだけど」

「何を与えればいいか書いてある？」

「ミルク、卵黄、クエン酸、肝油だって。アーモンドミルクはだめみたい」

「動物性のものね」母はため息をついた。

「急いでお店に行って何か買ってくるわ」わたしは言った。「温熱パッドの準備をしてくれる？　子供部屋のバスルームにあるから」

「わかった」母は言った。「保護者会に間に合うように戻ってこられるの？」

「一瞬で戻るわ」わたしはそう言うと、バッグをつかんでドライブウェイに飛び出した。

家に戻ると、子供たちは洗濯室で仔豚まみれになっていた。こんなにうれしそうなエルシーはここ最近見たことがない。犬用首輪は見当たらないし、小さなピンクの仔豚を膝にのせ、親友であるかのように話しかけていた。

「仔豚ちゃんたち、すごく元気そうね」食料品を置きながら母に言った。

「お腹はすかせてるけどね。ずっとエルシーの指をしゃぶってるのよ」

「すぐに何か食べさせましょう」わたしは鍋に卵を割り入れ、牛乳の量を量った。「母豚は現れた？」

「まだよ。車に轢かれたんじゃないといいけど」母は子供たちに聞かれないように声を落として言った。わたしは携帯電話を見おろした。ブッバ・スーのママからさらに四回電話がかかってきていた。せめて仔豚がいることは電話で伝えるべきだろうか？

保護者会が終わってからにしようと決め、鍋に肝油を加えた。ひどいにおいにうっとなった。海藻スナック用のディップにぴったりだ。

混合液を人肌になるまで冷まし、カウンターの上の二本の哺乳瓶に注いで、洗濯室に向かうと、母と子供たちは産まれたばかりの仔豚たちを抱いていた。一匹は母親と同じように鼻づらにぶちがあった。

哺乳瓶のひとつを母親にわたし、もうひとつを持ったまま言った。「一匹抱かせてくれる？」

エルシーから小さなピンクの仔豚をわたされ、その温かい小さな体を膝にのせると、子供たちが赤ちゃんだったときのことが思い出された。それほどまえのことではないのに、と思いながら、エルシーが黒い仔豚の頭にキスするのを見守った。

膝の上の仔豚に目を戻し、哺乳瓶をくわえさせようとした。仔豚は貪欲に吸いついて、まずそうな混合物をごくごくと飲んだ。今もなお獲物を求めてオースティンハイツの通りを徘徊（はいかい）しているにちがいない、この子たちの冷蔵庫サイズの母親のことを思った。こんなに小さくてかわいらしい生き物が、あんなに巨大で気の荒い生き物になってしまうなんて信じられない。

「成功だったわね」膝の上でミルクをがぶ飲みする小さな黒い仔豚を見て、母が言った。

二十分後、六匹の仔豚たちは満腹になったが、ブッバ・スーはまだ現れなかった。

「この子たちのママが帰ってくるまでいっしょにいていい？」エルシーがきいた。

「いいわよ」仔豚たちに寄り添う娘を見て、わたしは言った。一匹飼いたいと言い出さないかぎり、問題はないだろう。「うんちをしたときのために、ティッシュを置いていくわね」

みんなが落ちつくと、寝室に駆けこんで口紅を塗り、車に向かった。バックでドライブウエイを出ようとしたが、ギアをパークに戻して、ガレージに駆けこんだ。いちばん上の棚を手探りして、銃のはいった袋を見つけた。

武装して保護者会に行くのは初めてだった。

37

ホーリー・オークスに到着すると、ちょうど保護者会がはじまるところだった。玄関を抜けてロビーにはいると、椅子がぎっしり置かれていた。ロビーの後方の図書室の近くには、〈スウィーティッシュ・ヒル〉のペストリーを満載したテーブルがあった。さりげなくテーブルに近づいて、食べ物が葉野菜やヴィーガン料理でないことに感謝しながら、活力を得るためにレモンバーとピーカンパイ・タルトレットを取った。グリーン・メドウズでは、いちばん乗りでないかぎり食べ物にはありつけないことが多いが、ホーリー・オークスでは炭水化物をとる保護者はわたしだけのようなので、おやつを食べそこねる心配はなかった。

「今夜はお集まりくださって、ありがとうございます」小学校長のクレア・シンプソンがマイクに向かって歌うように言い、わたしはピーカンパイ・タルトレットを口に詰めこんで、バッグのなかで銃に触れた。銃はまだバッグの底にあり、金属製のグリップは恐ろしくもあり、心強くもあった。部屋のなかを見わたした。ゴールデン夫妻とクルンバッハー夫妻は前方の演壇のそばにいた。キャベンディッシュ未亡人の姿はなかった——驚きはしなかったが。

小学校長はキャベンディッシュが学園に貢献してきたことすべてについて語り、彼がいかにかけがえのない人だったか、地域社会においていかに立派な人物だったかについて長々と語った。アクアマンのタイツや売春婦についてはひと言もなかった。学園が危険な薬物に投資していたという事実を明らかにし、そこから手を引こうとしていたことは立派だと思う。だが、妙なことにそれもスピーチから除外されていた。

ナプキンで指を拭って、部屋の隅を歩いて前方に向かった。ミッツィに近づけるのではと期待してのことだ。彼女のことは好きではなかったが、夫が殺人者かもしれないのに言わずにいるのは良心が痛んだ。わかったことはブンゼン刑事に報告するつもりだったが、証拠のなかに法廷で通用するものがあるかどうかはわからなかった。ミッツィなら欠けているパズルのピースを提供してくれるかもしれない。

「それでは」シンプソンはしゃべりつづけた。「つぎの正式な学園長が決まるまでのあいだ、業務を引き継ぐことを快諾してくださいました、臨時の学園長をご紹介しましょう。元幼稚園教諭で、実業界でも経験を積んでいらっしゃるので、ホーリー・オークスが前進をつづけられるよう、かならずやすばらしい仕事をしてくださると確信しています。それでは、デボラ・ゴールデンさんに演壇にあがっていただきましょう」

「ありがとう」と言って、デボラが観衆ににこやかな笑みを見せると、その顔にライトが当たってぴかっと光った。前列の残りの人たちのほうを見た。マーティ・クルンバッハーは満足げに椅子の上でふんぞり返り、その隣に座っているミッツィは、手術でふっくらさせた唇に引きつった笑みを浮かべていた。レナード・グレイヴズは禿げたライオンのようにだらしなく手脚を投げ出して座り、ビーフジャーキー色の彼の妻はブラックドレスの広く開いた襟元を直していた。

デボラ・ゴールデンは、学校の経営状態を良好に保つのは不動産取引をまとめることに似ているとか、子供たちはクライアントと同じで最優先に扱われるべきだということについてしばらく語った。そのうち規律のとれた組織を軍隊に見立てた比喩まで飛び出して、話は何時間もつづくかに思われた。そのあいだじゅう、わたしの目はミッツィに向けられていた。彼女はわたしに気づくと、恐ろしい形相でにらんだあと、無視を決めこんだ。わたしは軽食のテーブルにゆっくりと戻り、またレモンバーをいくつか取って、話が終わるのを待った。

「臨時の学園長とはいえ変わった人選だと思わないか？」

皿にピーカンパイ・タルトレットを積みあげているのはケヴィンだった。

「保護者コーヒーの会であなたの話を聞いたあとだから、それほど驚きはしないけど」わたしは彼に言った。男子トイレのドアのほうをちらりと見て、サムズのことを考えた。幸い今夜は彼の姿を見ていない。「ここの校務員はいつから働いてるの？」わたしはケヴィンに尋ねた。

「数カ月まえからだよ」ケヴィンが言った。「いらいらするやつだってヴィッキーは言ってる」

「同感よ」わたしは言った。

「名前はルーぺだ。でも、子供たちはミスター・サムズって呼んでる」彼は身を寄せてきた。

「彼の手を見たことある?」

「ええ」胃が締めつけられるのを感じながら、わたしは言った。ゆうべ以来サムズから音沙汰はないが、彼に会うのがあれで最後だったとは思えない。「すごく大きかった」レモンバーをもうひと口かじってから尋ねた。「彼の経歴はだれかが調べたの? あの傷あと、ちょっと恐ろしいわ」

「だと思うよ。全員の経歴を調べるはずだから。でないとスキャンダルになったときリスクが高いからね」

それがどれだけすごいスキャンダルかは知らないでしょうけど、とわたしはレモンバーを飲みこみながら思った。

「エルシーの調子はどう?」ケヴィンがきいた。

「なじむまではなかなかたいへんだから」

「話は聞いたよ。きっとそのせいだろうね」

わたしの知らない何を知っているのだろうと思いながら、彼のほうを見た。「なんの話?」

彼はためらった。「ヴィッキーに聞いたんだけど、話していいことなのかどうか」

「お願い、話して」わたしは言った。「あの子は学校が嫌いだってこと以外、何も話さないのよ」

「実は……よく吠えてるらしい」

驚きはしないにしても、心臓が縮まったような気がした。「吠えてる?」

「うん」彼は身を寄せながら言った。「それで、ヴァイオレット・クルンバッハーがエルシーをファイドー（「ポチ」のような犬特有の名）と呼びはじめたんだ」ミッツィの座っている場所まで視線を上げた。「ファイドーね。それで、うちの子の反応は？」

「うなり声をあげてるそうだ」ケヴィンが言った。「ヴィッキーからはそう聞いてる」彼は気の毒そうにわたしを見た。「言いにくいんだけど、さっきも言ったように、これはヴィッキーから聞いた話だからね。実はまだあるんだ」

「話して」わたしはむかつきを覚えながら言った。

「うん……昨日の休み時間に、ヴァイオレットはエルシーを木に縛りつけて、〝待て〟と言ったらしい」

「うちの子を木に縛りつけたですって？」

「縄跳びの縄を使ってね」ケヴィンは言った。「当然最後は教師が気づいて縄を解いたけど、やったのはヴァイオレットだと教師に言うだけの勇気のある子はひとりもいなかった。教師はエルシーが自分で自分を縛ったと思ってる」

「縛ったのは首？」

「腰だと思う」彼は黙りこんだ。「少なくともそうであってほしいよ」

「ひどいわ！」

「わかるよ。だからきみにも知らせたほうがいいと思って」

「ありがとう」わたしは心から言った。「うちの子が学校になじんでないのはわかってたけど……あんまりだわ。今日は学校を休ませてよかった」

「ホーリー・オークスは一筋縄ではいかない連中ばかりだからね」ケヴィンは身なりのいい裕福な人びとのほうを見て言った。

そのとき、デボラ・ゴールデンの独演が終わり、礼儀正しい拍手の音が響いた。

「ちょっと失礼するわ」わたしは言った。「話をしなくちゃならない人がいるの」

「ミッツィ？」彼は心配そうにきいた。

「ええ……でも、別件よ。あなたからヴァイオレットのことを聞いたとは言わないと約束する」

「ありがとう」彼は言った。見るからにほっとしている。「デボラ・ゴールデンはいじめに対してもっとオープンに取り組んでくれるかもしれないけど、期待はしてないよ」

「キャベンディッシュはちがったの？」

「大口寄付者が関わってる場合を別にすればね」彼は皮肉っぽい笑みを浮かべて言った。「大口寄付者の子供はやりたい放題だった。何よりもスカイ・ハイ・キャンペーンが優先だから」

「ぶっ飛びね」校務員用の物置で――そして、〈スウィート・ショップ〉の奥の部屋でも見つけたアフターバーンの小袋のことを思って、わたしは鼻を鳴らした。

「何がおかしいの？」

「あとで話すわ」わたしは言った。「エルシーのこと、知らせてくれてありがとう」

「幸運を祈るよ」香水の雲のあいだを縫っていくわたしに、ケヴィンが呼びかけた。

ミッツィは、禿げのシャンプー王と話しこんでいる夫から、少し離れたところに立っていた。わたしは笑みを浮かべて彼女に歩み寄った。「どうも、ミッツィ。あなたにちょっとききたいことがあるの。少し時間をもらってもいいかしら？」

「忙しいの」彼女は腕を組んで夫のほうににじり寄りながら言った。

「実は——」

「忙しいって言ったでしょ」彼女の青い目は短剣のようだった。

わたしは彼女の腕をつかんだ。「ご主人に関して、あなたが聞きたいと思うようなことを知ってるんだけど」と耳元でささやく。

彼女はわたしを振り払ったが、目をわずかに見開いた。どうすべきか一瞬考えたようだ。

「いいわ」彼女はそっけなく言った。「でもちょっとだけよ」

わたしはミッツィを従えて人であふれるロビーを抜け、一年生の教室につづく廊下に向かった。半分ほど来たところで、彼女はわたしに言った。

「もういいでしょ。話ってなんなの？」彼女はどなった。

わたしは深呼吸をした。「あなたの夫は殺人者だと思う」

ミッツィは目をぱちくりさせてわたしを見た。「はぁ？」

「キャベンディッシュは不自然な状態で亡くなったの」わたしは言った。「あなたの夫が関係しているのかもしれない」

「マーティが彼を殺したっていうの？」彼女は廊下を見やり、落ちつかないそぶりできいた。

「どうして？」

「キャベンディッシュが死んでいたアパートの外に、彼の車が停まっていたのよ」

「どうしてそれを知ってるの？」

「どうしてもよ」

「それがほんとうだとしても――あなたの話がほんとうかどうかは知りようがないけど――どうしてマーティが学園長を殺すのよ？」

「キャベンディッシュはホーリー・オークスの基金をあなたの夫の会社に投資していたからよ。彼はその会社が、死人も出ている危険なドラッグの取引をしていることを知ってしまった」わたしは肩越しに振り返った。「キャベンディッシュが良心の呵責を感じて手を引こうとしていたという証拠があるの――もしかしたら警察に話そうとしていたのかもしれない。それであなたの夫は彼を黙らせることにしたんだと思う」

「夫がタイツ姿で子供用プールにいたのを見た奥さんが殺したんじゃないの？」

「それも考えたわ」わたしは言った。「でも、それだとつじつまが合わないの」そこではたと気づいた。「ちょっと待って。どうしてそれを知ってるの？」

ミッツィの日焼けした顔から色が失われた。「き……きっとだれかから聞いたのよ」

彼女はあの場にいたのだろうか？　それともマーティから何をしていたか聞いたのか？

突然すべてがわかった。「あなただったのね？」わたしはゆっくりと言った。

　彼女の顔に見覚えのある表情が浮かんだ。エルシーの誕生日パーティ用のカップケーキ全部からフロスティングをなめ取っているところを見つかったとき、ニックの顔に見たのと同じものが。

「あなたはアフターバーンのことを知っていた。キャベンディッシュがあなたの夫を密告するつもりだったということも。マーティが罪に問われればすべてを失うことも」

「あなたには何も証明できないわ」彼女は怒りをこめて言った。

「そうね、でもブンゼン刑事ならできるわ」わたしは言った。「はっきりさせてくれてありがとう」

　向きを変えてロビーに戻ろうとしたわたしの腕をミッツィがつかんだ。ものすごい力だった。おそらく定期的にジムですごしているのだろう。「待ちなさい」彼女は言った。

「いやよ」わたしはバッグに手を伸ばして言った。

　だがミッツィのほうが早かった。バッグの底からサムズの銃を取り出すまえに、背中に硬いものが押しつけられるのを感じた。「あなたを雇ったのはやっぱり失敗だったわ」ミッツィはそう言って、教室のひとつにわたしを引っ張りこんだ。

38

口のなかは綿のようだったが、手のひらは汗ばんでいた。「何をするつもりなの？」わたしはきいた。

「いま考えてるのよ」彼女は言った。

「発砲したらみんなに聞こえるわよ」この状況から抜け出す方法をさがしつつ、わたしは言った。子供たちにとってはかなり酷な状況だ。水切りボウルよりも穴だらけになってホーリー・オークスをあとにする母の姿は、あの子たちにもっとも必要ないものだから。

「ほんとうにわたしの身を案じてくれてるのね」ミッツィが言った。「わたしはあなたの娘のことが心配よ。あの子、自分を犬だと思ってるんでしょ？」

「おたくの娘さんはほんとうに楽しみね」木に縛りつけられているエルシーの姿を想像して、一瞬にしろ恐怖が消えるほどの怒りを覚えた。「人の縛り方なんてどこで覚えたのかしら？それとも、おたくではごく基本的な技術なの？」

ミッツィはわたしの背中にさらに強く銃を突きつけた。「少なくともうちの子はちゃんとことばを話すわ。たぶんヴァイオレットはやるべきことをやらなければならないと思ったんでしょうね。それに、おたくの子は気味が悪いわ。ヴァイオレットが安物のラインストーンの犬用首輪をつけて、ペキニーズのふりをするなんてありえない」

「そうね、おたくの娘さんなら、ティファニーのダイヤモンドがちりばめられたスパイクバージョンのほうが気にいるでしょうね」わたしは言った。「あなた、知ってたのね？」

「ヴァイオレットがファイドーを木に縛りつけたこと？　わたしが提案したのよ。おたくの子が木におしっこをしなかったのには驚いたけど」

残酷なことを平然と言われてぎょっとした。ミッツィ・クルンバッハーはエルシーをいじめるようにと娘に指示していたのだ。この女にわたしを殺させるわけにはいかない。ミッツィに子供たちを孤児にさせるわけにはいかない。

「ほんとにわたしを殺したいわけじゃないんでしょう？」わたしは言った。

「どうして？」

認めよう、万事休すだ。

そのとき、運よくキャスリーン・ガードナーが教室に飛びこんできた。「あら」彼女は明るく言った。「追加の申込用紙を取りにきたの」と説明する。ミッツィ・クルンバッハーがわたしに銃を向けていることにはまったく気づいていないらしい。ミッツィは教卓の横の引き出しをあさるキャスリーンに背を向けた。「いちばん上の引き出しに入れたって、ランポール先生が言ってたんだけど……ああ、あったわ」申込用紙をつかんでわたしのほうを向いた。「ところで、マージー。もう話してくれたかしら――」ミッツィが手にしている銃に目が引き寄せられる。「何を持っているの？」

「おもちゃの銃よ」ミッツィは見下すような声で言った。「マージーに見せていたところなの」

「おもちゃには見えないわ」キャスリーンは近くでよく見ようと寄ってきた。チャンスとばかりにわたしはミッツィから何歩か離れた。撃たれるまえにドアにたどり着けるかもしれないと思ったのだ。だが、それは無理のようだった。わたしは生まれつき足が速いわけではない。

「その銃把、本物の真珠母貝じゃない？」キャスリーンがきいた。「二二口径みたいね。そのうちカトリーナのためにひとつ手に入れようと思ってたのよ。大学に行くようになったら、用心のためにね。あの子はとても若くてきれいだから……」眉のあいだにしわが寄り、ようやく彼女は何が起こっているかに気づいた。「どうしてマージーに銃を向けているの？」

ミッツィは苦しげに長いため息をついた。「もう、キャスリーンったら、かんべんしてよ。あとひとことでも娘の話をしたら、娘の首を絞めてやるから。さあ、そこに行ってマージーの隣に立つのよ」

「ずいぶん礼儀知らずね」キャスリーンは憤慨した。

「わたしは銃を持ってるのよ」ミッツィは指摘した。「礼儀なんて知ったこっちゃないわ。早く行って」

キャスリーンはいちばん上までボタンを留めたピンクのブラウスの襟元に手をやった。

「なんでわたしが？　ガールスカウトの申込用紙を取りにきただけなのに」

「早くマージーの横に行きなさい」ミッツィが言った。「娘の話はしないこと。どうするか考えなくちゃならないんだから」

それはわたしも同じだった。キャスリーンは丸顔を蒼白にしながらわたしの横に来た。どうすればここから出られるだろう？　キャスリーンに災いが降りかかることを想像していたとはいえ、この状況に彼女を引きずりこんだ責任を感じていた。二二口径はどれくらいの音が出るのだろう？　ロビーに人がいる状態でも、ミッツィはわたしたちを撃つだろうか？　それともいなくなるまで待つだろうか？

突然ミッツィはブロンドの頭を上げた。「行くわよ」と言って、ドアのほうに手を振る。

キャスリーンはガールスカウトの申込用紙を掲げた。「でも――」

「うるさい」ミッツィがどなる。「いいから来なさい」

三人は教室から廊下に出た。キャスリーンが先頭だ。つぎにわたしがロビーのほうを見やりながらつづいた。廊下の先で、ケヴィンが壁にもたれながら立っていた。「ケヴィン！」

わたしは手を振って呼びかけた。

彼は手を振り返した。

「黙れと言ったでしょ」背後でミッツィがささやいた。「銃はバッグのなかだけど、まだあなたをねらってるのよ」

わたしはケヴィンから顔をそむけ、ゆっくりと廊下を歩いた。彼は何かがおかしいと気づいてくれるだろうか？

　廊下の突き当たりで肩越しにうしろを見た。ケヴィンの姿はなかった。

　味方チームにとってはあまり芳しくない状況だ。

「ほんとうにこんなことが必要かしら」ミッツィに追い立てられてテキサスの暑い夜のなかに出ながら、キャスリーンが言った。「マージーが何をしたのか知らないけど、わたしはなんの関係もないのよ。どこに行くつもりなの？」

「森のなかよ」ミッツィは言った。「静かにして」

　通常なら自然のなかの小道を歩くのは好きだったが、ホーリー・オークスの裏の細い道は嫌いになりつつあった。

「どうしてこんなことをするの？」キャスリーンは文句を言った。「わたしはガールスカウトの申込用紙を取りに来ただけよ。人に銃を向けるのは、子供たちのお手本になるようなことでは――」

　左手にある木に向けて銃弾が発射され、キャスリーンは口をつぐんだ。なるほど、そういう効果があるのね。そのとき、武装しているのはミッツィだけではないことに気づいた。バッグのなかに手を入れて、銃のありかを探った。

「ひざまずいて」ミッツィが言った。

「でも……」キャスリーンが言った。「うちの娘が……」

「彼女は生かしておいてあげるわ」ミッツィは言った。

キャスリーンが振り返った。「あの子だけ？　わたしを殺すつもりなの？」

「ええ、今すぐにね」そう言ってミッツィは銃を上げた。そのとき、カサッという音がした。ミッツィが頭をめぐらす。その隙にキャスリーンに飛びついて、いっしょに地面を転がった。また銃声がした。つづいてバシッという音がして、ほうきの柄の直撃を受けた二二口径が下生えのなかに飛んでいった。

見あげると、ケヴィンがミッツィのまえに立ちはだかっていた。

「なんのつもりよ？」彼女はケヴィンにきいた。

「きみが重罪を犯さないようにしてる」彼は言った。「いったいこれはどういうことだ？」そしてわたしを見た。「これはヴァイオレットがエルシーにしたこととは無関係だよね？」

彼がわたしを見ている隙に、ミッツィが下生えに飛びこんだ。

ケヴィンとわたしは同時に彼女に手を伸ばし、すべすべの脚を片方ずつつかむと、下生えから引きずり出した。ミッツィの体重は四十五キロもないので楽勝だった。ケヴィンは彼女をひっくり返して仰向けにした。起きあがったミッツィは、くしゃくしゃになったブロンドの髪に葉っぱをつけたまま彼をにらみつけた。「ここにいるふたりの女に襲われたのよ」ミッツィは彼に言った。

キャスリーンはびっくりして彼女を見た。「そんなことしてないわ」ケヴィンに向かって言った。「この人は娘を殺すと言ってわたしをおどしたのよ。わたしは教室に申込用紙をさがしに来ただけなのに、銃を向けてわたしたちを森のなかに向かわせたの。この人は頭がおかしいのよ」

「何言ってるのよ、キャスリーン」ミッツィは髪から葉っぱを取った。「あなたを殺せば社会のためになったのに」

「いったいどうなってるんだ？」ケヴィンはわたしに尋ねた。

わたしはため息をついた。「学園長を殺したのはミッツィよ。キャベンディッシュは彼女の夫が犯罪者だってことを当局に話すつもりでいた。そうなれば夫は財産を失って刑務所行きになる」

「クルンバッハーが犯罪者？」

「ホーリー・オークスの大口投資先のひとつは、テキサスじゅうで死人を出した合成マリファナがらみの会社だったみたいなの。キャベンディッシュは手を引きたがって、警察に行くつもりだった」

キャスリーンは座ったまままさらに背筋を伸ばした。「それはまったくもって学園の方針に反するわ。キリスト教的活動じゃないもの」

「あんた、どこまで世間知らずなのよ」ミッツィがつっけんどんに言った。このときばかりは彼女に同意したい気持ちだった。

「スカイ・ハイは資金集め運動にぴったりの名前だったわけだ」ケヴィンがほうきにもたれながら指摘した。「警察に電話するべきだろうな」

携帯電話をさがしてポケットに手をやると、ミッツィがまた下生えのなかに飛びこんだ。

「くそっ」わたしは彼女を追ったが、反応が遅すぎた。追いつくころには、ミッツィの手にはすでに銃がにぎられていた。彼女の足首をつかんだとき、またバシッという音がして、ミッツィはぐったりとなった。

顔を上げた。ケヴィンがほうきを持ったままあとずさり、首を振った。「こんなこと言うのはちょっと気がひけるけど、実にいい気分だ」

「木に縛りつける？」彼女の足首を放して立ちあがりながら提案した。

「そうされて当然だと思うけど」ケヴィンは言った。「あとは警察にまかせたほうがいいんじゃないかな」

彼の言うとおりだとわかってはいたが、ひどくそそられる考えだった。

「またあなたですか」ホーリー・オークスに戻ると、ブンゼン刑事が言った。通報を受けて警官たちが到着したとき、ちょうどミッツィの意識が戻った。ケヴィンの絶妙な攻撃も、それほどダメージは与えられなかったらしい。救急隊員が瞳孔に光を当てているときでさえ、男性隊員に向かってまつ毛をぱたぱたさせていた。「ここにいる女ふたりがわたしを森に引きずりこんで、おどしはじめたのよ」ミッツィは男性隊員に言った。「そして、そこにいる男がほうきで殴ったの。うちの娘が自分たちの子より人気があるからって」

若い女性警官に腕をつかまれ、葉っぱに覆われたミッツィ・クルンバッハーの登場で、身なりのいい保護者たちの一団は衝撃を受けたようだった。「ハニーバニー！」マーティが妻に駆け寄って言った。「どういうことだ？」

ミッツィは夫に一瞬まぎれもない憎悪のまなざしを向けたあと、甘ったれた声で言った。

「なぜわたしがつかまえられているのかわからないわ。ハニー、今すぐ弁護士に電話してちょうだい。この女に殺されそうになったのに、どういうわけかわたしが責められているのよ！」彼女はかぎ爪のような指をわたしに向け、ブンゼン刑事は片方の眉を上げた。

「全部説明できます」わたしはブンゼンに言った。

「そう願いたいですね」彼は言った。

「あの女性がわたしたちを殺そうとしたんです！」キャスリーンがミッツィを指さして言った。「うちの娘を孤児にするところだったんですよ！」

「ケヴィンのシャフルボードの腕がなかったら、そうなっていたかもしれないわ」わたしは背の高い友人に向かってうなずきながら言った。「ありがとう」

「力になれてよかったよ」ケヴィンは言った。

「いったい何があったのか、話してくれる気はあるんですか？」ブンゼン刑事がきいた。

「絶対信じてもらえないわ」わたしは言った。

「そうかもしれません」ブンゼン刑事は言った。「でも、早く聞きたいですね。こちらに来てもらえませんか、ミズ・ピーターソン？」彼は図書室のガラスドアを示して言った。

「またあとでね」わたしはケヴィンに言うと、ブンゼンのあとから図書室にはいった。

「あの女性とはどういうお知り合いですか？」いちばん奥の隅にあるテーブルのほうにわた

しを誘導しながら、ブンゼンが質問した。

「元依頼人なの」わたしは言った。

彼はため息をついて椅子に腰掛けた。「それはそれは。依頼人に殺すとおどされることはよくあるんですか？」

「殺人で通報しようとしたときだけよ」

「殺人？」

「ホーリー・オークスはミッツィ――あのブロンドね――の夫を通してアフターバーンに投資していたの――テキサスじゅうで死人を出しているあの合成マリファナよ。ジョージ・キャベンディッシュはそのことを知って、警察に通報しようとした。それでミッツィは、夫が起訴されるまえにキャベンディッシュを殺すことにしたの。彼女は離婚を計画していて、自分が投資したぶんの報酬を失いたくなかったから」

「それはたいへんな罪状だ」彼は長々とため息をついた。「最初から話していただけませんか、ミズ・ピーターソン？」


「窮地を脱したわよ」ようやく車に戻って、ベッキーに電話で報告した。

「犯人はマーティ？」

「ううん。なんと彼の奥さんだったわ――わたしを雇って夫を尾行させた人。キャベンディッシュに通報されたら夫は何もかも失って、離婚しても何ももらえないんじゃないかと思ったのよ」

「うそ」ベッキーは言った。

「ほんと、とんでもない人よ」わたしはミッツィの娘のヴァイオレット――とエルシーについて知ったことを話した。

ブンゼンは長時間わたしに質問した。わたしはキャベンディッシュの秘密のEメールアカウント――のうちのひとつ――について話し、〈ゴールデン・インベストメント〉と〈スウィート・ショップ〉でおこなわれていることについて、わかったことを話した。

「その写真をわたしに送ってもらえますか？」倉庫室で見つけたものの写真を見せると、彼は言った。

「ええ」わたしは言った。「それと……クルンバッハーの下で働いているルーペ――別名サムズという男のことがあるの。ここでも校務員として働いているんだけど、このまえ校務員用の物置で銃とひと束のアフターバーンを見つけたのよ」

「校務員用の物置で何をしていたんですか？」

「それは……ゴミ袋をさがしていたのよ」わたしは言った。「子供たちが手に取ることのないように、銃とアフターバーンは持ち帰ったわ」バッグに手を入れて銃を取り出し、彼にわたした。

「これは？」彼はそれを見ながらきいた。

「見つけた銃よ。言ったでしょ、実は、その男をまちがったやり方で怒らせちゃったみたいなの」昨夜彼がピーチズとベッキーに襲いかかろうとしたのを思い起こし、ずいぶん控え目な言い方だ、と思った。だが、それについて少しでも話せば、ホーリー・オークスにしのびこんだことと、強制的ワックス脱毛に関わったことがバレてしまう。

ブンゼンは顔をしかめた。「聞くのははばかられるのですが、もう少し具体的に話していただくことはできますか？　その……彼を怒らせたまちがったやり方について」

「ええと……できません」わたしは言った。「でも、このまえわたしのミニバンを撃ったのは彼だと思います」

ブンゼンはため息をついた。「調べてみましょう」

長い二時間だったが、事件に関与していないことはなんとかわかってもらえた——少なくともそう思いたい。

「じゃあ、わたしたちのどちらも、刑務所にはいらずにすむのね」ベッキーが言った。「ほっとしたわ。でも、エルシーのことはどうするの？」

「もう二度とホーリー・オークスには行かせないわ。ねえ——オースティンハイツ小学校に入学させてもらうにはだれと話せばいいの？」

声でベッキーが微笑んでいるのがわかった。「ゾーイがすごくよろこぶわ。明日いっしょに校長に話しに行きましょう！」

家に着いたのは十一時だったが、エルシーと母はまだ起きていた。あったことをかなり編集して話すと、母に抱き締められた。「事件を解明したのね。おめでとう！」彼女は言った。

「ベッキーの容疑が晴れてほんとうによかったわね。それに、実を言うと、エルシーがあの恐ろしい場所にもう戻らなくていいのがうれしくてしかたないわ」

「授業料を返してもらえるかしら」わたしは言った。

「状況を考えれば、むずかしいことじゃないわよ。明日のディナーでお祝いしなきゃね！」

「ああ、そうだったわ。明日は〈フレミングズ・ステーキハウス〉に行くことになってるのよ」わたしは母に思い出させた。

「なんですって？」

「お母さんは蒸したホウレンソウを食べればいいわ」わたしは言った。「ブレイクも来るし」

「そう」母の声は、それほどうれしそうではなかった。

洗濯室からキーキーという声がした。刺激的なことがいろいろあったので、仔豚たちのことを忘れていた——行方不明の母豚のことも。ブッバ・スーには——ルーファスにも——また会えるのだろうか？

「見て」エルシーが言った。「今夜あたし、ミルクをあげるお手伝いをしたの」

「いい子ね！」わたしは言った。そして、娘がフライフォンをにぎっているのに気づいた。

「おばあちゃんのおかげでフライフォンが戻ってきたのね？」

「うん」エルシーは言った。「でもボタンが作動しないの」

「なんとかしましょう。ごめんね、ハニー」わたしはしゃがんで絹のような髪をなでた。

「でもすごくいいニュースがあるのよ！」

「ブッバ・スーとルーファスを見つけたの？」

「ううん、それはまだよ」わたしは後悔の痛みを感じながら言った。依頼人から電話があったらなんと言おう？「いいニュースというのはね」凶暴な雌豚については心配するまいとしながら言った。「もうホーリー・オークスに行かなくていいってことなの」

「ほんと？」エルシーは目をまるくしてきいた。

「ほんとよ」わたしは言った。「明日オースティンハイツ小学校の校長先生と話して、ゾーイと同じクラスに入れてもらえるかどうかきいてみるわ」

「うわあ、ママ……」彼女はわたしに駆け寄ってきて抱きついた。

運が悪いことに、そのとき玄関のベルが鳴った。わたしは母を見た。

「夜の十一時にだれかしら？」母が言った。

それはわからなかったし、知るのは少し怖かった。サムズは玄関ベルを鳴らすだろうか？また彼に会うのではないかというういやな予感がしていた。

「エルシーをベッドに入れてやってくれる？」わたしは母に言った。「わたしが玄関を開けるから」

母はうなずいてエルシーを子供部屋に連れていき、わたしは玄関に向かった。

フロントポーチのライトをつけて、のぞき穴からのぞいた。わたしと同年代だがわたしより十四キロほど軽い、不安そうな顔の女性が、フロントポーチを行ったり来たりしていた。

わずかにドアを開けた。「何かご用ですか？」

女性はさっと顔を上げた。「マージー・ピーターソンさん？」

「ええ」

「ああ、よかった。ジャネットです、ブッバ・スーのママの。あの子を迎えに来ました」

わたしは目をぱちくりさせた。ブッバ・スーがオースティンハイツの通りを歩きまわっているということを、どうやって伝えればいいだろう？

「ちょっと遅かったですね」わたしは言った。

「わかっています」彼女は言った。「でも、あなたは電話に出てくださらないし、わたしの孫豚たちがいつ生まれてもおかしくないんですよ。会うのが待ちきれなくて！」

「実をいうと」わたしはジャネットに言った。「赤ちゃんは今日の午後に生まれました」

彼女の目がまんまるになった。「まあ、なんてことなの。その場にいてやれなかったなんて。ああ、かわいそうな、ブッバ・スー！　ひとりで乗り切らなければならなかったのね。とってもデリケートな子なのに！」

わたしならブッバ・スーにデリケートということばは使わないが、うなずいて礼儀正しく微笑んだ。

「なかにはいって、仔豚たちに会ってください」わたしは言った。いずれにせよブッバ・スーがいなくなったことは話さなければならないのだ。孫豚たちに囲まれているときのほうが、その知らせを受け入れやすいかもしれない。

「何匹生まれたんですか？」わたしの案内で洗濯室に向かいながら、ジャネットが尋ねた。

「六匹です」わたしは言った。

「まあ！　六匹生まれるといいなと思っていたんです」と彼女は言い、わたしはドアを開けた。

洗濯室の床は豚の落し物だらけだったが、ジャネットは気にしていないようだった。「まあ、なんてかわいらしいの！　この子は鼻に小さなぶちがあって、ママそっくりだわ！」彼女は眉間にしわを寄せてわたしのほうを見た。「それで、わたしの大きな娘はどこに？」

「それが……」

そのとき、恐ろしい叫び声のあと、罵倒語がつづけざまに聞こえてきたおかげで、答えずにすんだ。「すぐに戻ります」わたしはそう言うと、洗濯室のドアを閉め、罵倒語――またはじまっていた――に導かれるようにしてリビングルームに行った。

裏庭のセキュリティライトがついて、ガラスの引き戸にへばりついている男性の姿が見えた。少し離れたところでは、獰猛（どうもう）そうな巨大な雌豚が、目に殺意を燃やしながらまえ足で地面を引っかいていた。

ブッバ・スーが戻ってきたのだ。

そしてサムズも。

39

両者のにらみ合いをまえに立ち尽くしていると、背後で洗濯室のドアが開いて、ジャネットがリビングルームに飛び出してきた。

「わたしのかわいい子！」彼女は言った。「そこにいたのね。でも、あの男はだれ？」

「乱入者よ」そう言ってジャネットに携帯をわたした。「危険な男なの。警察に電話して」

さっきブンゼンにサムズの銃をわたしてしまったことが悔やまれた。

「あなたはどうするつもり？　あの男、ブッバ・スーを傷つけるかしら？」

「わたしならブッバ・スーが勝つほうに賭けるわ。彼を銃から遠ざけておけるなら」

「銃を持ってるの？」

「だから警察に電話するのよ」わたしは言った。

「どうやってわたしのベイビーを助けるの？」

「わからない」わたしは言った。何かが足にぶつかった。下を見た。仔豚たちが洗濯室から出てきて、まっすぐ母親に向かっていた。

「だめよ！」ジャネットが叫んだ。「孫豚ちゃんたち！　戻っていらっしゃい！」そう言うと、小さな黒い仔豚を追いかけはじめた。仔豚は興奮気味に鳴きながら、ガラスの引き戸に向かってよちよち歩いていた。

ガラスドアの向こうで、ブッバ・スーの耳がぴんと立った。今や彼女は怒っていると同時に心配そうにも見え、わたしは豚が表せる感情の幅に感心した。一方サムズはびくびくしているようだった——少なくともガラスドアに追い詰められている様子からはそう見えた。茶色くなった草のなかに光るものがあった。また銃だ。いったいいくつ持っているのだろう？

わたしは身震いした。彼は復讐するために来たのだ。そして、彼と銃のあいだに立ちはだかっているのはブッバ・スーだけだった。

ジャネットはガラスドアに体当たりしている黒い仔豚を抱きあげたが、残りの五匹も洗濯室からまろび出て、リビングルームをうろつきはじめた。

やがて、ブッバ・スーは頭を低くし、怒りのあまりキーキー鳴きながら、サムズに向かっていった。サムズは危ないところで左によけ、ブッバ・スーはガラスの引き戸に全力で激突した。ものすごい音がしてガラスが割れて、ジャネットが悲鳴をあげ、ブッバ・スーがリビングに飛びこんできた。

「ああ、ブッバ・スー！」ジャネットが叫んで雌豚に駆け寄った。

だがブッバ・スーは飼い主にかまっていられなかった。サムズしか眼中になかったのだ。ジャネットが抱きしめようとすると、ブッバ・スーは向きを変えてサムズを追いかけた。サムズは銃を取ろうとかがみこんでおり、ブッバ・スーの格好のターゲットになっていた。彼女は頭を低くし、せまいパティオを疾走して、立ちあがろうとした彼のお尻のあいだにつっこんだ。サムズは悲鳴をあげて一メートル近く飛びあがり、銃が宙を飛んだ。草の上に落ちると、銃声と火花があがり、ガラスの引き戸のもう半分が粉々になった。

「ああ、ブッバ・スー」ジャネットはうめいたが、彼女をなぐさめている場合ではなかった。サムズが両手で痛むお尻を押さえて立ちあがろうとすると、ブッバ・スーがまた、今度は股ぐらを直撃した。彼はうめき声をあげて体をふたつに折り、豚はまたまえ足で地面の草を引っかいた。彼にとってはさんざんな二十四時間だったようだ。わたしはガラスの飛び散ったパティオを走って、銃を回収しにいった。

「このアマ」彼はわたしに顔を向けて言った。サイレンが蒸し暑い夜気を満たすと、わたしは撃鉄を戻した。「なんなんだよ、あんた？」

「いい子ね、ブッバ・スー」背後でジャネットが言った。彼女は仔豚たちを集めて割れたガラスに近づかせまいとしていたが、それはよちよち歩きの赤ちゃんを集合させようとするようなものだった。二匹をつかまえればそのうちの一匹は手からこぼれ落ちて、よたよたと母親のほうに向かおうとする。「こっちに来て、ブッバ・スー」彼女は呼んだ。「赤ちゃんたちをなかに入れましょう。ガラスのないところに！」

ブッバ・スーは鼻を鳴らし、値踏みするようにわたしを見たので、内心ひやりとした。彼女は縛られたことを覚えているだろうか？　サムズを倒した今、つぎの標的はわたしなのだろうか？　逃げ道をさがしながら、衝撃に身がまえたとき、ブッバ・スーは頭をのけぞらせてまた鼻を鳴らし、ホーリー・オークスの校務員の腹を切り裂こうとしていたのがうそのように、飼い主のほうに小走りで戻った。

「いい子ね」ジャネットがやさしく言ったとき、玄関でノックの音がした。「ほんとにかわいい子」

「わたしが出るわ」家のなかのどこかから母が叫んだ。ほどなくして、困惑気味のふたりの警察官がリビングルームにはいってきた。割れたガラスと、六匹の仔豚と、股間を押さえている男性を見たあと、いぶかしげな目をわたしに向けた。

「すべて説明できます」わたしは言った。

翌日の夜、ブレイクが帰ってくるころには、ガラスをほぼ掃除し終え、ブッバ・スーと仔豚たちは無事飼い主のもとに帰り、レポーターたちからの電話もほとんどかかってこなくなっていた。ルーファスまでがこっそり帰ってきており、キッチンの床のまんなかに湯気の立つうんちを残すことで帰宅を知らせた。サムズは強盗未遂で警察に連行された。ワックス脱毛の件についてはまだ何も聞いていない。わたしの知るかぎり、便りがないのはよい便りだ。それに、エルシーはなんとスプーンで食事をしていた！

ほとんどのことが通常に戻った。とにかく、ピーターソン家では通常とみなされている状態に。

「修養会はどうだった？」わたしは夫にきいた。彼はスーツケースを置くと、かつてガラスの引き戸があった場所、ビニールでふさがれた穴を見つめた。

「よかったよ」彼はそう言うと、青臭いお茶のマグを持ってキッチンから現れた母のほうを見た。仔豚のうんちは掃除したが、家のなかにはまだかすかに家畜のにおいがした。「この家で何があったんだい？」

「いろいろとね」

「マージーは英雄よ」母が誇らしげに言った。「それに、エルシーはもうホーリー・オークスに行かなくてよくなったの！」

「なんだって？」ブレイクは混乱しているようだ。

「大丈夫、絶対そのほうがいいから」わたしは言った。

エルシーとニックが走り寄ってくると、ブレイクはひざまずいてふたりを抱きしめ、頭にキスをした。

「会いたかったよ、パパ！」

「パパもだよ、いい子たち」彼はそう言うと、わたしを見あげた。「犬の首輪は？」と口の動きで伝える。

わたしは微笑んで首を振った。友だちのいる学校に行くとわかってから、エルシーは首輪をはずし、話題にもしなくなった。だが、フライフォンは離そうとしなかった。わたしの実績を考えれば、無理もないことだった。

「〈フレミングズ〉に行くまえにきみと話をするべきかもしれない」ブレイクは言った。「伝えたいことがたくさんあるんだ」

「そうできたらいいんだけど、時間がないわ。あと二十分後には着いてなくちゃいけないのに、まだ着替えもしてないんだもの」わたしは言った。「あとでもいい？」

「うん、まあ」彼はつらそうに言った。

「よかった。数分で支度するわ」わたしは言った。


十分遅れただけで〈フレミングズ〉に着いた。プルーとフィルはわたしたちを待っていた。ターコイズ色のカフタンにクリスタルのビーズをまとっていささか場ちがいに見える母は、焦がしバターで肉を焼くにおいをかいで鼻にしわを寄せた。

「よく来たな、ブレイク」フィルが息子の背中をぴしゃりとたたいて言った。ブレイクは一瞬ひるんだが、すぐに笑みを浮かべた。「会合ではたくさんコネを作れたかい？」父はハンサムな息子に微笑みかけながら尋ねた。

「うん」ブレイクは言った。ズボンのなかにカップ一杯のカミアリを入れられた人のように見える。

彼がそれ以上何も言わずにすんだのは、エルシーがプルーにこう言ったからだった。「あたし、もうホーリー・オークスに行かなくてよくなったの！」

プルーデンスは混乱していた。「なんですって？」

「いろいろありまして」わたしは言った。最近こればかり言っているような気がする。

「テーブルに案内されたら、子供たちにかわいそうなロブスターを見せてくるわ」母が言った。「そのあいだにマージーが全部説明できるように」

「ゾーイといっしょに学校に行くの！」エルシーが言った。

「すごくうれしそうね」不安そうな目で問いかけるようにわたしを見ながらプルーが言った。「でも、学校がはじまってまだ一週間じゃないの！　学費は一年ぶん払いこんであるのよ」

「きっと同意していただけると思います。すぐに説明しますから」わたしは言った。

テーブルについてウェイターに飲み物を注文するあいだ、ブレイクはうわの空で――緊張していると言ってもいいほどだった。修養会のあいだに何があったのだろう？　わたしに話したがっていたことというのはなんだったの？

「それで」プルーは明るく言うと、ブレイクのほうを見た。ニックはパンをちぎって白いテーブルクロスの上で艦隊を作りはじめた。「あなたが参加した会合というのはどういうものだったの？」

「ええと……もう少ししたら全部話すよ」ブレイクは言った。

プルーは行き詰まってしまい、水をひと口飲んだ。「ところで、もうすぐまたバレエのシーズンがはじまるわね」彼女は母に向かってきいた。「バレエはお好き？」

「ロブスター見にいきたい」とニックが言い出した。

母とプルーは同時に立ちあがった。「母さん」ブレイクが言った。「もう少し座っててほしいんだけど」

プルーは動揺している様子で腰をおろし、急いで子供たちをレストランの前方に連れていく母を見送った。

「どういうことなの？」母が見えなくなったとたん、プルーはわたしに尋ねた。

わたしは起こったことを要約して伝えた――アクアマンのタイツと、ストリップに挑戦したことと、ピーチズとベッキーとともにホーリー・オークスの校務員にワックス脱毛したことははしょった。警察に話したのとほとんど同じ内容だった。

「なんてひどいこと」プルーは言った。「理事会は学校の資金集めのために危険なドラッグに投資していたの？」

「キャンペーンの名前がスカイ・ハイなのも不思議はないな」ブレイクが言った。

「学園長は警察に行こうとしたから殺されたんです」わたしは言った。「ミッツィ・クルンバッハーは夫のマーティのドラッグ取引のことを警察に話されるのを恐れた。夫が刑務所にはいることになれば、財産をすべて失うから。彼女は離婚調停でもらえるはずのものを失いたくなかったんです。ゴールデン夫妻も関わっていました」

「信じられない」プルーはショックを受けているようだった。ホーリー・オークスの学園長殺害に、理事会のスキャンダル。オースティンの名士たちにとっていい年ではなかったようだ。「きっと何かのまちがいよ。あの人たちは……地域社会の柱なのよ！」

「柱だった、です」わたしは言った。「だからエルシーをオースティンハイツ小学校に転校させることにしました」

「セント・アンドリュースも検討してみたら？」

「あの子は友だちがいるほうがいいんです。オースティンハイツ小に行くことになったと話してから、首輪をつけていませんから」

「うーん」彼女は言った。「まあ、今はそれでいいんでしょうけど……高校にはいるまえにもう一度検討するべきよ」

ブレイクが咳払いをした。

「なあに、ディア？」プルーデンスはブレイクを見た。黒っぽいスラックスに白シャツ姿の若い男性が、彼の横に立っていた。眉毛をやけにきちんと整え、肌はうちの娘と同じくらいつるつるだ。ブレイクに〝伝えたいこと〟があると言われていたのを不意に思い出した。それをこれから聞くことになるのではというやな予感がした。

「注文をお願いできるかな」若い男性を見てフィルが言った。「わたしはプライムリブにするよ。レアで」母が消えたあたりを見ながら付け加えた。

「フランクはウェイタージゃないよ」ブレイクが言った。

わたしは胃のなかで何かがよじれるのを感じてメニューを閉じた。

「あら。じゃあ会社の同僚？　それとも会合で知り合った方？」プルーデンスが尋ねた。

「お会いできてうれしいわ」手を差し出して言う。

「ぼくもお会いできて光栄です」若い男性は言った。「あなたがたのことはいろいろうかがってます」

りだといいけれど」

「そうなの？」彼女はさっと首に手をやって、あだっぽく真珠をいじった。「いいことばか

若い男性は微笑んだが、返答はしなかった。

ブレイクは咳払いをした。「彼はフランク。修養会で知り合ったんだ」彼はテーブルを見まわした。まるでロールパンを吐こうとしているように見えた。「このところマージーとぼくのあいだがあまりうまくいっていないのは知ってるよね。正直に言うよ」彼は深呼吸をした。「ぼくのせいなんだ」

「だれのせいでもないわ」プルーは寛大に言った——へえ、意外。去年はわたしに妻の務めをおろそかにするからだと言っていたのに。

「おまえが経験しているのは、どんな夫婦にも訪れることだ」フィルはプルーの手をやさしくたたいて言った。「わたしたちだって、いいときもあれば悪いときもあった。そうだろう、プルー？　カウンセラーのところに何度か通えば、また元どおりになる。だが、それがこの青年とどういう関係があるんだね？」

ブレイクは大きく息を吸って父親を見た。「ぼくと彼は愛し合っている」

40

そのあとの一時間のことは、一年のように感じられたこと以外よく覚えていない。フィルは一瞬ぎょっとして黙りこんだあと、ブレイクは正気を失っている、もっとまともな状況で話し合うべきだとまくしたてた。プルーは突然顔面蒼白になり、ヴァンパイアに血を吸い取られたかのように見えた。ピーチズの気付薬を少し持ってくればよかったと思った。

わたしはどうだったかって？　お腹にブッバ・スーが突っこんできたような気分だった。

フランクはブレイクの肩をぎゅっとつかんだだけで離れたが、おそらくそれでよかったのだろう。全員がこの知らせを理解しようとした。驚くようなことではないはずよ、とわたしは自分に言い聞かせた。夫婦間に問題があることはわかっていたのだから。それでも、〈闘う妻たちの会〉のバービーのことばが何度も思い出された。わたしがもっと女らしかったらちがっていたのだろうか？　わたしがしたことのせいでブレイクはわたしから離れ、なめらかな肌の若い男性のもとに行ってしまったの？　傷ついた。わたしは瑕（きず）ものなのか。裁かれ、欠陥品だと判断されたのか。

これらのおぞましい考えが頭のなかをめぐっているとき、水槽のなかのロブスターのことを楽しげに話しながら子供たちがテーブルに戻ってきた。笑顔の母はひよこたちに囲まれた雌鶏のように見えた。

わたしたちの顔を見て、母の笑みが消えた。銃殺隊のまえにいるように見えたにちがいない。

「みんな、大丈夫？」母はきいた。

「ああ」フィルはぶっきらぼうに言った。あまりに顔が赤いので、卒中を起こすのではないかと思った。そのとき、ありがたいことに本物のウェイターがやってきた。

ディナーの残りの時間は緊迫した沈黙のうちにすぎていき、母はときおり子供たちのことを話題にしたり、心配そうにわたしを見たりした。ようやくブレイクと話す機会を持てたのは、家に帰ってからだった。

「エルシーとニックはわたしが見てるから」母がわたしに言った。「ブレイクと話していらっしゃい」

「散歩しましょう」わたしは彼に言った。家のなかでこういうことを話し合うのは耐えられなかった。

「着替えはいいの？」

「ええ」ワンピースがきつくて不快だったが、わたしは言った。「靴だけビーチサンダルに履き替えるわ」

暗くなってもまだ蒸し暑く、まるでだれかが町に電気毛布をかぶせ、設定を〝高温〟にしたかのようだった。

「つまり」外に出て玄関扉を閉めると、わたしは言った。「〈男らしさへの旅〉は無意味だったってことね」

「ごめん」彼は言った。「努力はしたんだ」

涙がこぼれた。ブレイクとはもういっしょにいたくない――もう一年近く、彼に触れられたいとは思っていなかった――が、別の人を好きになったと告白されると、なぜか裏切られたように感じられた。

「ああ、マージー」彼は手を伸ばしてわたしの肩に触れようとした。

「やめて」わたしは身を引きながら言った。「ただ……ディナーのまえに話すわけにはいかなかったの？」

「そうしようとしたけど――」

「すぐあきらめたくせに」わたしは言った。

「先延ばしにはできなかったんだ」彼は言った。「フランクはテーブルに来ることになっていたし」

「知り合ってまだ一週間にもならないのに、彼を愛しているの？」

うなだれたブレイクは後悔している少年のように見え、わたしは一瞬、彼がずっと耐えてきた苦痛を目にしたような気がした。

「ごめんなさい」わたしはかすれた声で言った。「わたしを傷つけるつもりじゃなかったのはわかってる。今夜あなたがしたこと、ものすごくつらかったでしょうね。あんなふうに両親と向き合ったのは」

「今夜やらないと、もうそんな勇気は出ないような気がしたんだ」

わたしたちはしばらく歩いた。木々からセミの声が聞こえ、近隣の家々の窓には明かりが灯り、魅力的で居心地がよさそうに見えた。家のなかの家族が夕食を終え、寝るまえのお話を読み、仲よくベッドにもぐりこむのを想像した。わたしの家族はもう二度とそんなふうにできないのだと気づき、悲しみが骨身にしみた。子供たちはわたしが彼らのために夢見た家族を持つことはないだろう。どうしてもすべてはわたしのせいだと思わずにいられなかった。もしわたしがもう少しましな女だったら……

涙があふれてきて、すべてがぼやけた。深呼吸をして落ちつこうとした。泣くのはあとでもできる。今はこれからどうなるのかを考えなければならない。

「わたしたち、これからどうなるの?」声がかすれた。「つまり、あなたとフランクは……いっしょに住むの?」

「いいや」彼はあわてて言った。「とりあえずはまだだ。でも、もう書斎で寝るのはやめて、部屋をさがそうと思ってる」

わたしは涙を拭いてうなずいた。「そうね」彼が出ていったら、ほっとするだろうか? それとも、失ったすべてのものを思い出すことになるの?

「ぼくにできることはあるかな、マージー?」彼はわたしの腕に触れてきいた。「こんなふうにきみを傷つけることになって、ほんとうにつらいよ」

それでも、別の男性と恋に落ちないわけにはいかなかったのね。わたしは苦々しく思った。でも実のところ、わたしたちのあいだにはもう何も残っていない。彼にとっては先に進むのが正しいんじゃない？　たぶん、わたしにとっても。ベッキーの兄、マイケルを思い浮かべたが、すぐに消し去った。まだ新しい関係について考えるときではない。まずは古い関係を終わらせなければ。

「わからない」わたしはみじめな気持ちで言った。

「今週、家を出るよ」彼は言った。「アパートを見つける。きみのためにできることはなんでもするよ。わかってる、これは……すべてぼくのせいだ。きみにはひどいことをした」

そこでわたしは彼を見た。頬骨が高く、あごがとがり、砂色の髪をうしろになでつけたわたしの夫を。夫としてはもう愛していないけれど、それでもまだ彼を愛していた。

「それでも子供たちの父親でいたいんだ」彼は言った。「だから、できるだけ近くに住もうと思ってる。サッカーのコーチをする。宿題も手伝う」

わたしは驚いて目をぱちくりさせた。これまでそんなことひとつもやってこなかったのに。本気でこれからはじめるつもりなのだろうか？　「子供たちにはなんて言えばいいの？」わたしはきいた。

「そのことについてはカウンセラーに相談しよう。今は、しばらく別々に住むことになったとだけ言えばいい」

わたしはうなずき、涙を拭った。もう話したくなかった。わたしの人生を襲った巨大地震に対処する時間が必要だった。「もう戻ったほうがいいわ」

「大丈夫かい？」

「と思う」大丈夫でもなんでもなかったが、わたしは言った。大丈夫になることなどないのかもしれない。

だが、あれこれ考えている余裕はなかった。子供たちはわたしを必要としている――そして、父親も必要としている。わたしたちはこの問題について考えなければならないだろう――それぞれ別々に。

もうすぐ玄関に着くというところで、わたしの携帯電話が鳴った。携帯を見おろしたが、知らない番号だった。「先に行って。わたしもすぐにはいるから」わたしはブレイクに言い、家のなかにはいらせてから電話に出た。

「もしもし？」

電話の向こうの声は泣いているようだった。「マージー・ピーターソン？〈闘う妻たちの会〉の？」

「アン？」だれの声かわかった。「どうしたの？」

彼女は深呼吸をした。「あのね……あなたといっしょにコーヒーを飲みたいと思って。実は……夫と別れることになったの」

わたしは震える息を大きく吸って吐いた。「それは奇遇ね。こっちもちょうど同じような話をしてたとこ。うちのは今週出ていくことになったわ」

「ほんとう？」とアンは聞き返した。その声は……いくぶんほっとしているようだった。

「〈男らしさへの旅〉は、あまり期待どおりとはいかなかったみたいね」

「たしかに」わたしは言った。「プッシュアップブラもキャセロールもさようならだわ。〈トリアノン〉に十時でどう？」

「ええ、いいわね」彼女は言った。「ありがとう。それと、残念だったわね」

「あなたもね」悲しみの波が砕けるのを感じながら、わたしは言った。

電話を切り、玄関まえの階段にしばらくたたずみながら、この夜に起こったすべてのことを頭のなかでおさらいした。こうなることはわかっていたはずだ。でも、こんなにつらい気持ちになるとは思っていなかった。

平静を保てる程度に感情の波が収まってから家のなかにはいると、母が心配そうにわたしを見ていた。

「子供たちは寝たわ」母は小声で言った。ブレイクの姿はなかった。「あなたは大丈夫？」

「だめ」そう言ってわっと泣き出したわたしを、母は両腕を広げて抱き寄せ、わたしは母に全身をゆだねた。そのとき、玄関ベルが鳴った。

「だれかしら？」母が言った。

玄関ドアを開けた。あざやかな黄色のライクラに身を包んだピーチズが、猫用のキャリーケースを右手に持って立っていた。

「何それ？」わたしはきいた。

「ブッバ・スーのママからお礼だって」キャリーからは小さく鼻を鳴らす音が聞こえた。

「これってまさか……」

ピーチズはうなずいた。「そのまさかよ。今は顔見せだけね――あと何週間かは母親から離せないから。でも、ジャネットがどうしてももらってほしいって」

「だめよ」と言ったが、エルシーが廊下の隅からのぞいていた。

「それって、あの赤ちゃんのなかの一匹？」娘が尋ねる。

「そうよ、ハニー」ピーチズがエルシーに言った。「いちばん新しい家族にあいさつしてあげて」

わたしは片手を上げた。「でも――」

「なんてかわいらしいんでしょう」母が言った。

「あなたにもお礼の品があるのよ」ピーチズはそう言うと、バッグから箱を取り出した。

「デジレーから」

わたしは革ズボンや鞭を想像してひるんだ。「見るのが怖いんだけど」

「いいから開けてみて」

「でもエルシーがいるし……」

「わたしたちは仔豚ちゃんとキッチンにいるわ」母がそう言って、エルシーを連れていった。

箱を開けた。なかにはいっていたのは、〈ポッタリー・バーン・キッズ〉の五十ドルぶんのギフトカードだった。

「なんてやさしい子なの」わたしは言った。「借金だってあるのに」

ピーチズはわたしを見た。「修養会はどうだった？」

「期待どおりとはいかなかったわ」わたしは言った。「今夜のディナーの席にブレイクの恋人が現れて、ふたりは愛し合っていると宣言したの」胃がよじれる思いでつづけた。「わたしたち、もう元どおりにはなれないと思う」

なぐさめられるのを予想していたが、まちがっていた。「ハレルヤ！」ピーチズは叫んだ。「なんだ、よかったじゃない」

「そう思う？」

「もちろん」彼女は言った。「こんなに若くてかわいいんだから、いい男もなしにしおれていくわけにいかないわ」

「子供がふたりもいるのよ。だれがデートしたがるの？」

「ベッキーのお兄さんがしたがってるって聞いたけど」ピーチズが言い、わたしは赤くなった。「そうこうしてるあいだにも、仕事はたくさんはいってるから、よけいなことは考えなくてすむわよ。今日の午後また二件はいったし。それに、あなたのほうが落ちついたら、ジエスが友だちを会わせたがってるの。ダブルデートができるわよ」

「ジェスと仲直りしたの？」

「赤いバラ一ダースとカウガールブーツを持って現れたの」彼女はそう言って片足をまえに

出し、新しいターコイズ色の履物を見せた。「ノーと言えるわけないでしょ？」

わたしはにやりとした。「よかった」

ピーチズは手を伸ばしてわたしの肩をぎゅっとつかんだ。「ねえ、わたしたちの未来は明るいわ。さてと、もう仔豚ちゃんをママのところに返しに行かなきゃならないけど、明日九時にオフィスで会いましょう」

「了解」ブッバ・スーの赤ちゃんを引き取りにふたりでキッチンに向かった。ブッバ・スーのママと再契約することにならないよう願いながら。

「それと、マージー」

「何？」

「あなたはホーリー・オークスがらみの事件を解決に導いた。これまでいっしょに働いたなかでいちばん優秀な調査員になりつつあるわ」ピーチズはわたしのワンピースを見やった。「ワードローブに関してはちょっと難ありだとしても」

「あなたに言われたくないわ」彼女のストレッチのきいたトップスを見て言った。「少なくともわたしは靴のひもを結ぶたびに体が服からはみだしたりしないもの」

「だからわたしはブーツを履いてるのよ、ハニー」彼女はウィンクして言った。

ピーチズのあとからキッチンにはいりながら、思わず首を振っていた。一年まえなら、自分が離婚寸前の私立探偵になって、仔豚を飼うことになるとは想像もしなかっただろう。でも、小さなチョコレート色の生き物に赤ちゃんことばで語りかけるピーチズとエルシーと母を見ていたら、微笑まずにはいられなかった。

いろいろあったけど、わたしはとても幸運な女だ。

謝辞

まずは、最初にこのシリーズを書くよう励ましてくださった、わたしの師匠である故バーバラ・バーネットースミスと、いつものプロットのジレンマから救い出してくれた、ジェイソン・ブレニザー（執筆仲間にして類まれなるプロットドクター）に感謝します。調べ物を手伝ってくれたキャット・アデア、原稿チェック集団のオリヴィア・リー・ブラック、サマンサ・マン、ノーマ・クランダーマン、J・ジェイ・スミス、エレン・ヘルヴィッヒ、ドロシー・マキナニー、ていねいに原稿を読みこんでくれて、ありがとう（ごく初期の原稿を読んでくれたデイヴとキャロル・スワーツにも感謝します）。そしてもちろん、おもしろくて辛抱強くてすばらしく有能な編集者のジョヴォン・ストーク、すばらしく有能な編集者になるべく成長中でマイリトルポニー通のシャーロット・ハーシャー、原稿の体裁を整え、まちがいを見つけてくれた、鋭い目の原稿整理編集者メレディス・ジェイコブソンと校正者（にして辻褄合わせの達人）のマイケル・シューラーには、いくら感謝してもたりません。アン・シュレップ、アラン・タークス、ティファニー・ポコルニー、サラ・ショー、ジャック・ベンーゼクリー、そしてすばらしい仕事をしてくれた、そのほかのすてきな〈アマゾン〉出版チームの面々にも感謝したいと思います！

そして、いつものように、家族に感謝します——エリック、アビー、イアン——わたしにがまんしてくれてありがとう。愛してるわ！

訳者あとがき

ドタバタ子育てミステリ《ママ探偵の事件簿》シリーズ第二弾『秘密だらけの小学校』は、なんとストリップ・クラブでのシーンからはじまります。もちろん対象者を追っていてたどり着いたのですが、本シリーズのヒロイン、ママ探偵のマージー・ピーターソンは度胸満点、体当たりでいろんなことをやってくれちゃうので、読んでいるほうもハラハラドキドキ。一作目の『ママ、探偵はじめます』でナチュラルにドラァグクイーン・コンテストに出場してしまうマージーのことだから、もしやとは思ったけど、まさかストリップまでやるとは……体を張った調査もここまでいくとなんだかちょっと痛々しい。ヴィクトリアズ・シークレットとは真逆のスポーツブラとおばさんパンツで、色気がまったくないだけに、よけいにそう感じてしまうけど、ちゃっかり高齢男性にもてでてしまうあたりがマージー・クオリティ（転んでもただでは起きないぜ！）なのでしょう。なんだかいかにもマージーらしい気負いのなさというか、当たって砕けろ精神のようなものが感じられ、思わず応援したくなってしまうのです。その根底にあるのは母の強さのような気がします。店員や踊り子、悩める人妻など、だれともで仲よくなれて共感性が高いのも彼女の特徴かもしれません。

前作から約一年、六歳児と四歳児の母となったマージーは、教育熱心な夫と姑の勧めで娘のエルシーを私立小学校に入学させます。夫のブレイクとはもろもろあって家庭内別居状態、スノッブな姑プルーデンスは苦手だけど、子供の教育費を稼ぐために探偵のパートをはじめたぐらいなので、子供のためと言われると弱いのです。公立小学校よりだいぶお金がかかりそうだけど、姑も支援してくれるみたいだからいいか……そんなとき、勤務先の〈ピーチツリー探偵社〉のボス、ピーチズに呼び出されてとあるアパートに急行すると、子供用のビニールプールのなかに恥ずかしい姿の男性の死体が。その男性はなんと、エルシーが通う学校の学園長でした。いったいなぜこんな姿で、いやそれより、だれが学園長を殺したの？　自分とピーチズはもちろん、なぜか巻きこまれてしまった友人ベッキーのためにも、早急に真相を解明しないとまずいことになる！

ブレイクとのあいだに大きな問題を抱えているだけでなく、以前から悩みの種だったエルシーの犬化傾向に歯止めがきかず、娘が新しい学校でうまくやっていけるか心配でたまらないマージー。身の回りのトラブルに対応しているだけで目の回るような忙しさなのに、ボランティアで学校にはいりこんで学園長の周辺事情を探り、誘拐された妊娠中の豚を救出し、謎の婦人会に参加し、ストリップにワックス脱毛のお手伝いまで……マージー宅に滞在中の母親コンスタンスが心配するのも無理はありません。その母からして、好きな食べ物はケール（たぶん）という完全菜食主義者で、子供たちが忙しい朝でも食べてくれる加工品やインスタント食品をどんどん捨ててしまい、意識高すぎで面倒なことこのうえないのです。マージーはよくキレずにお母さんの言うとおりにしてるなあと思うけど、コンスタンスが愛情深くて精神的に穏やかなのは、ヨガやマクロビオティックのおかげなのかも、とちょっと思ったりして。

そう、『ママ、探偵はじめます』の訳者あとがきに、マージーの弱点は子供たちと書きましたが、「母」という存在にも弱いのです。母コンスタンス、ママになる豚のブッバ・スー、小学校のママたちのなかでもとくにわが子の教育に熱心なキャスリーンなどは、いらっとする存在だけど、それぞれが懸命に「母」であろうとしている。そんな彼女たちに対するリスペクトがそこここに感じられ、なんだか泣かせるのです。子を思う親の気持ちがわかるからこそ、「ママは正義」という一本筋の通った連体感があるのでしょう。

前作のあとがきでは、アメリカのプリスクールやキンダーガーテンなど、就学まえの子供が通う教育機関についてざっくり説明させていただきました。今回はエルシーが小学校に入学したので、小学校以上の学校制度について少しご紹介したいと思います。シリーズの舞台となるテキサス州では、義務教育は五歳から十七歳（日本の幼稚園年長にあたるキンダーから、高校三年にあたる十一年生まで）。ちなみにアメリカの新学年は九月からというところが多いのですが、テキサスでは八月下旬からはじまるようです。多くの小学校には一年生の下にキンダーが付属しているため、一年生からホーリー・オークスにはいったエルシーは、編入したような形になっています。一年生から五年生までがエレメンタリースクール、六年生から八年生までがミドルスクール、九・十年生がシニアハイスクール、十一・十二年生がハイスクールです（テキサス州）。ホーリー・オークスではSAT対策もしているようですが、これは大学進学適性試験のことで、大学受験の合否に関わる日本のセンター試験のようなもの。小学生からSATの準備をするなんて、子供たちが燃え尽きないか心配ですが。

三作目の*Mother's Little Helper*でもマージーの悩みは尽きません。なんとまた、殺人事件の現場に呼び出され、真相究明を余儀なくされるのです。個性的すぎるママ友たちとの攻防、逃げる豚、フライフォンのピンチ。相変わらずママ探偵は大忙し。でもやっぱりママの味方で、トホホな状況でもユーモアを忘れず、決して暗くならないマージーが愛おしくてたまりません。

ドタバタのなかに愛がある、笑えてほろりさせてくれる《ママ探偵の事件簿》シリーズを楽しんでいただければ幸いです。

二〇一八年十月

コージーブックス

ママ探偵の事件簿②
秘密だらけの小学校

著者　カレン・マキナニー
訳者　上條ひろみ

2018年11月20日　初版第1刷発行

発行人　成瀬雅人
発行所　株式会社　原書房
〒160-0022 東京都新宿区新宿1-25-13
電話・代表　03-3354-0685
振替・00150-6-151594
http://www.harashobo.co.jp
ブックデザイン　atmosphere ltd.
印刷所　中央精版印刷株式会社

落丁・乱丁本はお取り替えいたします。
定価は、カバーに表示してあります。
 ISBN978-4-562-06087-0 Printed in Japan